肥妃不好惹

上

文創風 089

棠茉兒 著

風文創 089

目錄

自序

感謝購買《肥妃不好惹》的朋友們！大家好，我是棠茉兒。

本書的網路版是二〇一二年一月開始發表的，直到同年四月完結。離現在已經過去了一年多的時間，在出版的過程中，重新閱讀和修改，實體書比網路版更加嫻熟，故事更縝密，修改的過程中也讓我再一次陷入到這個美麗的故事中去。

《肥妃不好惹》是我簽訂的第一份出版合同，第一次出版很高興，能夠與更多的讀者朋友們分享我的故事，是我的榮幸。

我喜歡寫小說，喜歡與我的讀者分享我的小說，每天看到留言區的姑娘們的討論，是我一天中最快樂的事情，也是我寫作的動力。每一條的留言我都會用心去看，有空閒就會在第一時間回覆。

記得我第一次在網路上發表的小說是一篇同人文，發到貼吧裡，那時候的文筆還很稚嫩，故事情節也很青澀，現在回頭再看當時寫的小說，真想挖個地洞鑽進去，不過那段回憶卻是無比美好的，忐忑不安的等待，一分鐘刷新幾次，期待著讀者的留言，就算是一個簡單的網路表情，我也會超級高興，看到長評的時候，甚至高興得翻來覆去睡不著覺。

開始寫原創小說是在那不久之後，自己筆下性格各異的角色在自己構建的世界中經歷著屬於他們的人生，這種感覺是十分奇妙而美好的。

我寫過很多部網路小說，這部《肥妃不好惹》是傾注了我最多心血的一部，常常碼字到很晚，不由自主地就融入了這個精彩的架空世界裡，跟著女主角的心情喜怒哀樂。

《肥妃不好惹》講述的是一個古箏學院的高材生穿越到一個肥胖醜陋、才德皆缺的王妃身上，與王爺和王爺府上的妾們鬥智鬥勇的故事。

書中的女主角若靈萱是個聰明開朗又不失可愛的女生，一朝穿越，在陌生的環境中與各種挑戰的較量，在各種宅鬥中逐漸成長，最後能否收穫到一份屬於她自己的浪漫愛情故事呢？也敬請期待《肥妃不好惹》裡面各具魅力的男角色的登場！

本文是宅鬥＋權鬥＋言情的故事，故事氛圍輕鬆愉快，如果能給讀者朋友帶來哪怕是一點的共鳴和快樂，我就滿足了！

在這些年寫作的過程當中，結識了很多作者和讀者，大家相互鼓勵，相互支持，真的很感謝你們，還有衷心感謝幫助和協助我出版《肥妃不好惹》的各位編輯們、朋友們！

最後，請大家帶著愉快的心情閱讀《肥妃不好惹》，希望大家都能夠喜歡。

棠茉兒

二〇一二年夏

第一章

渾渾噩噩間，佟雅兒只感到頭脹痛得不得了，像宿醉了醒來一樣。

她輕蹙眉，費力而緩慢地睜開沈重的眼皮，映入眼簾的，竟是繡花羅帳、紫檀大床、上等絲綢錦被，一切都是那麼陌生。

她當即呆住了，這不是古箏學院啊！

明明記得，自己去幫老師拿考卷，途中不小心踩著香蕉皮，摔下樓梯間，跟著就不省人事了……

「草草！妳別做傻事，快放下刀！」

「妳不要管我，我保護不了小姐，我該死！妳就讓我死了吧——」

佟雅兒愣愣地看著眼前身穿古裝的兩人，粉衣女孩搶奪著綠衣女孩手中的剪刀，還不斷地勸說著，難道那女孩想要自殺？深怕利器會傷到人，她趕緊出聲。「住手！不要亂來！」說著，努力撐起身子，坐了起來。

就這麼一句，讓搶剪刀的兩人像被定住一樣，一動不動，四隻眼睛睜得大大的，不敢置信地瞪著床上「死而復生」的主子。

「怎麼了？」看著她們開始瑟瑟發抖，佟雅兒有些納悶，怎麼一副見鬼的樣子？

突然，「噹啷」一聲，綠衣女孩草草手中的剪刀掉地，然後她衝上前，顫抖著聲音說：「小、小姐……妳沒死？」

「誰死了？」佟雅兒更驚愕了。小姐……是指她嗎？看著古色古香的四周，一股莫名的不安驀地纏繞於心。

草草的臉上開始有了狂喜之色，不禁摸摸小姐的身體，發覺是溫熱的，更是開心地跳了起來。「小姐沒事了！她活過來了——」

話音剛落，另一個粉衣女孩就撲到床前，緊握著她的手。「小姐！我就知道，妳一定會沒事的，沒事的！」一邊說，一邊猛掉淚，樣子好不可憐。

佟雅兒更不安了，嚥了嚥口水，有些不知所措地看著眼前清一色古裝打扮的兩個女孩。「請問……妳們是誰？這又是哪裡？」

此話一出，兩女怔住，震驚地睜大眼睛望著她。

「小姐，妳怎麼了？我是多多，她是草草啊！妳怎麼會不認得我們了？小姐，這裡是睿王府，妳是睿王妃，妳再仔細想想，我們是妳的多多草草……」

經過多多的解說，佟雅兒更是傻住了。睿王府？睿王妃？這……到底是什麼情況？怎麼像電視上演的古裝劇？

難道她在作夢嗎？

不禁使勁掐了一把自己的胳膊，會疼！不是作夢！再看了看古色古香的四周，驀地，一個可怕的念頭浮現在腦子裡——不、會、吧？

「小姐，妳怎麼了？」草草被她的舉動嚇著，小姐不會是腦子摔壞了吧，不然幹麼自己掐自己？

「這是什麼朝代？」她沒理會草草，急急問道。

在場兩人頓時呆若木雞。半晌後，多多最先反應過來。「小……小姐！妳別嚇多多呀！這是順武年間，晉陵王朝，妳怎麼會不知道呢？」

什麼晉陵王朝？她聽都沒聽過，難道是不知名的小國嗎？離中國又有多遠？她為什麼會來到這裡呢？

「小姐，妳該不會是掉下池塘裡弄傷腦子了吧？都是草草的錯，沒保護好小姐，妳就處罰草草吧！嗚……」名叫草草的小姑娘撲通一聲跪了下來，淚水再次掉落。

佟雅兒頓時慌了手腳。「噯噯！妳這是幹什麼？快起來！我不是什麼小姐！」

誰知，草草聽了哭得更大聲了，還拿過一旁的鏡子遞到她面前。「小姐，妳別嚇我們了好不好？妳明明就是小姐，難道我們連侍奉了多年的主子都認不出嗎？」

佟雅兒的視線不由得移向銅鏡，這一看，差點嚇得連魂都丟了！只見鏡子裡，出現了一張嬰兒肥的圓臉，頭上纏著紗布，那皮膚白是白了，但在右邊眼瞼上，卻多了個紅色的胎記，像被人打了一拳似的……

再看看自個兒的手臂，浮腫浮腫的，就像饅頭，而那腰身，跟水桶有得拚，大腿就更不用說了，是自己以前的兩倍！

天啊，她怎麼變成這樣子了？她不要活了！

「啊──」一聲尖叫響起，然後砰的一聲，鏡子落地，佟雅兒受不了這刺激，眼前一黑，徹底地暈過去了。

「小姐──」兩聲驚恐大叫隨即響起。

很快地，佟雅兒在哭喊聲中清醒。

再次看到這個古色古香的房間後，她幾乎可以確定，自己狗血的穿越了，而且還穿越到了一個歷史上不存在的朝代！

此刻，她失魂落魄地坐在鏡子前，望著鏡中那個肥胖又貌醜的自己，心中一陣沮喪。這上輩子是造了什麼孽啊？幹麼這樣懲罰她……

一旁的多多替她洗臉妝扮，佩戴頭釵和飾品。

「多多，妳告訴我，為什麼我的頭受傷了？這到底是怎麼一回事？」過了好一會兒，她才開口問道，神情依然是無精打采。

這個時候，也只能強迫自己接受已經穿越的事實了。

「小姐，妳不記得了？」多多又呆住了，狐疑地看著她。怎麼覺得清醒後的小姐似乎變得不一樣了……

佟雅兒瞥了她一眼，回憶著小說裡穿越人物的臺詞，便道：「嗯，大概是腦袋傷得厲害，失去記憶了吧！」

多多一聽，嚇了一大跳。「那怎麼辦？要不，我去請大夫過府為小姐看看！」

「不用了。」佟雅兒制止她。「失去記憶這件事，千萬不能說出去，萬一別人把我當怪物，那就麻煩了！」

多多怔了怔，隨即頓悟般點頭。那也是，如果讓王爺知道了，恐怕會找藉口休妻，畢竟，他會娶小姐可是萬般的不甘願哪！

「好了，把妳知道的全都告訴我吧！」知己知彼，以後的路才好走。

「是，小姐！」多多便將事情一一道出——

這個身體的主人名喚若靈萱，從小失去雙親，跟在太后姨奶的身邊長大，甚得太后疼愛。一年多前，她對皇長子，亦即封為睿親王的君昊煬一見鍾情，並成功獲得賜婚，嫁進睿王府為正妃。而君昊煬對於這個醜到極點又胸無點墨的妻子，自然是厭惡至極，連新婚那天都沒有跟她同房，平日更是對她不聞不問。

王府中，有兩位側妃，分別是林詩詩和柳曼君。其中林詩詩才貌雙全，性子溫婉秀雅，大方得體，因此最得君昊煬寵愛，並把府裡的一切事務交給她掌權處理。

剩下的就是一名小妃和四名姬妾。小妃落茗雪是林詩詩的表妹，性格驕蠻，除了在君昊煬面前裝裝樣子之外，其他時候都是一副頤指氣使的模樣，還經常聯合姬妾找若靈萱的麻煩，這次就是因為她和三夫人玉珍的蓄意挑釁，兩人爭執之下，才令若靈萱掉下湖中，發生了意外。

深宅大院，女人多，是非就多！勾心鬥角、爭風吃醋是常事，更何況現在太后仙逝，背後靠山沒有了，那些小妃小妾們，就更不會將她放在眼裡了。

佟雅兒忍不住搖頭嘆息，這若靈萱還真可憐，雖為正妃卻不得實權、不得寵愛，到最後還因為爭風吃醋而丟了性命。不過她這副尊容，想得寵簡直是天方夜譚，恐怕她死了，那個王爺還要大放鞭炮慶祝吧！

「小姐，落小主和玉珍夫人這樣對妳，這事不能這麼算了！等王爺和林側妃回來，把這件事告訴林側妃，她一定會公平處理的！」多多握緊拳頭，悻悻地道。

佟雅兒卻蹙著眉，仍在消化著自己聽來的消息。看來在這王府之中，側妃林詩詩的名聲頗好，似乎是個面慈心善的好主子。

只是……如果她真的沒有野心，又怎麼會在府中掌權，而且還任由小妃、小妾欺到正妃頭上？

想到這裡，佟雅兒搖搖頭。「不必了，多一事不如少一事。而且口說無憑，到時被人反咬一口，最後吃虧的還是自己。」

悲劇啊，穿越到個又肥又醜的女人身上也就罷了，還穿到三流古裝劇的那些勾心鬥角的戲碼裡，而且還是個不受寵的正妃，這下日子恐怕不會太好過了。

唉，算了，既來之則安之，與其自怨自艾，倒不如好好為自己打算一下。不過……頹然的眸子一閃，那些妃子、小妾最好不要來招惹她，否則，她絕對要她們吃不完兜著走！

「可是小姐，難道妳就這樣忍了？」多多滿臉的不可思議，小姐什麼時候變得這麼好說話了？

「當然不會，我自有打算。」佟雅兒重新躺了下去。「妳還是先回去吧，我想休息一下。」現在她的頭仍舊疼得厲害，還是睡一覺養足了精神，才有精力應付其他事情。

西院，雪晗居——小妃落茗雪居住的地方。

此刻，她正目光得意地望向東院的方向，嘴角陰狠的笑意揚得更深。賤人，這次妳死定了吧……

「主子，這樣做真的沒事嗎？」一旁的小丫鬟不安地出聲。「萬一王爺明天回來，發現王妃死了，會不會——」

可她話還沒有說完，落茗雪已一巴掌掃過去。「該死的賤婢！誰才是妳主子啊？聽著，不准在本小主面前叫那賤人王妃，知道嗎？再有下次，妳這嘴巴就別想要了！」陰狠的表情說明她說得出，就做得到。

「主子饒命！奴婢知錯了，再也不敢了！」小丫鬟忍痛捂著臉，強忍著不讓淚水滑落，怕要是在落茗雪面前流眼淚，又會是一陣毒打。

自她被安排伺候這個小妃開始，每天沒人的時候不是打就是罵，就像個受氣包似的。但她卻不敢多吭聲，怕多嘴會為自己引來殺身之禍。

落小妃是林側妃的表妹，王爺愛屋及烏，因此對她也是十分喜愛，再加上她的父親是當朝尚書，她一個小小的婢女，每天也只能戰戰兢兢地過日子了。

落茗雪不屑地睨了婢女一眼，目光得意地再次望向東院那邊，嘴角再一次冷笑。只要那賤人死了，王妃的寶座就是表姊的，而自己也會順理成章地當上側妃。

這時，一陣急促的腳步聲傳來，沒多久，一名橙衣女子就跑到她身邊，慌慌張張地嚷：

「落姊姊，大事不妙了！」

來人正是王府的姬妾之一，玉珍夫人。

「什麼事？大驚小怪的！」落茗雪瞪著她，有著被打擾的不悅。
玉珍顧不得她難看的臉色，神色凝重地湊上前，小聲地說著話。
「什麼？若靈萱沒死?!」落茗雪震愕地瞪大眼睛，驚叫出聲。
「是呀，我剛剛從清漪苑經過，才知道她還活著呢！」玉珍也一臉鬱悶，悻悻然地道。
落茗雪粉拳緊握著，神色由驚愕轉為震怒，她倏地轉頭，狠狠地瞪向身旁的婢女，再次一耳光搧去。「妳不是檢驗過，說那賤人已經沒氣了嗎？怎麼又活了？是不是想愚弄本小主？」
「主子，冤枉啊！」小丫鬟嚇得跪倒在地，急急為自己申辯。「奴婢真的檢查過了，她確實沒氣息了，奴婢真的沒騙主子！」
「還敢嘴硬？來人啊，拖她下去，重打三十大板！」落茗雪大喝一聲，頭上的金步搖發出叮噹聲響，可以看出她此刻有多憤怒了。
想當然耳，一場歡喜一場空，不氣瘋才怪。
「不要啊，小主！妳放過奴婢吧，奴婢可以將功補過的！小主……」小丫鬟嚇得渾身顫抖，這三十大板打下去，她豈不是只剩半條命？
「拖下去！」正在氣頭上的落茗雪，沒理會她的求饒。
「饒命啊，小主！小主！小主——」小丫鬟歇斯底里地大喊，卻被奴僕捂緊了嘴巴，滿臉淚痕地被拖了出去。

落茗雪陰沈著臉，面無表情地看向旁邊的玉珍。「現在怎麼辦？」

「落姊姊，我看這事先擱著吧，現在清漪苑那幫人，一定會加緊提防的，我們想要再除去她，得想個萬全之策才行。」玉珍想了一下，才說道。

落茗雪聽了點點頭，水眸閃著陰狠之光。若靈萱，本小主就讓妳多逍遙一段日子！

天還沒有亮，佟雅兒……咳，現在已經是若靈萱了，早早就起了床，在院子裡跑步、做體操運動。

昨天她研究過了，這身子的體重起碼有一百多斤，而且長得又矮，整個看上去就像一個圓形，太難看了。

因此，她下定了決心，非要減肥不可。不然整天拖著副笨重的身子，走幾步路便氣喘吁吁，想起來就恐怖。

「一二、一二……」

就這樣，她一邊繞著院子轉，一邊大喊，堅持要跑完約莫二十分鐘的一炷香時間。雖然沒多久就渾身乏力，額際猛冒冷汗，她還是堅持了下來。

隨後醒來的多多和草草，看到自家主子在那裡跑來跑去，不禁奇怪地面面相覷。感覺小姐真的變了很多，完全就像是另外一個人，要說眼前的是小姐她們相信，但靈魂彷彿不一樣了，不僅舉止端莊了很多，性格也不似以前那般衝動易怒。

相比之下，她們倒是喜歡現在的小姐多一些！

運動完畢後，若靈萱讓多多去準備熱水，而草草則去張羅早膳。

泡了個舒舒服服的熱水澡後，走出浴桶，一旁侍候的多多連忙遞過浴巾，待她擦拭完畢後，就開始為她梳妝打扮。

此時，草草吩咐廚房將早膳送上。

早膳倒是很豐富，幾碟小籠包、香菇水餃、一碗碧玉粳米粥，幾個糖酢煎餅，還有很多做工精細的點心。

然而若靈萱一看，即皺了皺眉。「這些都是給我吃的？」

「是呀，全都是小姐愛吃的！」多多、草草點頭。

若靈萱看看自己的身子，眉皺得更緊了，她終於找到肥胖的原因了——連早餐都吃得如此豐富，正餐豈不是更多？搖了搖頭，她揮手道：「我今天沒什麼胃口，都撤了吧，給我一碗燕窩粥就行。」既美容又能減肥，一舉兩得。

「什麼？小姐妳就吃粥?!」

多多、草草愣住了，兩人直盯著若靈萱打量。這不是她平時最愛吃的嗎？怎麼今天居然沒胃口了？

「小姐，真的要換嗎？」多多確定似地再問一次。

「嗯，而且以後的早膳都給我燕窩粥就行了，午膳和晚膳我則要吃清淡些的，知道嗎？」她鄭重其事地吩咐道。為了變瘦，只好忍耐一段日子了。

多多、草草聽完，怔愣了好久，奇怪小姐怎麼突然改胃口了？不過既然小姐這樣吩咐了，她們也只能聽從。

很快地，滿桌子的美食已換成一碗燕窩粥，還有一個蘋果。

若靈萱喝著粥，腦子卻不停地轉動。經多多及草草的解說，現在她在王府的地位是尷尬的，不得寵、不掌權，卻是個正妃。不過，就算是這樣，她也斷然不會讓自己吃虧。人不犯我，我不犯人。要是有人不想讓她過安穩的日子，她也絕不會讓對方好過！

幸好，雖然府中的人個個傾向側妃林詩詩，但古代怎麼說也是規矩森嚴，因此對她而言還是比較有利的。

狠狠地咬了一口蘋果，緊皺的眉漸漸舒展開來。

走一步算一步吧，暫時就在這裡待著，畢竟自己現在沒有厚實的家底，離開王府也不知何去何從，就算以後要飛，也得翅膀夠硬才行啊！

晴空，一碧如洗。

瓏月園，這是王府裡最大的花園，遍種奇花異草，奼紫嫣紅，十分好看。

若靈萱坐上了鋪著厚厚墊子的長凳，欣賞著花園中奼紫嫣紅的美景，卻在這時，前方一陣暴喝響起，嚇了她一大跳。

與多多對視一眼後，她站起身，趨前觀望。

不遠處，落茗雪正一臉驕橫地指著一個白衣少女大罵，語氣囂張至極。

「死丫頭，妳走路不長眼睛啊？要是撞傷了本小主，看妳要怎麼死！」

白衣少女一臉惶恐地低著頭，俏臉因為驚嚇而變得蒼白，只見她不停地搖著頭，語氣卑微地小聲道：「對不起！我不是故意的，對不起！」

「放肆！在本小主面前，居然自稱『我』，誰給妳膽子了？」落茗雪更怒了，聲音也更為尖銳。

白衣少女嚇住了，囁嚅著不知該說什麼。她剛進王府，真的不知道有這個規矩。

跟在她身後的小丫鬟見少女害怕的模樣，心有不忍，終於鼓起勇氣說道：「我家小姐是新進府的侍人，不是奴婢。」

「什麼？侍人？」落茗雪一愣，杏眸直瞪著白衣少女。

粉嫩的瓜子臉，看上去十六、七歲，白裙似蓮，一張清麗秀美的容顏，生出楚楚動人的風韻。她心中頓時燃起一抹熊熊的嫉妒之意，驟然揚手，一巴掌狠狠地打在了少女的臉上！

「啊……」

她的力道之重，讓少女幾乎摔倒在地，幸而被小丫鬟眼明手快地抱住。

真是豈有此理，世上居然有這麼橫蠻無理的人！若靈萱看得火冒三丈，指著那個驕蠻的女子，轉頭問多多。「告訴我，這女人是誰？」

多多看了看，撇撇嘴，厭惡地道：「小姐，這就是林側妃的表妹落小妃了，整天在府裡橫行霸道。」

這時，急紅了眼的小丫頭顧不得尊卑，大聲罵道：「妳太過分了！怎麼可以打我家小姐？」

「怎麼打不得？」落茗雪雙手環胸，傲慢地冷哼。「一個小小的侍人，居然敢冒犯本小主，今天給她一巴掌，算便宜她了！」

「我家小姐又不是故意的，她都已經道歉了，妳怎麼——」

「小柔，不要說了，快點閉嘴！」白衣少女趕緊低斥小丫鬟，畢竟她們才剛進府，什麼都不懂，可不能得罪人呀！

落茗雪氣惱極了，平時橫行霸道慣了的她，哪受得了這些低下身分的人在她面前放肆？當即朝前方的侍衛喝道：「來人啊，把這個沒規矩的賤婢拉下去重打三十！」她一指小柔。

小柔呆住了，僵在原地。

少女急了，趕緊出聲求情。「小主請恕罪！都是奴婢管教不嚴，奴婢道歉，請小主網開一面，放了小柔吧！」

「以下犯上就要重罰，滾開！」落茗雪毫不留情地一把推開她，再次對侍衛一喝。「你們還愣著幹什麼？拖她下去！」

侍衛立刻應聲，上前就要架起小柔。

「住手！」一聲威嚴十足的嬌斥響起，隨即，若靈萱一臉怒容地出現，目光冰冷地直盯著落茗雪。「落小妃，妳幹什麼？」

「我當是誰呢？原來是王妃姊姊呀！」落茗雪走過來，一臉的輕蔑鄙夷，「王妃姊姊」四個字說得特別重，諷刺又不屑地道：「王府家規有定，凡是不分尊卑的奴婢，主子都有權處置，所以，現在妹妹正準備執行家法。」

「是嗎？那為什麼本宮看到的，卻是妳無緣由地打了這位侍人一耳光？」若靈萱掃了她一眼，冷冷地質問。

要不是遠遠地看到了這一幕，還真被她唬弄過去了。

「她故意撞傷我，難道不該打嗎？」落茗雪挑釁地仰著下巴，連尊敬都省了。

「奴婢不是故意的，奴婢只是不小心……王妃，奴婢真的不是故意的！」少女急忙辯解，美目淚水盈盈，令人看了倍感憐惜。

「妳休想狡賴！」落茗雪惡毒地瞪向她。

「夠了，落小妃！」若靈萱厭惡地喝斥一聲，她都親眼看到了，還能有假？「這只是小事情，既然這位侍人都道歉了，妳就別再得理不饒人了。」

落茗雪頓時一肚子火，她居然連教訓奴婢的資格都沒有了？想怒罵又忍住，擰緊了拳頭，哼道：「好，這個女人我可以不追究，但那個賤婢以下犯上，非罰不可！」

小柔頓時害怕得退縮了幾步。

聽著她一句句賤婢賤婢的，若靈萱覺得刺耳極了，語氣也更冷了。「妳說她以下犯上，不分尊卑，那麼妳呢？在本宮面前自稱『我』，不是更不分尊卑嗎？是不是也一併罰了？」

「妳——」落茗雪一時語塞，忿忿地瞪著她，烈火似的雙眸，幾乎要將她吞噬。「哼！妳還真當自己是王妃啊？妳只是空有虛名而已！」落茗雪突然話鋒一轉，冷笑地說道。這醜八怪最禁不起激了，每次都氣得像潑婦似的，這樣一來，自己又可以在王爺面前告她一狀了。

可惜，若靈萱並沒有生氣，只是微揚唇角，勾起一抹惡意的笑。「我不把自己當王妃，可我偏偏就是王妃，妳再張狂，也得被我騎在頭上，妳終究只是個上不得檯面的妾。」

落茗雪的臉一下子成了豬肝色，心中火氣再也按捺不住，纖手一指，咬牙切齒地脫口吼罵：「賤人！妳以為本小主會怕妳嗎？王妃又怎樣？王爺連看都不看妳一眼，聽到妳的名字，連飯都吃不下去了！王爺呀，巴不得妳早點死掉，免得丟我們睿王府的顏面，讓人知道他有這麼一個醜王妃，丟人現眼！」

相對於她惡毒的咒罵，若靈萱還是一臉的從容鎮定，淡聲問著身旁的多多。「辱罵本宮，是何下場？」

多多早就受不了這個囂張的女人了，因此刻意大聲地回道：「掌嘴三十，關暗房十天！」

什麼？這賤人居然想教訓她？她敢？落茗雪怒極反笑，語氣更為挑釁。「就憑妳們也想治本小主的罪？也不拿個鏡子照照自己！」

反正醜話都說了，還怕她幹麼？

嘖嘖，這女人，仗著有林側妃撐腰，就這麼目中無人，有恃無恐，今天不挫挫她的囂張氣焰，恐怕以後她這個王妃都要受這王八女人的氣了。

「落小妃，妳以下犯上，出言辱罵本宮，如此肆無忌憚，如若今天不治妳，本宮這個王妃豈不是白做了？」若靈萱清澈的明眸劃過一絲嚴厲，威儀十足地說道。

「本、本小主才不相信妳真的敢！」雖然有那麼一瞬間，落茗雪被她的氣勢震住了，但很快地她又回過神來，故作鎮定地搖著摺扇，掩飾著自己的無措。

王府裡管事的是表姊，她用不著怕的。

睨著表情不自在的落茗雪，若靈萱唇角一彎，牽起一絲笑意。突然，她揚起手，毫不客氣地一巴掌甩過去！

啪！

清脆的響聲迴盪在花園裡，力道大得讓落茗雪的頭偏向一邊，臉上傳來火辣辣的痛。

「這一巴掌是告訴妳，做人不要太張狂。」若靈萱甩了甩手，冷冷地說道。

聽到她的話，落茗雪這才反應過來，震驚地瞪大眼睛。這醜八怪居然真的敢打她？臉上一下子掛不住，她像發瘋一樣地衝了過去，吼道：「賤人！妳敢打我？我跟妳拚了！」

「小姐！」

「王妃！」

在旁的三人嚇得大叫。

啪！

又是一聲清脆的響聲過後，落茗雪另一邊臉上又多出個手掌印，身體踉蹌幾步，差點跌倒。

「這是教訓妳，別不分尊卑。」

啪！又是一巴掌甩在了落茗雪紅腫的臉上。

「這是教訓妳，別仗勢欺人。」

啪！又是一巴掌。

「這是教訓妳，別以下犯上。」

啪！啪！啪！

「這是教訓妳，別目中無人。」

「這是教訓妳，別自以為是。」

「這是教訓妳，做人要守本分！」

爽啊！這壯碩的身體讓她打起人來得心應手，幸而還有這一點好處。

白衣少女和小柔傻眼地看著眼前這一幕。

多多雖然很樂，但心裡還是有著隱憂，怕落茗雪會向王爺告狀，因此正考慮著要不要上前阻止，不料——

「妳這是在幹什麼?!」

一聲冷喝倏然在前方響起。

若靈萱蹙起了眉，悻悻地停下手，抬眸一看，只見一抹高大的身影緩緩而來。男子一襲豹紋紫金長袍，如刀精雕的五官，劍眉星目，高挺的鼻子下，完美的唇正高傲地抿著，顯得狂妄不羈卻又貴氣逼人。

難道他就是睿王？正疑惑著，就聽到多多行禮的聲音。

「奴婢參見王爺！」

一旁的白衣少女和小柔見狀，也立即上前行禮。「王爺萬福。」

被打得暈乎乎的落茗雪，聽到王爺來了，馬上反應過來，眼淚一掉，捂著臉跑到君昊煬面前，嬌聲委屈道：「王爺，您要替妾身作主啊！妾身只不過是斥責一下新進的奴婢，王妃就借題發揮，說妾身仗勢欺人，就把妾身打成這樣了。」

君昊煬看見她那張紅腫、慘不忍睹的臉，黑眸一下子陰沈得駭人。「若靈萱，妳好大的膽子！」

剛才她打人的一幕，他看得清清楚楚，因此心裡十分來火。這個女人，果然是本性難移，一天不惹事就不舒服是不是？

聽見他的話，若靈萱不禁在心裡冷笑一聲。什麼王爺？在她看來，這也只是一個耳朵軟、又不分是非的男人罷了！

多多在一旁擔心得有些顫抖，王爺會不會處罰小姐？畢竟王爺那麼喜歡落小主，又那麼討厭小姐！

落茗雪眸光帶著怨恨、帶著得意地瞪了若靈萱一眼。賤人，這下看妳如何向王爺交代？

「說話！」君昊煬突然一聲暴吼，今天他絕不輕易放過這個專惹是非的女人！

若靈萱凜眼瞧他，再瞧了瞧落茗雪，看她那副小人得志的嘴臉，心中頓生一抹厭惡。

「她出言不敬，故意辱罵我，難道不該罰？」

辱罵？君昊煬不由得睨了睨旁邊的落茗雪，心中根本不相信。雪兒是嬌慣了些，但一向懂分寸，怎麼會無緣無故出言辱罵？

落茗雪見他冷著臉不說話，心中頓時有點心虛，連忙做出頭暈狀。「哎喲，痛死我了！王爺，王妃她顛倒黑白，您一定要為妾身作主呀！」

那紅腫的臉頰、淚水盈眶的模樣，顯得她越發楚楚可憐，讓人打從心底憐惜。

「若靈萱，誰給妳這種權力，敢打本王的女人？」君昊煬寒著聲音，目光像冰刃般朝她射去。

「你的女人？」若靈萱失笑，眸中帶著明顯的嘲諷。隨後，她緩緩挪動肥胖的身子上前，眼角一挑，故意嗲聲道：「王爺，我也是您的女人呀！」

話落，君昊煬當即鐵青著臉，怒意就這麼硬生生地給憋著。這個天殺的醜女人！真是不知羞恥，居然當眾挑釁他？要不是因為太后遺旨，他根本容忍不得如此醜惡的女人在他的王府裡出現！

見他氣得說不出話來的樣子，若靈萱得意極了，清澈的眸子充滿著笑意，繼續說道：

「再說了，我的權力可是王爺您給的喔！身為王妃，可不能連個小妃子都不如吧？」

這醜女人，現在倒是越來越伶牙俐齒了！君昊煬冰冷的眸子，又暗沈了幾分。

「若靈萱，妳既然說自己是王妃，就該以身作則，好好做其他妃妾的榜樣，而不是帶頭惹是生非！如果連本王寵幸一個女人都不能容忍，那妳還有什麼資格當這正妃之位？首先妳就犯了七出的嫉妒，本王隨時都可以稟明皇上休了妳！」若不好好給她一個警告，真以為自己奈何她不得！

「休了我？臣妾好怕喔～～」若靈萱盡量使用最假的語氣道。明清的眸子，凜然地對上他冰冷寒冽的眼睛，語氣迅速變換，手指著落茗雪，接著便說：「那如果這個女人犯了七出的嫉妒，王爺是不是也要把她給休了？」

落茗雪本是泛笑的臉，卻因她的話而僵住，盈著淚水的眸子帶著怒火，繼而弱弱地哭訴道：「王妃，妳為什麼老是要針對妾身？妾身哪裡得罪妳了？」

「別哭。」君昊煬見她一臉委屈，眉頭輕皺，不由得輕攬過她安撫，隨後冷眼睨了下若靈萱，唇角勾起一絲嘲諷。「妳是說，雪兒嫉妒妳了？」

「那當然不是我，而是……旁邊這位，新進府的侍人！」若靈萱說著，轉眸看向一旁的白衣少女，提高音調道。

突然被點到名的少女，驚了一下，有些手足無措。

君昊煬這時才注意到這位白衣少女的存在，一襲雪白的衣裙，明眸皓齒，唇若櫻桃，膚如白雪，氣質絕俗，看在他人眼裡格外賞心悅目。

他凝眉，難道她就是父皇挑選給他的，新一輪入選的秀女？

「妳叫什麼名字？」他柔聲問道。

觸及他直直打量的目光，少女臉上頓時浮現一抹紅暈，羞澀地垂首，小聲道：「回王爺，奴婢殷素蓮。」

「王爺……」見君昊煬的目光落向他處，落茗雪急忙搖了搖他的手臂，嬌聲嚷道：「您不要聽王妃胡言，妾身才沒有，妾身冤啊！」

「冤？落小妃，妳別想狡賴，殷侍人臉上的掌印仍在。妳要不是嫉妒她，幹麼毫無緣由地打她？」若靈萱冷冷地盯視著她。

「我……」落茗雪被她這樣一說，心中咯噔了一下，有些心虛。但很快地，她又理直氣壯地反駁道：「王妃姊姊，妳說妾身嫉妒她，也該有個理由吧？這個殷侍人，只是剛進府的，根本沒得恩寵，妾身又何須嫉妒？」

「哼，她雖然沒得恩寵，但是才貌雙全，反觀妳一介草包，心中會嫉妒和不平那也是人之常情。」

「妳——」落茗雪氣得差點跳起來，但她還是按捺著自己，極力擠出一抹虛假的淺笑，帶著嘲諷的意味道：「王妃姊姊，妳可真會開玩笑，京都誰人都知道，妾身可是琴棋書畫堪稱一絕，這樣的我，又怎麼可能會嫉妒一個小小的侍人呢？」

她的才藝，連詩畫雙絕的表姊林詩詩都給比下去了，因此才會被君昊煬看上，收入府中成為小妃。

「是嗎？可據我看來，妳只不過是隻井底之蛙罷了！」若靈萱冷嗤一笑，相當不以為然。

「那妳的意思是說，殷侍人的才藝，比得過雪兒了？」君昊煬突然開口，向她靠近幾步，冷眸綻放出詭譎的微光。

若靈萱立刻退後兩步，與他保持距離，不緊不慢地回道：「當然。就是因為殷侍人才藝了得，才會招來某些人的嫉恨。」話畢，眼神刻意地瞄向落茗雪。

落茗雪氣青了臉，強忍著破口大罵的衝動，惡狠狠地回瞪著她。

而殷素蓮則是傻住了，不解地看向若靈萱。她根本就不懂什麼才藝，為什麼王妃要這樣說？

「既然王妃說得振振有詞，本王現在就給妳一個機會。要是妳能證明殷侍人的才藝比雪兒出色，那麼本王就不追究妳的嫉妒之罪，若不然，妳就等著接本王的休書吧！」君昊煬冷言放話，唇角勾起一絲不易察覺的狡黠笑痕。

既然這醜女自己撞到刀口上，他當然不會放過這個好機會。

若靈萱當然看出了他的意圖，鄙夷一笑。「好，那就讓殷侍人與落小妃比試一番。不過，要是落小妃輸了呢？王爺是不是也該治她應得之罪？」

哼，雖然自己不屑當王妃，但暫時她還是不能離開王府，而且，那個落茗雪囂張的樣子她也看不慣，非要好好挫挫她的銳氣不可。

「好呀，如果我真的輸了，任憑王妃姊姊處置！」這次，落茗雪很爽快地接下挑戰，滿臉自信之色。

自己可是在書香門第下長大，自幼便由父親請來名師指導，豈是一個小小的侍人能相比的？

「落小妃，這可是妳說的，到時可別後悔啊！」若靈萱眼裡閃過一抹暢意，冷哼回道。

「那好，本王就給妳們三天時間準備，三天後，王府會有一場歡宴，到時妳們就各自獻技吧！」君昊煬一雙深沈的眸子瞪著她悠閒的樣子，臉上陰晴不定。這個女人竟然如此穩如泰山，難道她有什麼絕招致勝？

「王妃姊姊、殷侍人，那麼我們三天後就一分高下吧！」落茗雪驕傲地揚了揚唇，自負至極。

「隨時候教。」若靈萱淡然回道。

相對於她的淡定從容，一直插不上話的殷素蓮卻心中慌亂，臉色煞白煞白的，但她不敢亂說話，怕會對王妃不利。

同樣的，多多的表情也好不到哪裡去，一臉憂心忡忡地看著主子，但見她沒有絲毫慌張和不妥之色，又疑惑起來，為什麼小姐這麼篤定？

離去前，君昊煬倏地回頭，那冷凜的眸子，直直鎖定若靈萱，嘴角勾起一抹嘲諷。「若靈萱，記得，妳只有一次機會。」

「那你就等著瞧吧！」若靈萱微揚下巴，不屑地看著他。

第二章

翌日，清晨。

若靈萱睜開惺忪的睡眸，伸個懶腰後，就發現多多早就把洗臉水打好了。

「小姐，妳醒了。」多多神情黯淡，臉蛋皺得像苦瓜，一副天要塌下來的樣子。

「怎麼了，多多？」若靈萱奇怪地看著她，這丫頭是怎麼了？

多多看了她一眼，凝重地蹙緊眉，滿懷憂傷地道：「小姐，我打聽過了，那殷侍人只是知府的女兒，還是庶出的呢，平時大門不出，二門不邁，就算會一些才藝，也沒得過名師的指導，等於雕蟲小技，這樣的她能贏嗎？」

若靈萱聽了暗自好笑，原來這丫頭是在擔心這個啊！

「放心，我不會做沒把握的事情的。」她邊說邊扭了扭水桶似的粗腰，略帶艱難地挪下床，緩緩走到梳妝檯前坐下。

這副肥胖的身子，現在她還不太習慣。

「我知道小姐會想辦法，可是落小主自幼就受到良好的薰陶，棋琴書畫樣樣精通，萬一殷侍人比不過，那小姐妳就會……」最後的話，多多不敢說下去，只是憂慮地看向她。

「就會被休了是不是？」若靈萱撇撇嘴，不甚在意。這個正妃之位她一點也不希罕，贏了固然好，要是輸了，對她也沒損失，大不了離開王府後，日子會過得艱難些罷了。

「小姐，妳怎麼一點也不擔心啊？」這個睿王妃的位置，可是小姐好不容易才爭取來的呀！

「擔心什麼？兵來將擋，水來土掩啊！好啦，快幫我梳頭吧！」若靈萱拍拍她，安撫道。低頭看著這到腰間的長髮，她不禁蹙起眉頭，真是麻煩，在二十一世紀的時候，她都是一頭的短髮，輕鬆又方便，多好。

「是，小姐！」多多只好拿起象牙梳，手腳麻利地梳了起來。

一切著裝完畢後，草草快步走了進來。「小姐，殷侍人來了。」

「快讓她進來！」若靈萱揚聲道。

沒多久，殷素蓮在草草的引領下走了進來，一身如雪紗衣的她，看上去纖弱柔美，純真動人。

「奴婢參見王妃娘娘。」她微微福身，聲如黃鶯，十分好聽。

「不用多禮，快起來！」若靈萱親切地上前扶起她，笑呵呵地招呼著。「在這裡呀，用不著拘束的，坐吧！」

「……是，謝王妃。」殷素蓮有點受寵若驚，沒想到堂堂王妃居然親自來扶自己。

兩人坐下後，多多和草草即奉上熱茶和點心，然後退到一旁。

若靈萱感到餓了，便二話不說地拿起點心啃了起來，看到殷素蓮仍是拘謹地坐著，頭垂得低低的，一副正襟危坐的樣子，不禁有些好笑。

「殷侍人，妳不要緊張，就當是跟我閒話家常就好了。」

「是……是。」

話雖如此，但看她點頭如搗蒜的樣子，就知道沒聽進去。

若靈萱嘆了口氣。算了，回歸正題。「對了，殷侍人，對於琴、棋、詩、畫、唱歌、跳舞的，妳會幾種？哪樣最精通？」

「我……」殷素蓮猶豫了一會兒後，很小聲地回道：「回王妃，其實……奴婢只會下棋。」

「啊？那其他的呢？彈琴、畫畫，一樣都不會嗎？」不會吧？古代的女子不是最流行這些嗎？

果然，她搖了搖頭，臉帶歉意。「對不起，奴婢才疏學淺，別說是彈琴了，就連唱歌都不會，詩也作不了幾首。」

她只是庶出的，能學幾個字，已是萬幸了，哪還能學什麼才藝？

「這樣啊……」若靈萱蹙了蹙眉，本來她以為殷素蓮就算不精通，起碼也有個底，沒想到竟是一竅不通，這樣就算自己要教她，一時半刻她也學不來的。

後天就是比試的日子了，以她的能力，還有那膽小的性子，恐怕還沒比，就已嚇得臨陣退縮了。

想罷，若靈萱倏地一彈手指，斷然道：「看來，只好讓別人替妳上場比試了！」

「替我？」殷素蓮詫異地望著她，水眸散發著不解之光。

「沒錯。」若靈萱點點頭，說出了自己的方法。她知道古代的侯門貴婦或千金小姐，一般都不輕易在眾人面前展現才藝，而是設置屏障或帳幔，讓她們在後面表演。

「小姐，那妳會找誰來代替？」多多問道。

若靈萱沒有答，只是神秘一笑。「後天自見分曉！」

西院，惜梅苑。

位於睿王府最豪華的庭院，假山流水，水亭香榭，院內處處都植滿了美麗的梅花樹，沁人心脾的濃郁清香飄飛了整個庭院。

此時，一名氣韻高雅、清柔如仙子般的宮裝女子正站在院裡，不時地翹首凝望。她正是王府的側妃之一，林詩詩。

終於，盼望已久的高大身影踏進院子中，她立刻笑顏如花地迎上前，站立在他旁邊，柔聲輕問：「王爺，今日怎麼如此晚回來？」

「有事情要跟父皇商議，所以晚了。」君昊煬微笑答道，對於眼前溫柔若解語花的女子，一向冰冷的雙眸蘊含著絲絲柔情。

「原來如此。臣妾已經吩咐大廚房準備了午飯，正等著王爺回來後一起吃呢！」林詩詩笑道。隨後自然地跟在丈夫身旁，兩人情意綿綿地並肩走著。

到了小廳，餐桌上已擺滿了菜餚，香氣四溢，引人垂涎。

「喲！好香喔，看得我都直流口水了！」

一道邪魅好聽的聲音從門外傳來，令準備落坐的兩人轉頭看向對方。

映入眼簾的是一張絕世容顏，劍眉斜飛入鬢，長長的睫毛下，鳳眼媚似桃花，高挺的鼻樑，薄薄的唇，泛起一抹漫不經心的笑，整個人散發出一股邪魅的氣質。

這就是當今皇上的七子——晉親王爺。

「晉王爺！」林詩詩看著來人，不禁揚起笑臉，起身相迎。

「你怎麼來了？」君昊煬卻擰眉睨他，聲音不冷也不熱。

「來瞧瞧你呀！正好讓我趕上午膳，看來我還挺有口福的嘛！」君昊宇呵呵幾聲，大搖大擺地在離他們最近的位置坐下，隨手就撈起桌上的筷子，挾了一尾炸蝦品嚐。

體貼的林詩詩立刻替他盛了一碗湯水。「晉王爺，請慢用。」

「有勞林側妃了！」君昊宇朝她笑笑，跟著又饒有趣味地看向自家兄長。「聽說今晚的歡宴會有美人獻藝，是吧？」

「你怎麼知道？」君昊煬瞥了他一眼。

「林側妃讓我當評判，不就知道了？」君昊宇勾唇一笑，邪魅的鳳眸中帶著興味。

君昊煬不由得看向林詩詩，她便解釋道──

「王爺，是這樣的，大家都知道，雪兒是你喜歡的妃子，而王妃卻不然，所以為了公平起見，臣妾覺得這個評判還是晉王爺來當的好，這樣就算王妃她們輸了，也會心服口服，不會起爭端的。」

君昊煬聽了後點點頭，眼神帶著讚許。「說得有理，還是詩詩想得周到！」

「話說，昊煬，如果若靈萱輸了，你真的打算休妻嗎？」君昊宇輕啜了口鮮湯，好奇地看著他。

「沒錯！」他冷漠地道。那個惡俗的女人，他忍得夠久了。

「可她畢竟是御賜的王妃，而且還有太后遺旨在，如果你休了她，父皇那邊可不好交代吧？」君昊宇知道他很討厭若靈萱，但討厭歸討厭，太后遺旨若是不遵，不就等於抗旨嗎？

「那又如何？」君昊煬訕笑，眸光頓時冰冷無比。「若靈萱犯了七出的嫉妒，我就有權處置她，就算不能休，我也絕不會讓她繼續留在王府裡。」

一提御賜就心頭火起，想他堂堂皇子，居然要被逼著娶一個醜惡的女人為妻，這簡直就是對他的侮辱！

「看來你是鐵了心要對付她了。」君昊宇搓搓下巴，鳳眸一轉，像想起什麼似地詭笑道：「不過話又說回來，萬一是落小妃輸了呢？你豈不是也要處置她？」

「雪兒的才藝，我有信心！」君昊煬淡扯唇角，對此相當有把握。

「是嗎？看來明天的戲會很精彩喔，我更不能錯過了！」君昊宇劍眉一挑，興味地勾起更濃的笑意。

晉陵王朝裡，每位親王都擁有屬於自己的騎兵，分別是金、銀、銅、鐵、黑、藍、白七騎，睿親王的是銀騎將士。今天，駐守在邊關的五名將領返京探親，因此君昊煬便在王府大擺宴席，為他們接風洗塵。

偌大的宴會廳裡，燈火通明，美酒佳餚，歡聲四起。

君昊煬端坐在主位上，一身絳紫色的華服，將他高大的身形襯得更是冷厲，霸氣逼人。側妃林詩詩和柳曼君分別坐在他身邊，兩人臉上均漾著溫婉秀雅的笑容。

而主位的左右下方，則各自設置了兩道高大屏風，坐在裡面的人兒，正是今晚獻藝的落茗雪和殷素蓮。

參加宴會的將士們羅列而坐，個個興致勃勃地高談闊論。君昊宇神情慵懶，意態閒適，白皙纖長的手指把玩著通透玉杯，一身豔紅色的錦袍華服，無論什麼時候都是那般耀眼奪目。

這時，君昊煬舉起酒杯，唇角揚起淡淡的笑。「最近幾年，邊關一帶一直風平浪靜，少有戰事，全靠各位將士鎮守的功勞，辛苦大家了！來，本王在此敬各位將士一杯！」

「多謝王爺！」眾將士笑容滿面，也跟著舉杯回敬。

「昊煬，既然大家都到齊了，那快請嫂子們上演助興吧！」君昊宇看向他，邪魅的鳳眸閃著戲謔，一副準備看好戲的樣子。

在座眾人一聽，也來了興致，其中先鋒楊磊笑道：「對呀，王爺，我們大家都期待著呢！」

才女們的比試，誰都感興趣！

「那好，就讓她們開始吧！」君昊煬笑了笑，朝身旁的林詩詩低語幾聲。

她瞭然地點頭，隨即嬌聲道：「兩位妹妹，比賽正式開始！」

眾人抱著看熱鬧的心，紛紛豎起耳朵，興味盎然地翹首觀望。

然而，在右側屏風裡面的殷素蓮，則是緊張得手心冒汗，雙眸惶然地看向一旁的若靈萱。

「王妃，怎麼辦呀？」她可是琴藝白癡啊！

「小姐，妳不是說會有人代替殷侍人嗎？怎麼……」多多和草草也憂急如焚，要是輸了，那就真的完了。

相對於三人的慌亂，若靈萱只是淺淺一笑，悠然開口。「多多，把琴給我。」

「什麼？」多多呆呆地問，不明所以。

「把琴給我。不是要比試嗎？」若靈萱沒好氣，真是遲鈍的丫頭。

「啊？小姐妳……」多多、草草同時倒吸一口冷氣，不可思議地瞪著若靈萱，幾乎懷疑自己聽錯了。

殷素蓮也驚訝萬分，她萬萬沒想到王妃居然會代替她上陣。

「別啊啦，快拿來，比試都開始了！」見她們一副呆樣，若靈萱趕緊催促。

「……是是，王妃，妳請！」

殷素蓮迅速反應過來，連忙遞上古箏。雖然她不太知道王妃的琴藝如何，但此時此刻，也只能照她說的去做了。

這時，一曲悠揚的琴聲緩緩從左側屏風飄出，音色似一汪清水，讓人覺得清涼透心。

若靈萱眸一瞇，雙手迅速按在琴弦上，一揮指，琴聲徒然響起，發出悅耳的響聲，纏纏綿綿，如涓涓細流。

比試就是搶奪先機，不然自己的琴聲很快就會被對方所影響，因此她下手一定不能慢於落茗雪分毫。

只聽兩道優美的琴聲飄飄蕩蕩於大廳，琴音此起彼伏，相互糾纏著，誰也不讓誰。

多多、草草驚詫地捂著嘴，不敢相信地看著若靈萱。她們跟了主子這麼久，為什麼從不知道她竟有如此才能？她們驚詫於她的變化，不僅人變聰明了，才情也更了得。

殷侍人早已聽得入了迷，完全沉醉在美妙的音律中。

同時間，君昊煬與林詩詩眸光一縮，全然一副詫異、出乎意料之色。

屏風後的落茗雪，也驚訝地瞪大了眼睛。

君昊宇和在座的眾將士則豎直了耳朵，屏神凝聽。

驀地，若靈萱手腕一轉，音律點點升高，節奏輕快了起來，漸漸充滿震撼力，高昂卻不突兀，時而如急流飛瀑，時而如珠落玉盤，優美異常，穿過夜空，激蕩在滿園的月色之中。

聽著這扣人心弦、悠揚流暢的琴聲，眾人臉上皆呈現如癡如醉之色。就連君昊煬聽了，也為這絕美的琴藝驚嘆！

在同一時間，若靈萱驟然高起來的琴音，幾乎壓得落茗雪的曲調發揮不出來。

落茗雪咬咬牙，努力接上剛才斷了的琴音，纖指快速揮動音符，想打斷對方的琴音，一雙美目幾乎噴出火來。說什麼她也絕不能輸給一個小小的侍人！

只是無論她怎麼彈奏，都無法撼動若靈萱分毫，琴韻依然是生動無比，引人入勝，讓眾人彷彿走進了一個美妙的幻境，著魔似地沈迷其中。

落茗雪氣憤至極，神情越顯煩躁，奏樂期間一旦心存雜念，根本無法彈出好的曲子，因此沒多久，落茗雪的音符終於被打破，連琴弦也斷了，再也無法彈奏。

不一會兒，若靈萱落下最後的音符，琴聲戛然而止，但橫樑中彷彿還環繞著這首曲子，久久不散。

驀地，「啪啪」的聲音響起。

「好！太妙太絕了……」君昊宇忍不住讚嘆出聲，雙手拍掌，眸中興味更濃。

眾人也瘋狂鼓掌，紛紛驚呼起來——

「太厲害了……」

「沒錯，如此妙音，實在是驚人啊！」

「王爺，這是哪位夫人？竟有這樣的妙手？」

「連落尚書的千金，都無法相比呀！」

君昊煬仍在驚訝當中，銳利的雙眸若有所思地盯著右邊屏風，這個新進府的殷侍人，居然有如此的本事，真是讓他大感意外！

由於評判君昊宇的讚賞，這場琴藝比試，當然是若靈萱等人勝出。

接下來，是棋藝。殷素蓮沒法隱身了，便走出了屏風。清麗的容貌、淡雅的打扮，就像仙子般脫俗出塵，令人眼前一亮。

在座的將士們又紛紛交頭接耳，猜想這清靈的美人兒，定是剛才的琴藝高手，看她的眼神也飽含讚嘆。

君昊宇則靜靜地打量著她，鳳眸微瞇，剛才的琴音，就是出自她手嗎？

緊接著，落茗雪在丫鬟翠玉的攙扶下，也嬌嬈地走出了屏風。今天的她一身火紅衣裙，美得豔麗，勾魂的水眸、嬌豔欲滴的紅唇，花香縈繞全身。

此刻，她氣恨地暗瞪了對面的殷素蓮一眼，心中直罵：賤人，方才比琴算妳好狗運，接下來的三關，看妳怎麼過！

殷素蓮不敢看對方殺氣騰騰的眼神，低下頭走到棋盤前坐下。

多多和草草緊張地在屏風內等待著，若靈萱則是研究著接下來的畫藝要怎麼動筆。

雖然在二十一世紀，她是個古箏高手，彈得一手好琴，會的古箏名曲數十首，幾乎倒背如流，但對於美術，她一向限於鉛筆畫，這毛筆畫恐怕不好描繪呢……

就在她冥思苦想的時候，外頭的棋藝比賽也如火如荼地進行著，最後，落茗雪險勝半子，贏了這一關。

殷素蓮垂頭喪氣，俏頰脹得通紅，一臉羞愧地回到屏風內，心中不停地責怪著自己。早知道今天會與人對弈，平時在家就好好研究棋藝了，王妃好不容易勝了一關，自己卻敗北，等於是平手，真是太對不起王妃了！

看出了她的愧意，若靈萱便友好地拍拍她的肩膀，笑道：「別這樣嘛，平局就平局了，沒事，我們在最後兩關贏她不就得了？」

「對不起，王妃……我太沒用了……」雖然她這樣說，但殷素蓮仍是愧疚得不得了。

「好啦，我又沒怪妳，沒事的！」

「小姐，接下來也是妳上場嗎？」多多聽出主子的意思，再次驚訝出聲。

若靈萱正想說，就聽見林詩詩甜美的嗓音宣佈道——

「接下來是歌藝，由殷侍人先開始！」

「啊，開始了？怎麼辦，要開始了！王妃……」殷素蓮大驚失色，眼巴巴地瞅著若靈萱，她還沒有準備好呢！

「不用擔心，這關還是我替妳比！」若靈萱說著，徑直走到古琴邊坐下。

她深吸口氣，集中精神撥弄琴弦，緩緩展開歌喉，美妙的嗓音頓時從唇齒間流洩而出……不得不說，雖然這個若靈萱面容不好，身材肥胖，但聲音卻是極品，恍若天籟之音。

「霧茫茫水流淌

楊柳岸淡梳妝

晨風暖心事了然
憶瀟湘唇角微揚
誰聽那年湖畔笛聲正悠揚
一湖秋水一縷青絲為誰唱
再看江南如畫煙雨盡芬芳
醉裡桃花三月春華

月微光夜呢喃
碧水長相聚短
有荷香在水中央
兩相望眉間心上
誰憐那年湖畔煙雨惹紅妝
一竹梅笛一曲小調為誰響
再看江南如畫沈醉了月光
夜蟲輕唱絲竹共歡
誰聽那年湖畔笛聲正悠揚

一湖秋水一縷青絲為誰唱
再看江南如畫煙雨盡芬芳
醉裡桃花三月春華
淡了月光人影成雙……」
眾人屏息疑神，傾聽著此世間絕美的妙音。漸漸進入到歌詞中淡雅閒適的意境裡去。醉裡桃花，三月春華，一湖秋水一縷青絲，一竹梅笛一曲小調，兩相望，眉間心上，淡了月光，人影成雙……多麼令人羨慕、多麼令人嚮往的生活啊！簡單、平淡，卻讓人唇角微揚，憧憬不已。
君昊宇單手撐著下巴，一臉享受地聽著。
多多、草草又驚又喜，幾乎不敢相信，她們的主子不但琴藝了得，歌聲更是無與倫比，為什麼她們以前卻不曾知道呢？
殷素蓮同樣震驚，眼裡都是崇拜與羨慕之色。
就連君昊煬，也聽得雙眼發亮，緊緊盯著右側的屏風。她的歌聲、琴聲，不斷地敲擊著他的內心……
沒想到此女竟會唱出如此動人曲調，哪怕是最有名的宮廷樂師，也無法與其相比。
見他如此，林詩詩雙目微凜，衣袖下的小手不自覺地揣緊，既驚訝於殷素蓮的本事，更驚詫王爺的目光。

柳曼君當然也看到了，心底也升起了一股危機感，王爺該不會是對這女人有意思吧？而在另一座屏風內的落茗雪，則是氣得七竅生煙，雙手緊緊握住，咬牙憤恨。她不明白，那個弱不禁風的女人只是知府之女，而且還是庶出的，怎會有如此本事？

但氣歸氣，她還是得拿出自己的作品上場演唱。

一曲「雲水禪心」雖唱得優美縹緲，明麗悅耳，但比起方才那震撼人心的歌曲，還是顯得遜色多了。

所以，這次又是若靈萱等人勝出。君昊煬雖然沒出聲，但目中卻有讚賞之意，薄唇也微微掀起一絲微笑的弧度。

最後這關是書畫比賽，落茗雪這下可是信心十足，因為她的水墨畫是出了名的精緻婉約，可比名家之畫。而且，這次她是非要成功不可，要是敗了，不但趕不了那個醜八怪出府，自己也會因此而受到懲罰的。

這時，在另一座屏風內——

「小姐，這是最後一關，成敗全靠它了。」多多又開始憂慮了。雖然她們勝了兩局，就算這次輸了也是打成平手，但這樣一來，落小妃的嫉妒之罪就不存在了，而王爺那麼討厭小姐，恐怕還是不會放過她的。

其他兩人也眼巴巴地看著她。

「試試看吧。好了，時間緊迫，快給我準備紙墨吧。」

「是！」

既然小姐這麼有信心，那她們就拭目以待吧，看看現在這個已經變得聰明的小姐，還會帶來什麼樣的驚喜給她們，真的很期待呢！

很快地，三人在分工明確的指導下，一切準備妥當。

一炷香過去後，落茗雪呈上了自己的得意之作，供在座所有人觀賞。

只見畫卷上，一位綠衣女子端坐在桃花樹下，手彈琵琶，秀髮隨風而起，伴隨著漫天飛舞的桃花，美眸顧盼，紅唇欲動，好一幅美人圖。

眾人飽含讚賞地看著，紛紛發出驚嘆聲。

多多、草草見落茗雪的畫倍受好評，再看看自家主子還在埋頭苦幹，不禁更為著急。

「殷侍人，輪到妳了！」林詩詩這時出聲道。

下一刻，若靈萱終於放下筆，重重吁出一口氣，看著自己辛苦的勞動成果，不禁展露歡顏。看來將鉛筆畫的技巧融入毛筆畫裡，效果還是不錯的！

多多、草草忐忑不安地接過畫卷，卻在看到上面精緻的畫風時，震驚地瞪大了眼睛。她們的小姐……什麼時候這樣多才多藝了？要不是今天親眼看到，真不敢相信呢！

殷素蓮更是佩服至極地看向她，什麼時候，自己也能像她那樣厲害呢？

「還呆著幹什麼？快拿出去呀！」

若靈萱笑著催促，這畫她在二十一世紀的時候，曾獲過市賽第二名，雖然現在改用毛筆了，但她相信，絕不會輸給古代的畫風。

「是、是……」多多、草草忙應聲，滿懷期待地將畫交了出去。

畫卷徐徐展開，只見幾朵嫣紅如血般淒豔生動，點綴於亭亭出水的荷花中，似在畫卷上細細淌流。荷花池裡，數條五顏六色的魚兒嬉戲追逐，似漾起一絲絲漣漪，淺墨勾勒而成的蝴蝶翩然起舞著，栩栩如生。

剛才那幅「美人圖」是美豔得不可方物，然而，這幅「春日海棠圖」更表現出畫者的智慧和技巧，畫上無論花兒還是荷葉，起舞的蝴蝶或嬉戲的魚兒，皆都亦真亦幻，如在紙上活了起來！

「好畫！太美了……」

在場眾人為之神往，爆出一聲聲驚呼，瘋狂鼓掌。「真是畫得唯妙唯肖、栩栩如生啊！」

君昊煬聽了，也不禁淡揚唇角，向殷素蓮投去激賞的目光。完全沒有想到，此女的才藝竟如此驚人了得。先是方才絕妙的琴聲，神奇的歌曲，到現在鬼斧神工的畫……如此多才多藝的女子，他心中頓時產生了喜愛之情。

殷素蓮臉色通紅地站在臺上，聽著大家的讚嘆，心中沒有喜悅，只有無措。她還不太習慣在這麼多人面前露面，而且還要接受這不屬於她的榮耀，真的覺得好不安。

「殷侍人好巧的手，今天本王大開眼界了！」君昊宇輕瞥了她一眼，邪魅的鳳眸泛著層層笑意。

「……謝晉王爺誇獎。」殷素蓮盡量自然地漾起笑容。

「昊煬，殷侍人如此出色的才藝，我看不用我說，你也知道誰是勝利者了吧？」君昊宇轉眸看向他，笑容加深，擺明了是帶著看好戲的心態。

經他一提，君昊煬才想起這場比賽的目的，薄唇不由得抿了抿，眉心也為難地蹙了起來。以實力來說，無疑是殷素蓮勝出。但這樣一來，他就要按照約定，治雪兒的嫉妒之罪了……

好半晌，他才淡淡出聲。「你是評審，自己決定吧。」

「好，既然如此，那本王就宣佈，這次的比試，殷侍人勝出！」

君昊宇話落，在座眾人也齊齊點頭稱是，無不以讚賞的目光看向殷素蓮。看來京都的才女，又要多增加一位了！

然而，在屏風後的落茗雪聽到這個宣佈，頓時杏眼圓瞪，一副不可思議的神色。

怎麼回事?自己最引以為傲的畫技也輸了?不可能，不可能!她怎麼可能會輸的?而且還輸給一個小小的侍人?這不可能!她咬著牙，憤恨至極。

林詩詩的臉色也不太好看，她沒料到，那個殷素蓮竟這麼有本領，早知道，就不要讓君昊宇當評審了，這下唯有希望王爺不要罰得雪兒太重為好!

至於另一屏風後的多多、草草，則是激動萬分，一把揪住若靈萱的衣袖。「小姐小姐，妳聽到沒有?妳贏了，妳贏了，妳真的贏了啊!」

贏了驕傲自滿、恃才自傲的落茗雪，那真是一個爽啊!

「我聽到了，不過妳們若是再這樣叫下去，估計大家都會知道是我贏了，而非殷侍人!」相對於兩人的激動，若靈萱只是平靜一笑。

多多、草草一想也是，連忙閉上了嘴。

不過，看著眼前這個雖身材肥胖又其貌不揚的主子，兩人眼中皆是無比崇敬的目光。小姐自從那次落水醒來之後，就像變了一個人似的，不但寬容大度、足智多謀，而且才藝也驚人無比……這，究竟是怎麼一回事呢?

今日天氣甚好，天空明朗，若靈萱像往常一樣起了個大早，拖著笨重的身子在院子裡跑了一會兒步，直到揮汗如雨，才氣喘吁吁地回到屋裡，接過草草遞來的茶水，一灌到底。

多多早就準備好熱水，讓主子沐浴，若靈萱洗了熱水澡後，人也神清氣爽許多。
「小姐，燕窩粥來了！」草草快步奔進來，呈上托盤，笑盈盈地道：「今天按小姐說的，加了牛奶！」
「哇，好棒！」若靈萱可高興了，古代的牛奶純天然沒加工，營養滿分。
肚子已餓得咕嚕叫，這身子，還真容易餓呢！端起瓷碗，二話不說就急急喝了起來。
「小姐，妳今天夠累的了，不如早膳就多吃一些，補補吧？」多多看著吃得狼吞虎嚥的主子，乘機提議道。
「就是呀，小姐，這幾天妳吃不好、睡不好，都瘦多了，看得草草好心疼呀！」草草苦著臉，眉宇間滿是憂慮。
相對於婢女們的緊張，若靈萱卻是笑得很開心。「別擔心，瘦才好呢，我就是要這個效果啦！不然，老是這樣胖下去，將來就成大肥婆了！」
「小姐，不會啊，其實妳並不難看。」這是她們的真心話，從來都不覺得主子醜，何況現在主子變得這麼平易近人，反而越來越喜歡這樣的主子呢！
聽了她們的話，若靈萱並沒有因此而高興起來，反倒還嘟著嘴，不悅地道：「不難看？嘖，我要是再戴串佛珠，整個人看起來就像一尊大佛了！再說，肥胖不但會影響美觀，而且對身體健康很不好，妳們要是不想我做個短命鬼，就別囉嗦了！」

短命？多多、草草一聽嚇一大跳，面面相覷。「呃……小姐，妳不會是說真的吧？」會不會誇張了些？

「當然是真的！」若靈萱翻了個白眼，然後揮揮手，繞開話題。「對了，那個落小妃，現在怎麼樣？」

「那還用說嗎，當然是被罰啦！」多多揚眉吐氣般，笑得十分得意。但下一刻，她又不滿地嘟起嘴。「不過就是罰得太輕了，只是禁足雪晗居半個月而已！」

「意料中的事。」若靈萱倒沒什麼太大的反應，她早就知道落茗雪不會受太重的懲罰，君昊煬這樣做只是想堵住她的嘴而已。

而她，也只是想挫挫落茗雪的銳氣，倒沒指望她會被趕離王府。

「真是偏心，要是輸的是王妃妳，可就沒那麼輕的懲罰了，不公平！」多多氣鼓鼓地握緊拳頭。

「算了，別為那些無謂的人氣壞自己。」若靈萱揮揮手，繼而像想起什麼似的，問道：「對了，昨天宴會後，殷侍人就被王爺召去了，結果怎麼樣？」

話說，她真的很擔心君昊煬會因為這件事而為難殷素蓮，那她就罪過了。

誰知，多多卻笑道：「小姐，妳別擔心，那個殷侍人現在被提升為小妃了，估計王爺對她喜歡著呢！」

「咦？那不錯啊！」若靈萱聽得十分滿意，心中也替殷素蓮感到高興。還有就是，這下定是氣死那個落茗雪了，爽！

「可是……」多多突然又神色黯然起來，不平地道：「小姐的才藝，就這樣變成殷侍人的了，我想起這個心中就有點不甘心。」

若靈萱只是笑了笑，不甚在意。「是誰的有什麼所謂？反正我們是勝利了，落茗雪也受到處罰，那就行了。」

「但是小姐，如果王爺知道獻藝的人是妳，說不定他會對妳改觀，那妳——」

「千萬別！妳想害死殷侍人啊？何況我也沒想著讓他知道。」若靈萱皺眉打斷多多的話。像君昊煬那種驕傲的男人，是容不得欺騙的，若是他知道真相，難保不會惱羞成怒，將殷素蓮重重責罰一番。

而且，她對君昊煬沒感覺，就算不是為了殷素蓮，她也不屑這樣做。三妻四妾的男人，她打從心裡排斥，能避免接觸就盡量避免，感情糾葛什麼的，同樣沒有最好。

多多聽了她的話，不禁訝異地凝思：是我多心了嗎？總覺得，小姐似乎越來越不在乎王爺了，難道是時間長了，漸漸地將對王爺的心也放下了？

不過，她卻是喜歡這樣的小姐，希望她能一直這樣開朗下去，而不是為了王爺，連自我也失去了……

西院，惜梅苑。

「側妃，王爺怎麼會突然封殷素蓮為小妃的？該不會是看上她了吧？」紅棉擔憂地問道。

府裡的其他姬妾，也侍候王爺一年多了，卻不曾見王爺對誰上心，怎麼這個殷素蓮才進府幾天，就一躍上了小妃的位置呢？

林詩詩靜默不語，抬眸看向櫃檯上擺放的衣服，這是她繡了好幾晚才完成的，想著昨天送給他，可等了他一夜都沒歸，原來，是讓殷素蓮侍候了……

心咯噔一下，難道他是因為宴會比賽的事，對殷素蓮有了心思？

「說來也真奇怪，那個殷侍人才剛進府，王妃怎麼知道她才藝了得，而且處處幫她……」紅棉忍不住提出了疑惑。

林詩詩皺眉，一絲憂慮之色襲上心頭。「不管怎樣都好，現在王爺喜歡她是事實，就算她是王妃的人，王爺恐怕也不會放在心上。」

「側妃勿擔憂，就算那個殷侍人再好，但奴婢相信，在王爺心中，是沒人比得上側妃的！」紅棉見主子眉梢染上了幾縷愁緒，立即安慰道。

聞言，林詩詩眉眼之間的愁緒絲毫沒有減輕，反而還多了幾許，最後也只是化為一聲嘆息……

北院裡的幾個妾夫人知道王爺封了殷素蓮為小妃後，個個不敢置信，並讓奴婢去打聽究竟是怎麼回事？

可派出去的人來來回回都沒有半點消息，於是，幾個夫人便決定到清芷苑一趟，向柳側妃請安，順便打探消息。

西院，雪晗居。

「死丫頭！一大清早磨墨，妳這是沒安好心是不是？」落茗雪一走出房間就看見翠玉在磨墨，旁邊還放著厚厚一疊宣紙，頓時怒火心生，想也不想地拽著她，甩手便是一巴掌。

等翠玉反應過來時，墨水已灑了一桌，臉頰也多了五個帶血絲的手指印。

「看見我被關在院子裡不受寵，心裡很高興是吧？」落茗雪塗著蔻丹的長指甲毫不留情地直戳翠玉的腦門。

「主子饒命！奴婢沒有，奴婢不是故意的！」翠玉害怕地抖著身子，眼淚在眼眶裡直打轉。

「不是故意？」落茗雪看著翠玉一副委屈的模樣，心裡越發的生氣。「我看妳根本就是有意的！妳這個賤婢！」

啪！又一聲，翠玉另一邊的臉上又多了五道帶血絲的指印。

翠玉怕得要命，又不敢反抗，紅腫的雙頰讓她口齒不清，她捂著火辣的臉，跪在地上哭著求饒。「主子息怒，奴婢知道錯了！」

「哭哭哭，哭什麼哭？嫌我教訓得妳不夠嗎？」

落茗雪一腳踹上去，翠玉當即吃痛地趴在地上。

看著翠玉哭哭啼啼，落茗雪感覺晦氣極了，她抬起腳，正想再教訓一下時，林詩詩和大丫鬟紅棉撩開簾子走了進來。

「雪兒，妳又在鬧什麼？」林詩詩微蹙眉，看到地上瑟瑟發抖的翠玉，就知道落茗雪又在耍脾氣了。

「姊，妳替我作主，我窩在院子裡快發瘋了，這死丫頭居然還在那裡磨墨，分明是想看我笑話嘛！」落茗雪惡狠狠地剜了翠玉一眼，氣哼哼地走到林詩詩身邊。

林詩詩搖了搖頭，揮手讓翠玉退下，然後踱步走到玫瑰椅前坐下，道：「雪兒，不是我要說妳，妳這性子再不收斂，恐怕下次就不只抄《女誡》這麼簡單了。」

想到若靈萱這次的舉動，林詩詩的眉心蹙得更緊。

「姊，什麼意思啊？」落茗雪不解。

「妳沒看出來嗎？王妃今時不同往日，要是妳不改性子，再犯到她手上的話，恐怕我也保不住妳了。」林詩詩抿了一口熱茶，眸中透露著一絲敏銳的微光。

一提起若靈萱，落茗雪就火了，但更多的是不解。

「對了，那個若靈萱是不是撞壞了腦子，怎麼好像變得冷靜了？居然不跟我大吵大鬧！還有，那個殷素蓮又怎麼會跟她那麼熟悉？她們是不是早就串通起來，丟個陷阱給我的？」

林詩詩眸光轉動，似在沈思，最後擺了擺手道：「算了，這事用不著花心思去猜。倒是妳，以後做事別這麼衝動，免得給王爺不好的印象，知道嗎？」

落茗雪本想抗議，但一聽見「王爺」兩字立刻安靜了下來，還有些緊張地問：「姊，王爺沒有怪我吧？」

「放心，有姊姊在。」林詩詩安撫地一笑，拍了拍她的手。「更何況，王爺對王妃一向都有微詞，自然不會偏信於她，但規矩有定，只好委屈一下妳了。」

落茗雪這下放心了，隨即，想起自己因若靈萱而受罰，眼裡漸現陰毒之色，心中直恨道：賤人，妳等著瞧吧，我絕對會報這一箭之仇的！

入夜，月色朦朧，若靈萱佇立在清漪苑的小廳前，望向閃閃繁星，晚風從臉上輕柔地吹過，思緒惆悵萬千，心如流水波動，人也漸漸沈淪在無邊的月夜下，彷彿融入在迷幻的時空中。

不知不覺地，她穿越到這裡已經半個多月了，卻始終也找不到返回二十一世紀的方法，難道自己真要在這異時空過一輩子？雖然，在現代已沒有親人，但還有朋友，她真的很捨不得她們，而且還有冰箱、冷氣、手機、電視機、洗衣機和電腦的便利生活……

越想越沮喪，若靈萱不禁垮著臉，唉聲嘆氣了起來。

就在她感嘆之際，草草眉開眼笑地從外頭走了進來，手裡端著盛滿香瓜的荷葉盤，邁著輕盈的步子，朝身後的人兒道：「殷小妃請進！」

入屋的殷素蓮白裙飄袂，紗衣裹身，簡單又不失雅致，精緻的玉顏上化著清淡的梅花妝，顯現出了絲絲嫵媚，清亮的杏仁眸湛湛有神。

看到若靈萱時，殷素蓮連忙巧笑一聲，邁步跨近。

「奴婢參見王妃娘娘！」

她福身行了一禮，楚楚動人的神情，讓人看了也憐惜。

「是妳！」若靈萱見是她，不禁笑開了臉，友好地迎上前，將她扶起。「起來起來！聽說妳現在是王府的小妃了，就不要再以奴婢自稱，叫我姊姊吧，咱以後姊妹相稱就好。」

對於眼前這個清純秀雅的女子，她一見如故，也打從心底喜歡。

聽到「姊姊」二字，殷素蓮巧笑倩兮，嬌顏一紅，朗聲笑道：「好的，姊姊。」

「來，這邊坐！」若靈萱笑咪咪地拉起她的手，走到梨木圓桌前坐下。隨後打量了她一番，笑道：「素蓮，恭喜妳喔！」

「姊姊，這都是您的功勞，不然哪有我的今天。」殷素蓮紅著嬌顏，柔柔一笑。身分卑微的她，真沒想過會成為睿王的小妃。

因此對於若靈萱，她是萬般感激的。

「咦？殷小妃來了？」多多一進來就看見主位上的宮裝美人，驚喜地笑開了臉，繼而上前拜道：「奴婢參見殷小妃！」

殷素蓮見狀嚇了一跳，忙揮了揮手道：「不必多禮，快起來！我能有今天全靠姊姊幫忙，所以從現在開始，若是沒有旁人，大家就不必拘於禮節了。而且，姊姊都不講究這些，我哪敢這樣啊！」

眾人聽罷，宛然一笑，氣氛也歡樂了起來。畢竟在這勾心鬥角的深宅大院，這份情懷實屬難得。

「喲，看來妳們的感情真不錯呀！」

一道邪魅好聽的聲音倏地傳來，屋內眾人不禁轉頭一看。

一個妖冶男子站在她們面前，英挺俊美的臉上有一對邪魅誘人的丹鳳眸，薄而性感的唇掛著漫不經心的笑，翩然的炙炙朱紅，更顯出他的邪魅。

若靈萱直視著他，感覺跟君昊煬有幾分相似，但卻不似他的性格，讓人覺得很風流倜儻。

自己不認識這個人，為何卻有點眼熟？

「參見晉王爺！」

耳邊響起的聲音，頓時解了她的疑惑。

晉王？若靈萱皺眉沈思著，突然靈光一閃，記起來了，原來他就是昨日宴會廳裡的那個評判，也即是君昊煬的弟弟，怪不得能自由出入王府。

「原來是晉王，來找本宮有事嗎？」若靈萱友好地朝他一笑，畢竟昨天是因為他，她們才會勝利，要是換了君昊煬，可不保證會不會偏幫。

君昊宇沒答，只是微訝地上下打量著她。傳言沒錯，這肥妞的確變得不一樣了，態度沒以前傲慢，打扮也沒以前俗豔，雖然還是長相奇醜，但看上去真的順眼多了。

倏然，薄唇微微上揚，牽起一絲邪魅的笑意，低醇的聲線緩緩響起。「皇嫂，臣弟有一事不解，特來找皇嫂解惑。」

若靈萱愣了一下，道：「不敢，晉王爺有什麼話直說好了。」

「皇嫂真爽快！」君昊宇依然帶著魅惑的笑意，隨後，鳳眸斜睇了旁邊的殷素蓮一眼，才開口道：「臣弟想知道，殷小妃是否真有真才實學？」

此話一出，在場四人同時一驚，面面相覷。尤其是殷素蓮，臉色倏地煞白，惶惶然地朝君昊宇望去，繼而又用無措的目光望著若靈萱。

君昊宇已將各人的反應看在眼底，唇邊的笑意更深了。

第三章

「晉王爺這話是什麼意思？」若靈萱雖然暗吃了一驚，但仍鎮定自若地迎視著他，淡淡地反問。

「沒別的意思，就是剛才無意中聽到了妳們的對話，心中存了疑慮，所以才向皇嫂求解。」君昊宇慢條斯理地回道。

他倒是慢條斯理了，多多、草草和殷素蓮就聽得心驚膽顫。晉王爺聽到她們的談話了！他到底聽進多少了？

「晉王的好奇心也太重了吧？咱姊妹只是說一些體己話，也值得晉王花心思去猜疑嗎？」若靈萱有點不爽了。嘖，虧她剛才還對他心存感激，沒想到，這傢伙竟是來掀底的！

「事關皇兄，臣弟當然是要關心一下。」君昊宇瀟灑地搖搖玉扇，微微傾身，突然詭異一笑。「如果大嫂不肯解答，那臣弟只好去找大哥了，相信大哥對這個問題也會有興趣的！」

「你——」若靈萱瞪著眼，這傢伙，居然威脅她？忍住罵三字經的衝動，她冷冷地哼道：「晉王多心了，殷小妃當然是真才實學，昨天的比賽，晉王不是親眼見識到了嗎？至於今天的談話，也就是因為本宮，她才會跟落小妃比試，有機會顯示她的驚人才藝，所以，本宮算是幫了她一個大忙。這樣解釋，晉王的疑慮解了沒有？」

見她說得合情合理，君昊宇似乎很滿意地連連點頭，笑容也越發燦爛。「解是解了，不過臣弟對於昨天殷小妃的表現，現在仍感意猶未盡，不知皇嫂可否讓殷小妃再彈一曲，讓臣弟盡興盡興？」

話落，本來臉色稍緩的殷素蓮，嬌顏再次煞白，心也提了起來。

「如果我說不可以呢？」若靈萱的口氣硬邦邦的，這男人是存心跟她們過不去是不是？

對於她的拒絕，君昊宇只是揚了揚眉，笑容不減。「那沒辦法了，臣弟為了一解心中所好，只好邀請大哥前來了。」說罷，轉身就要離去。

「不！」這下，殷素蓮不再沈默了，忙急呼出聲。隨後，又用驚恐無助的目光望著若靈萱，似乎在說：怎麼辦？

君昊宇停下腳步，有趣地看著她們的眼神交流。果然，事情另有文章！

其實說起來，他原本只是聽了傳言，所以好奇地來看看這個肥妞而已。誰知剛到門口，就這麼巧地讓他聽到了她們的談話，心中才開始存了疑。

若靈萱抿了抿唇，狠狠地盯了神情得意的君昊宇一眼，心中也明白，這男人已經懷疑了，要是今天不說清楚，傳到君昊煬耳中，會對素蓮十分不妙的！

思忖了一會兒後，她才抬眸道：「好，咱們也不必再拐彎抹角了，晉王爺想知道的事，本宮可以告知，但希望晉王爺聽了後，可要保守秘密。」

「沒問題！」君昊宇很爽快地答應了，反正他也只是好奇而已，要是告訴昊煬，那就不好玩了。

「姊姊……」殷素蓮有些惶然不安。

若靈萱安撫地拍拍她。「沒事的，相信我。」繼而對多多、草草吩咐道：「去把琴拿來。」

「是！」多多、草草略顯憂慮地看了主子一眼，這才應聲而去。

沒多久，她們就托著古琴，抱著案几，小心翼翼地走了進來。原本的若靈萱也略懂音律，因此太后便特地命人用千年古木做成古箏送給她，作為嫁妝，箏弦也是用上等烏金絲製成的，所以彈出來的聲音，可謂餘音嫋嫋，繞樑不絕。

若靈萱清了清喉嚨後，便朝那把通體發亮的千年古琴走去。

見著她的動作，君昊宇不禁訝異地揚起眉。這肥妞想幹什麼？想到昨天的屏風裡，除了殷素蓮和兩個婢女外，就是……眼睛倏地瞪大，不會吧？

雖然他對殷素蓮產生了懷疑，但也只以為是哪位知名的歌姬或閨秀才女替她獻藝，絕不會想到，居然和這肥妞有關……

若靈萱沒理會他詫異的表情，集中精神在琴弦上，伸出了白皙柔嫩的十指，挑起了輕柔有力的第一指。絕妙的聲音，緩緩地飄蕩於空氣中，融入了情感。她的世界，只有她，和她的琴……

「我的一生最美好的場景，
就是遇見你，
在人海茫茫中靜靜凝望著你，
陌生又熟悉，
儘管呼吸著同一天空的氣息，
卻無法擁抱到你，
如果轉換了時空身分和姓名，
但願認得你眼睛。
千年之後的你會在哪裡，
身邊有怎樣風景，
我們的故事並不算美麗，
卻如此難以忘記……」

琴聲悠揚，忽而傷感，忽而悠然，此起彼伏，配合著絕妙的歌聲，發揮得淋漓盡致。聲音飄飄蕩蕩，如繞樑三日，瀰漫著整個院落。

殷素蓮和多多、草草聽得如癡如醉，君昊宇卻怔愣在那裡，如同石化。沒錯，這絕妙的琴聲和歌聲，還有獨特的歌曲，的確是昨晚宴會上的女子彈唱出來的。要不是親眼看見，真不敢相信一個外貌醜陋的肥胖女子，竟然能彈出此等境界的曲子，唱出如此絕美的歌……一時間，他對她有點刮目相看了。

看來，外面傳聞她才德皆缺、胸無點墨的謠言，不可盡信。

「儘管呼吸著同一天空的氣息，

卻無法擁抱到你，

如果轉換了時空身分和姓名，

但願認得你眼睛。

千年之後的你會在哪裡，

身邊有怎樣風景，

我們的故事並不算美麗，

卻如此難以忘記……」

若靈萱早已進入渾然忘我的境界，融入感情，與優美的歌聲渾然結合，宛如身臨其境般……

琴聲，委婉多情，如一名女子的低泣；臉上，似悲，似涼，似有憂傷，彷彿一個專情的女人，正傳述著對愛的執著，敢愛堅定、生生世世永不放棄的精神。

君昊宇靜靜地傾聽著，突然間，有點恍然失神，她的琴聲和歌聲讓人流連忘返，音律生動，慢慢衝擊著他的內心……

這樣的詞曲，這樣的意境，這樣的調子，是他生平沒聽過的。既覺得新奇有趣，更為之深深著迷。

就這樣近看著她白皙的側臉，一時之間，居然覺得她清秀可人……

許久，一曲完畢，眾人卻似乎還無法回神，無法從如此美妙的歌聲之中回神。

啪啪啪……突然，一陣掌聲響起。

「妙極，妙極！妳的琴聲、歌聲很絕美，令人著迷！」君昊宇由衷地讚美著。

若靈萱收回放在琴上的手，嘴角微勾，牽起一抹自信的笑容。這當然了，她可是古箏學院的高材生，琴藝連音樂家都讚不絕口，誇她是難得一見的奇才呢，因此對她來說，這種簡單的曲目，根本不算什麼。

「晉王爺，你想知道的事已經知道了，希望你遵守諾言，替我們保密。」她直視他，再次提醒著。

君昊宇停止了拍手讚嘆，凝眉看向她，腦袋凝思起來。傳聞這女人善妒成性，眼裡容不得一顆沙子，但如今卻甘願將自己的功勞拱手讓人，這樣的她，實在是太讓他好奇了，也讓他費解……

見他一臉思索的樣子，若靈萱皺了皺眉頭，他該不會出爾反爾吧？

「晉王爺——」她故意加大聲調。臭男人，休想跟她裝，要是敢不守信用，就休怪她不客氣了，哼！

興許是被她的聲音震醒，君昊宇回過神來了。突然地，他邁開步伐上前幾步，蹲下身，鳳眸直勾勾地盯著她，語調極其魅惑地開口——

「原來，彈琴的女人這麼有魅力，我現在才知道呢！」

啥？答非所問的話，若靈萱一時之間有些愕然。這……什麼跟什麼啊？突然的讚美她，想轉移話題嗎？

他們之間只隔著一把琴，這突如其來的靠近，眼睛對眼睛……不可否認，這男人真是美得妖孽，眼睛迷人，連說話都是那麼誘人，要是定力弱些，都要被他俘虜了去。

甩甩頭，正想開口斥責的時候，門外陡然傳來一道冰冷的聲音——

「你們在幹什麼？」

君昊煬高大的身影就站在門口，深邃的黑眸泛著寒光，直直地盯著親暱對望的兩人，語氣冷酷不已。

「昊煬，是你啊！怎麼心血來潮到這裡來了？」君昊宇轉過頭去，有些驚訝地看著他。

「想來就來！」君昊煬踏步而進，冷冷地掃了若靈萱一眼。

剛才，他老遠就聽到一陣陣美妙的琴聲與歌聲，驚奇之下，便循聲而來，但萬萬沒想到，這琴聲居然是從清漪苑傳出的，而且那歌聲十分熟悉。很快地，他就想到極有可能是殷素蓮來了這裡，因此就走了進來，但沒料到弟弟昊宇也在，而且還和這惡俗的女人很熟悉的樣子。

這時，多多、草草和殷素蓮一見是王爺，趕緊上前行禮。「參見王爺！」

若靈萱也站起身，不甘願地施了一禮。

君昊煬沒理會她，而是將目光落在嬌美的殷素蓮身上，冷眸有了些溫度，隨即伸手將她扶起，「蓮兒，剛才是妳在彈奏嗎？」

呃……此話一出，眾人皆石化。

君昊宇則有些想笑，但他按捺著不出聲，倒要看看若靈萱會怎麼做？會將自己的表現歸於別人嗎？

殷素蓮臉色微僵，有些羞愧地開口。「是……是的，讓王爺見笑了！」

「本王就知道是妳！」君昊煬唇角揚起，語氣滿含讚賞道：「曲子彈得不錯，非常動聽，讓人耳目一新啊！」

被他這麼一讚，殷素蓮欣喜又惶然，畢竟這並不是自己表演，心中自是有些忐忑。

若靈萱轉身坐向一旁，無視眼前情意綿綿的兩人。剛才唱了一會兒的歌，口也渴了，便自顧自地倒了杯水，喝了起來。

看她那副旁若無人的樣子，君昊煬就不順眼了。「不過蓮兒，妳怎麼會跟她在一起？」這個她，指的當然是若靈萱了。

「呃……」殷素蓮望了望若靈萱，這要怎麼回答？

若靈萱翻白眼，還以為這男人有美人在懷，就不會理會她了，怎麼又說起她來了？她冷淡地出聲：「聽說殷小妃琴藝出眾，所以臣妾便邀請她來彈奏一曲，解解悶。」

「蓮兒能給妳彈奏，是妳的福氣，不過，像妳這樣無知的人，怕只是對牛彈琴而已。」君昊煬冷嗤，言語裡滿是譏諷。

聽著這話，恐怕在場的除了殷素蓮外，其他人都要啼笑皆非了。

多多則不滿地撇撇嘴。什麼嘛？剛才的琴曲明明是小姐表演的，現在變成了別人的不說，還被譏諷了？嘖！

這時，君昊宇噙著笑意走上前。「昊煬，話不能這麼說，其實嫂子也是懂音律的人，她——」

話未說完，若靈萱倏地重重咳了一聲，雙眸警告地瞪向他。

君昊宇識趣地閉上嘴，淺笑著搖了搖玉扇，退到一旁。

兩人眉目間似在傳遞著什麼秘密，君昊煬看著，竟突然有種極為不稱意舒適的滋味。

「她懂什麼音律？昊宇，你別太抬舉她了！」他不屑地輕哼，冷冷地掃了若靈萱一眼。隨後，又看向懷裡的殷素蓮，語帶傲意地道：「像蓮兒這樣多才多藝的女子，才是真正的懂音律。」

眾人聽了，又是一陣無語。

殷素蓮真是尷尬極了，眼神有些閃躲地道：「王爺，您太誇獎妾身了，其實妾身懂得也並不多……」

「蓮兒，不必謙虛，本王還未見過像妳這樣聰明的女子呢！對了，本王都忘了問，妳剛才那首曲子，叫什麼名字？」君昊煬這才想起自己還不知道曲名呢！

沒想到他會問這個，殷素蓮原本嬌紅的臉頰，頓時刷地發白，下意識地看向若靈萱，求助意味甚濃。

若靈萱只好開口。「王爺，方才殷小妃所做的曲子叫『星月神話』，它──」

誰知君昊煬一聽，立即厭惡地冷聲打斷。「誰要妳廢話了？本王只想聽蓮兒解說！」

我靠！若靈萱一聽來火了，按捺著怒意，假笑道：「王爺不想聽臣妾廢話，那就請高抬貴腳離開吧，免得臣妾的廢話污了王爺高貴的耳朵！」馬的，好心為他解釋，居然不領情？

「若靈萱，妳竟敢頂撞本王?!」君昊煬俊顏一沈。這該死的醜女居然敢這樣跟他說話？誰給她膽子了？

「王爺言重了，臣妾只是好心提醒王爺！」若靈萱不怕死地又說了句。

「妳——」

「王爺，您就別怪姊姊了。妾身有點疲倦，不如王爺送妾身回去可好？」殷素蓮閉眼揉了揉額頭，顯出疲乏的樣子，試圖轉移他的注意力。

「怎麼回事，蓮兒？不舒服嗎？」果然，君昊煬不再理會若靈萱了，抱緊了懷裡的女子。

「昊煬，殷小妃好像身子不適，你還是先帶她去歇息吧。」君昊宇出聲提議，也替若靈萱解圍。

君昊煬一想也是，只好壓下滿腹怒意，冷凜了若靈萱一眼，便抱著殷素蓮快步離開。

見那討厭的睿王終於走了，若靈萱吁出一口氣，坐回椅子上。

憋了一肚子鬱悶的多多，終於不悅地開口。「小姐，多多真替妳委屈！明明剛才的一切都是妳——」

沒讓她說完，若靈萱就橫眼打斷道：「不得多嘴，小心禍從口出。」

「可是……」

「多多說得對，這本就是嫂子妳的才藝，為何不敢讓昊煬知道？」君昊宇薄唇微勾，牽起一絲妖嬈的笑，迷人的魅眼直視著她。

冷睨著眼前令少女癡迷的極品妖孽美男，若靈萱悠然地雙手環胸，不緊不慢地說道：「這是我的事，晉王爺少管，也別忘了自己說過的話。」

君昊宇想罷，眸子更別具深意地打量著她。這女人今天真的讓他太意外了，回想起以前，真是天差地別；一個傲慢無知、高高在上，一個慧黠精靈、大方得體。他怎麼也想不明白，一個人怎麼會有兩種性格？

輕輕磨著自己的下顎，他還真的思考了起來。

若靈萱可沒那麼多時間陪他蘑菇，自己還要睡呢。「夜了，如果晉王爺沒事的話，多多，送客！」

「是！」

「等等！」君昊宇迅速回神，揮了揮手，讓多多退下，他才不想這麼快就走呢，因為他發現今天的她很有趣，他還想多會會她。

「你又怎麼了？」若靈萱瞪著他，不悅至極。

君昊宇俊顏依舊帶笑，一如往常的邪魅。「我突然捨不得走了，怎麼辦？」

驀地，若靈萱嘴角有點抽搐。這個該死的妖孽男，居然說捨不得走，還故意對她放電？

真想給他一拳！「晉王爺，別鬧了行嗎？」

「我沒有鬧呀！」他可是很認真的。說著，還特地走到她身邊坐下。

若靈萱愣了愣，這傢伙，沒事靠那麼近做啥？她跟他又不熟。「你離我遠一點！」她不耐煩了。

君昊宇卻裝作聽不見，依然大剌剌地坐在那裡，突然像想到什麼似的，又問：「對了，剛才那首什麼『星月神話』，名字還挺特別的，是不是有什麼含意在裡面？」

嘖，又來這個話題！若靈萱翻了翻白眼。「就一首曲子的名字唄，還能有什麼特別意思？」現代的歌曲，說了他們也不懂。

「是嗎？」他挑了挑眉，似笑非笑地看著她。

「當然！」知道他不相信，若靈萱也懶得再講，管他的。

君昊宇眸中疑光一閃，俊臉勾起一絲魅惑笑痕，靜靜地凝視著她。無所謂，她現在不想說，他遲早會讓她自願告訴自己。

「彈琴吧，我想再聽一遍。」轉開話題，鳳眸刻意瞄到琴上，剛才的音律讓他回味無窮。

若靈萱再忍著揍他一頓的衝動。該死的，這男人賴著不走也就算了，還靠得這麼近，難道他不明白男女授受不親嗎？

而且都這麼晚了，要是傳出去，不知又有多少閒言碎語……

「晉王，如果你真的喜歡聽，下次再來就是，不過現在很晚了，讓別人看到你在這裡，似乎有欠妥當，你說是嗎？」她幾乎是咬著牙說完這話。

君昊宇不是傻子，當然明白她暗示的意思。也對，現在不是白天，再留下來的確不好，想想便站起身道：「好吧，那我就下次再來找妳。告辭了，親愛的嫂子！」

親暱地對她眨了眨眼後，咻地一聲，人就飄出了老遠。

若靈萱沒好氣，什麼親愛的，這傢伙沒得她的同意就叫得這麼親暱，幸好這裡只有多多跟草草，要是有別人在，不就誤會了？

不過，他剛才走得那麼快，閃電一樣的速度，真的很像電視上的輕功呢！

沒想到那妖孽似的王爺，居然也會功夫，而且還好厲害的樣子，真是人不可貌相。

清芷苑裡，四個女人一邊吃點心，一邊聊天。

大夫人孫菲抿了一口茶，清麗的明眸閃過一絲冷笑。「聽柳姊姊這樣說，那個落茗雪也太沒用了，平時就聽她吹嘘著自己是京都第一才女，如今卻這麼輕易就敗北，真是諷刺！」

「話雖如此，但殷素蓮也只不過是個知府女兒，憑什麼一躍就當上小妃，爬到我們頭上去了！」二夫人趙盈不服氣極了，雖然自己也是庶出的，但父親好歹也是四品侍郎啊！

四夫人麗蓉卻憂心忡忡。「照這樣看來，那個殷素蓮很得王爺的心，而她又是王妃的人，日後得勢，會不會對我們不利呀？」

她們以前可是不約而同都得罪過王妃！

「咱們四個這會子擔心，林側妃肯定心裡也不好受。」柳曼君以繡帕拭著嘴角的茶水，淡淡地說道。明明王爺昨兒個一整天都歇在林側妃那裡，結果到晚上過了宴會後，偏生讓殷素蓮侍候，而且隔天還提升為小妃了。

其餘三人面面相覷，四夫人麗蓉點頭道：「的確，該擔心的也不是咱們幾個。就算殷素蓮暫時得寵又怎麼樣，始終是小妃，上面還有柳姊姊和林側妃呢！只要得寵的不是王妃就行了。」

「是，四妹妹說的對。」趙盈和孫菲點頭附和。

柳曼君眨了兩下嫵媚的眼眸，心中萬分不甘。真是兩個眼中釘未除，又來一個眼中釘。不行，她不能坐以待斃，現在王妃越來越聰明，再加上個殷素蓮，要對付恐怕是難了，讓她跟林詩詩相鬥也根本不可行，看來自己必須要好好從長計議一番。

這時，孫菲像想到什麼似的，突然開口說：「這殷素蓮只是個庶出小姐，為什麼才藝這麼驚人，妳們不覺得奇怪嗎？」

一句話說得三人心中一顫，不由得面面相覷。莫非……

柳曼君也若有所思，眼中的厲色越發狠戾。好半晌後，她才道：「明天，我們向王妃請安去！」

小花園裡，若靈萱坐在梨木雕花椅上，端著多多沏的茶，淡淡地品起來。雖然肚子很餓，但她仍堅持以茶果腹，畢竟，減肥是要靠相當大的毅力。

「小姐，妳還是吃點東西吧，都好幾天沒吃飽了，這樣下去，怎麼行啊？」多多實在是看不慣主子的自虐行為，不安地出聲勸道。

從前的主子，可是每天大魚大肉，現在卻清茶淡飯，而且還每頓只吃半碗，看得她好心疼啊！

若靈萱被她說得心動，但看到自己臃腫的身材後，就痛苦地搖了搖頭。「多多，妳這個忠心婢女應該要監督我、督促我，而不是引誘我，明白嗎？」

「可是——」

「不要再可是了，閉嘴！」再囉嗦下去，她怕自己真的會棄械投降啦！

「小姐，柳側妃和三位夫人來向妳請安了。」草草走進園子裡稟道，眼中略有一絲擔憂。

柳側妃可是比落茗雪還要難纏一些的人物，還有四位夫人，平日她們就常暗中給小姐使絆子，而小姐卻拿她們沒有辦法，畢竟她們太過狡猾了。小姐沒有心機，少不得最後吃虧的都是她。

若靈萱聽了揚揚眉，心下微訝，但還是點頭道：「讓她們在小廳裡等著，我隨後就來。」

她當然看出了草草的心思，但她一點也不在意，兵來將擋、水來土掩，若是來找碴的，她是絕對奉陪到底！

剛踏進小廳，映入眼簾的是一名高貴豔麗的女子，一身藍衣宮裝、珠圍翠繞、水眸媚意天成，卻又凜然生威，身段妖嬈豐滿，面若芙蓉，喜歡扭動著豐臀細腰。

此人正是王府的側妃之一，柳曼君。

在她身後的，是三個姿色平分秋色，身穿黃、綠、粉的美人。黃衣嬌媚，綠衣嬌俏可愛，粉衣清純如小家碧玉。

她們分別是大夫人孫菲，二夫人趙盈，四夫人麗蓉。

若靈萱看在眼裡，一絲驚豔閃過。這幾人經過精心裝扮，臉上雖然抹了脂粉，但不可否認，個個都是一等一的美人，這君昊煬還挺有豔福的嘛！

再看看自己，不禁在心裡哀嘆，何時她也能有這等姿容呀？

柳曼君走了過來，率先行禮。「臣妾見過王妃姊姊！」

跟著是其他三人也同時福了福身。「賤妾參見王妃娘娘！」

多多知道主子沒了記憶，便低聲在她耳邊嘀咕了幾句，若靈萱了然地點點頭。

「四位妹妹無須多禮，起身坐下吧。」她溫和回道。

三位夫人同時抬頭看了一眼若靈萱，見她笑容親切，不似以往的傲慢，心中訝異不已。

柳曼君在落坐之後，則不動聲色地暗暗打量著她。

「王妃今天打扮素雅，真比平時好看多了，不過可惜的是，王爺從不踏進清漪苑，所以王妃的一番心機恐怕是白費了。」孫菲掃了一眼若靈萱的簡單打扮，聲音似乎故意掐細了說道。嘖，這醜女，無論怎樣都是醜人多作怪罷了！

「王妃氣色不錯，看來上次的病是完全復原了。這段日子，賤妾幾人之所以沒有來看王妃，主要是怕打擾了王妃休息，希望王妃不要責怪。」麗蓉睜著看似清澈的眸子，姿態羞澀地說道。

「就是呀，連王爺都不想來打擾王妃了，賤妾就更不敢來了。」趙盈一雙靈動的大眼睛撲閃撲閃的，看起來十分可愛，可是眼底深處，卻隱著一絲冷諷。

柳曼君見三人都開口說話了，便笑容滿面地看向若靈萱。「這幾日林側妃也提到了王妃，臣妾心知王妃無礙，也就安心了。」

聽到她的這一番話，在座三人一愣。柳側妃是怎麼了？不是要質問王妃有沒有讓殷素蓮作弊嗎？難道她也怕得罪王妃了？落茗雪吃虧是她愚鈍、自以為是，但她們是絕對不會犯同樣錯誤的。

最重要的一點是，王爺根本就對王妃厭惡至極！一年多來他從未踏進過清漪苑，反而進她們北院的次數還多一些。現在林側妃掌管著王府，人又溫和大度，只要她們討好了林側妃，日後再有個一兒半女的，這輩子就會豐衣足食，永享榮華富貴了，她們又何懼於王妃？

「本宮身體已無礙，有勞妹妹們掛心了。」若靈萱輕笑回應，似乎完全不在意她們的明刀暗槍。

見主子應付自如，沒有像以往那樣衝動，草草終於鬆了口氣。看來是自己多心了，現在的小姐，已經和以前不一樣了。

心思縝密的柳曼君，當然也看出了端倪，她輕垂眼簾，不知在思索什麼。

「聽說新進府的殷侍人……喔不，應該是殷小妃了，好像跟王妃關係不錯喔？」趙盈天真無邪，好似十分好奇地問道。

若靈萱微微點頭，淡然回道：「是啊，殷小妃聰明伶俐，人又單純，本宮是很喜歡她。」難不成這些女人，是來打聽殷素蓮的？

「那看來，殷小妃真的很有本事，怪不得一下子就獲得了王爺寵愛，提升為小妃呢！」

麗蓉繡帕掩住口鼻，嬌笑道，不難聽出她話語之中的嫉妒。

「的確如此，一個小小的庶女，才藝居然這麼驚人，這不只本事了，簡直是不可思議呀！」趙盈笑得好不可愛，但眼中的不屑誰都看得出。

「更不可思議的還在後面呢，殷小妃在棲州的時候默默無聞，根本沒接觸過琴，但昨天的比試卻顯露出驚人天賦，真是太令人訝異了。」孫菲也加進一句，帶笑的水眸隱含質疑，看向若靈萱。

其他人也盯著她，似乎想看她如何自圓其說。

若靈萱聽出她們話中的意思，不禁微微皺眉。這些女人果然是來旁敲側擊的！只是，她們如何得知殷素蓮不懂琴藝的？難道調查過嗎？但很快的，她便否決了這個猜測。才一天的時間，就算調查也沒那麼快有結果。

應該只是在探口風。

想罷，她也笑容可掬地回道：「其實也沒什麼，殷小妃個性害羞內向，當然不喜歡到處喧譁招搖了，這點本宮倒是可以理解。」

三位夫人不由得面面相覷，這話似乎合情合理，難道真的是她們多想了？

柳曼君一直默默不語，好似失了神般在想些什麼，直到旁邊的孫菲輕推了她一下，她才反應過來說道：「王妃說得有道理，或者殷小妃真的是深藏不露吧，大家也別猜測了，反正咱們的責任就是好好侍候王爺，讓他開心就行了。」

三位夫人再次愣住，柳側妃今天是怎麼了？這麼好說話？

「柳側妃言之有理，妳們只要侍候好王爺就行了。不過本宮算了算，妳們進府的日子也不短了，最少的也有一年了吧，怎麼都沒半個聲響的？這可不是小事，就算本宮不計較，王爺恐怕也不會樂意吧？」若靈萱笑得更加和藹可親，卻是字字犀利無比。

三位夫人頓時大驚！

她們只是庶女出身，雖然父親都是在朝官員，可怎麼比得上皇上御賜的王妃來得尊貴？只要王爺對她們沒了興趣，而她們又沒有孩子傍身，八成是要被趕出王府的！

柳曼君的臉色也沒好到哪裡去，雖然她父親是都督，但遠沒有林詩詩那麼得寵，就算日後不被休離，但沒孩子在身，始終也是個隱患。

四人面色變化多端，本是來質問王妃的，最好是能把她激怒到挑起事端，可沒想到幾句話對陣下來，就讓王妃巧妙地反將一軍，惶恐不安的人變成了她們！

此時，個個的心裡都暗打著算盤，回去以後得趕緊找御醫開個良方，一定要盡快懷有身孕才行。

「妹妹們怎麼了，臉色這麼難看？莫非是本宮剛才說的話重了？妹妹們可別放在心上，妳們那麼得王爺寵愛，這根本無需擔心呀，是吧？」若靈萱唇邊的笑意又加深了幾分，有趣地看著她們微僵的神情。

寵愛？相比她來說就是，但比起林側妃，簡直是天與地的差別！一個月內，王爺也就只有一、兩次讓她們侍候，其他的時間就待在錦翊樓或林側妃的惜梅苑。

若靈萱沒再理會她們，而是端起桌上的茶，優雅地淺嚐著。

多多、草草也在心中竊笑，這是第一次，柳側妃和三位夫人被小姐堵得說不出話來呢！

但柳曼君畢竟不是省油的燈，很快就反應過來了，面色如常地含笑道：「王妃也別老是說我們，您自己也應該關心一下子嗣的事呀！王妃嫁入王府也一年多了，可至今為止仍未有聲響，這事可不能小覷的。」

另外三個夫人也反應過來，孫菲立即幫襯著道：「王妃在責怪別人之前，先想想自己吧，賤妾們雖說是暫時沒有身孕，但每個月都有侍候王爺，反觀王妃妳……唉，賤妾真替王妃擔憂呢！」

趙盈更加不甘示弱。「可不是嘛，別以為捧了個侍人，就能得到王爺側目，王爺最恨的就是有心機的女人了，王妃還是安分些為好。」言下之意是說：就算妳有再多小動作，也得不到王爺的寵愛。

三人明嘲暗諷，目的就是要惹怒若靈萱。

然而，若靈萱只是眉眼輕揚，唇邊的笑容未見消失，仍舊絢爛地綻放著，態度依然是淡定從容。「妹妹們關心本宮，本宮自然是知道的，但是，還請妹妹們注意言詞，免得讓不知情的人聽去了，以為妹妹們在頂撞本宮，那就不好了。也幸虧本宮今天耳聰目明，聽出妹妹們暗藏的關懷之意，但難保下次犯了糊塗，一不小心就治了妹妹們的冒犯之罪，那豈不就傷感情了？至於捧了個侍人得到王爺側目？唉，這話妹妹們今後可莫要再說了，否則，本宮哪天說漏了嘴，被王爺聽去了，恐怕會覺得妹妹們有意挑事，到時可就不妙了。」

說罷，雙手拍了拍衣裙，然後站起身，含笑看著眼前的四個女人道：「幾位妹妹一定要互相友好，盡心侍候王爺，早日為王爺開枝散葉，其他的事情就不要多加妄想了。本宮還有事處理，先不奉陪了，妹妹們請便吧！」

四人瞪著那離去的肥胖身影，氣得面色發青，想要脫口而出的話就這樣硬生生地噎在喉嚨裡。今天若靈萱的反應令她們意外，根本就不像平時的她，害她們措手不及，一時間落入了下風。

「這王妃怎麼如此鎮定，難道她真的轉性了？」孫菲咬著牙，恨恨地道。

「怎麼辦，她現在越來越難應付了，如果再聯合上那個殷小妃，恐怕咱們以後的日子不好過了。」麗蓉眨巴了兩下水眸，略帶憂憤地說道。

柳曼君神色微變，心中的防備更深，瞳眸閃著幽綠之光。

回到暖閣後，多多、草草歡呼了一聲，有些得意地嚷：「小姐，這次妳又占了上風，把柳側妃那幫人數落得說不出話來，真是大快人心！」

「這下呀，看她們以後還敢不敢輕視小姐！」

相對於兩個丫頭的興奮，若靈萱只是搖頭一笑，倒沒覺得有什麼好高興的。一群女人勾心鬥角，只為了一個不屬於自己的男人，這樣只讓她覺得嘔！

然而，她雖不屑君昊煬，但暫時還是必須留在睿王府，以後這樣的爭鬥也會層出不窮，想到這兒，她就覺得一個頭兩個大。

天啊，想過個平靜的日子都如此艱難！

翌日，君昊煬忙完了公務回到王府，就直接踏進惜梅苑，與林詩詩一起用膳。

林詩詩自然是眉開眼笑，緊蹙了兩天的眉驀地舒展開來，絕色的面容上帶著溫柔嫻雅的笑容。紅棉說得對，王爺心中還是有她的，別的女人再好，終究是比不上自己。畢竟，他們可是相處了四年多，他的喜好如何，沒人比她更清楚。

「王爺萬福。」林詩詩柔聲道。

君昊煬微微點頭，俊眸中帶著一如往常的溫情，隨後替她拉開椅子，說道：「過來用膳吧！」

落坐之後，林詩詩小口優雅地吃了一口飯，然後笑著對君昊煬道：「王爺，聽說您這兩天都在『浮月居』，想必這殷小妃的琴藝一定很得王爺的心，所以臣妾琢磨著，找明兒個也跟殷小妃學幾曲，給王爺解解悶。」

「喔？」君昊煬漆黑不見底的眸子微閃，隨後淡淡一笑，大手輕握她端碗的小手，輕聲道：「詩詩，在本王心中，再美妙的琴聲，都比不上妳來得美好。」

「王爺……」林詩詩聽得十分感動，不禁美眸含淚。

「吃飯吧，菜都涼了。」君昊煬放開手，替她挾了一道菜，用行動來表達對她的體貼。

「是！」這下子，林詩詩笑得很開心，低頭細嚼著碗裡的菜，心中無限甜蜜。

默默地用膳半晌後，她倏地像想起什麼似的，又開口道：「王爺，今天臣妾經過清漪苑時，聽見殷小妃和王妃在品茶聊天，連晉王都在呢，聽他們聊得那麼開心，臣妾要不是趕著為王爺準備午膳，也想上前湊湊熱鬧了。」說著，小手還輕掩朱唇嬌笑一下。

「妳說昊宇在清漪苑？」君昊煬皺了皺眉，語氣有些陰沈。

「是呀，這兩天他都來找王妃呢！」林詩詩眨眨美眸，似乎沒留意到他微變的臉色，繼續笑意盈然地說：「臣妾覺得啊，王妃好像經過上次的事後，性子變了不少，喜歡與人親近了，這真是一件好事。」

「是嗎？」君昊煬輕哼，黑眸閃著幾絲不明意味的光芒。

清漪苑。

若靈萱看著院子裡的秤，一手插腰，一手食指摩著下巴，時不時地皺眉，似是在思索著什麼。

「小姐，妳要這麼大的秤幹什麼呀？」多多好奇地站在一旁，大眼睛滿布疑惑。

「對呀，小姐，妳到底要秤什麼？這可是秤豬的，能秤上百斤呢！」草草也跟著不解地發問。

若靈萱滿臉黑線，惱火地轉頭瞪向她們，指著自己的鼻子，一字一句從牙縫裡擠出話來。「秤、我、自、己！」

呃……多多和草草聽了差點栽倒，趕緊穩著身子堆笑道：「呵呵……原、原來是小姐要秤啊！那有什麼需要我們幫忙的嗎？」

若靈萱白了兩人一眼，輕哼：「去找兩個力氣大的奴才來，我要看看自己現在多少斤了？有沒有瘦下來？」邊說邊走向大秤，暗忖：要怎樣才能把自己吊起來呢？想了想，又說道：「把籮筐也給我找來，越大越好！」

「是！」多多、草草急忙跑了去。

沒多久，她們就扛著大籮筐匆匆返回，身後跟著兩個身強力壯的奴僕。

「放在那裡，把繩子都拴到籮筐上去。」若靈萱對著兩個奴僕比手畫腳地吩咐。「等一下本宮會蹲進去，你們就好好看著，到底有多少斤。」

「是，王妃！」兩個奴僕雖然覺得奇怪，但還是快手快腳地把繩子拴在了籮筐上，最後把秤的鉤子鉤在繩子上，道：「行了，王妃，您進去吧！」

「好！」若靈萱此時十分緊張。不知道自己到底瘦了沒有？這陣子的減肥有沒有效果？要是還原封不動，她真想撞牆算了！

邊嘀咕邊小心翼翼地鑽進籮筐裡，揚聲道：「可以了，抬起來吧！」

兩個奴僕應了聲，做了個深呼吸後，把木頭做的扁擔穿過秤的繩子，然後一鼓作氣，用力一撣，整個籮筐緩緩而起。

「快！快看！有多少斤？」若靈萱大喊著。

奴僕急忙上前，待看清楚後，就回道：「王妃，一百四十五斤！」

一百四十五？以前的若靈萱好像是一百五十多的，那豈不是代表，自己已經瘦了一點點？驀地，她驚喜交加，激動得淚濕眼眶，太好了，真是……太好了……

看來這具身子，是越吃越胖，不吃不胖，只要她繼續努力下去，一定會成為瘦美人的，一定會！

當她沈浸在成功的喜悅中時，底下傳來了多多、草草的聲音。「小姐，既然秤好了，妳就趕緊下來吧！」這樣吊在半空中，看得她們心驚膽顫啊！

「啊，對，那放我下去吧！」她這才如夢初醒，連忙說道。

於是，兩個奴僕又迅速解下，著地後，若靈萱便從籮筐裡鑽了出來。

「多多、草草，我成功了！我終於減到了，我減到了……」她興奮地抱著兩個婢女，歡呼大叫，迫不及待地與人分享自個兒的喜悅。

「恭喜小姐！」多多和草草也替主子高興著。

這時，庭院的拱形門外有了一些聲響，遠遠聽到駐守的丫鬟喚道——

「王爺萬福。」

若靈萱一愣，君昊煬來了？

多多、草草則一陣驚喜。「小姐，王爺又來了！」這是小姐嫁入王府一年多來的第二次，第一次是前天。沒想到王爺會頻頻出現在清漪苑，這是好現象呢！

有什麼好高興的？若靈萱睨了她們一眼，隨即皺了皺眉。奇怪，他不是極厭惡這個醜王妃嗎，又來做什麼？忽然，她想到前天自己頂撞他一事，該不會是來找她秋後算帳的吧？

天啊！不就是說了他一、兩句嘛，至於嗎？這麼小氣！馬的，就你瞧我不上眼？我還瞧你不順眼呢！實在不行就別他媽的磨嘰，休書一張遞來，免得大家相看兩相嘔。反正在這偌大的王府裡，待著也不咋舒服。

心思在瞬間千迴百轉，末了她聳了聳肩，罷了，現在猜測也沒用，就看看他的目的吧！

「你們先下去吧！」對兩個奴僕吩咐一句後，便用眼神示意多多、草草跟她進房。家事嘛，當然要關上門處理嘍！

君昊煬一踏進暖閣，多多和草草立即福身見禮。「奴婢參見王爺！王爺萬福金安。」

他頷首，示意兩人退下。

多多是個有眼力的，當然知道此時要離開，便招呼草草，兩人走出了房間，並體貼地關上門。

若靈萱雖不想折腰，但現在只有她和他，而且這男人還不知是不是來找麻煩的，為防他找藉口，她只好低頭裝裝樣子。「臣妾見過王爺。」

「起身吧！」君昊煬冷漠地道。

靠！裝什麼酷？若靈萱暗罵一句。直起身子後，她一臉平靜地看向他，淡聲道：「謝王爺。」

君昊煬沒有再說話，只是直直地盯著她好久，突然，邁開步伐緩緩靠近，高大的身影籠罩住她，冰冷的眸子不斷地散發著冷氣。

嗅到不尋常的氣氛，若靈萱皺了皺眉，有些戒備地瞪著他。

「若靈萱，妳可知自己的身分？」君昊煬突然開口，聲音極其冷冽。

啥跟啥？對於這沒頭沒尾的話，若靈萱愣了好一會兒都沒弄明白，只好道：「王爺這是什麼意思？」莫名其妙！

君昊煬俊眉微擰，目光如炬。「本王提醒妳，只要妳仍在睿王府一天，就要安守本分，注意自己的行為，別做出一些丟我睿王府顏面的事情來。」

若靈萱簡直不懂他在說什麼，這莫須有的話，讓她十分惱火，語氣也不由得提高了。「那請問王爺，何謂安守本分？何謂丟睿王府的顏面？請王爺明確指出，別胡亂地安莫須有的罪名給我！」

真是是可忍，孰不可忍！

「妳還想裝模作樣？」他黑瞳一縮，用一種危險的怒光掃視著她，一會兒後才冷冷地出口道：「本王奉勸妳，好好謹守妳王妃的本分，別想著打昊宇、還有蓮兒的主意，來得到本王的關注，這樣只會讓本王更加厭惡於妳。」

聽了詩詩的話後，他覺得，她忽然這麼變了性子，絕對不會這麼簡單，再加上昊宇對她的改變，更讓他認為，這女人在耍欲擒故縱的陰謀手段，變相想引起他的關注。

喔～～搞了半天，原來是因為君昊宇和殷素蓮的事，認為她跟他們走得近，只為了引起他王爺大人的注意？

放他媽的狗屁！若靈萱極力忍著衝口而出的咒罵，唇角勾起一個冷諷，語氣泛笑道：「臣妾當然懂得，不過有時候自己想要守好本分，偏偏有些人不配合，硬是來破壞，那麼臣妾就無法辦到了。至於想得到王爺關注一事，想必是王爺誤會了，臣妾尚且有自知之明，那麼愚蠢的事，臣妾自是不屑做。」

走到桌子旁邊，隨手拿起一杯茶，逕自悠閒地喝了起來。跟他廢話這麼久，她可渴了。

「若靈萱，妳什麼態度？」他眸光中跳動著幾簇憤怒的火，因為她的話否決了他的想法。瞅見她一臉悠閒狀，心裡更是氣不打一處來。這醜女人現在連他都不放在眼裡了？以前巴結諂媚他的蠢樣子哪兒去了？

「王爺什麼態度，臣妾就什麼態度。」若靈萱輕哼一句。清亮的眸子不帶絲毫怯意，凜然對上那雙冰冷寒冽的利眸。

見這女人竟然不怕死地頂撞自己，君昊煬本來黯怒的眼眸，變得更加凌厲駭人。倏地疾步走過去，一把掐住她的下巴，他語氣無比陰沈地說：「若靈萱，妳最好不要挑釁本王、惹本王發怒，不然後果不是妳所能承受的。」

被他捏得生疼的下巴，似乎就像要掉下來一般。若靈萱疼得齜牙咧嘴，猛地甩頭，才從他手中抽了回來。

她冷冷地朝他怒瞪道：「請你有話好說，不要動手動腳！」

「本王對妳這種惡俗的女人沒什麼好說的！再警告妳一次，以後給本王安分守己點，別跟昊宇有什麼糾葛，丟我睿王府的顏面，否則後果自負！」

冷冷地撂下狠話後，他轉身跨門而去。

驀地，他回頭一瞪，那冷凜的眸子，像是最後的一記警告，又像是威脅，摻雜著提醒之意。

若靈萱為之氣結，不停地吸氣吐氣來排解心中的怒火。該死的臭男人，居然說她惡俗，他自己又高尚到哪裡去？馬的！還自以為是地跑來提醒她，不要對晉王有非分之想?!我呸！

他當她是毒藥！她還當他是牛糞呢！

君昊煬離開後，多多立即驚慌地進了屋。「小姐，王爺怎麼會突然離開？是不是出了什麼事？」她剛才在門外守著，見王爺離開時，面帶怒色。

若靈萱火氣已熄，冷哼一聲後，在椅子上坐下，聳聳肩回道：「放心，沒事的。」

沒事就好。多多懸著的心這才放下，可轉念一想，想到了王爺離開時的神情，不禁又暗自擔憂，待會兒恐怕又少不了傳出一些針對小姐的閒言碎語了。

果然，不到兩個時辰，各院的人都知道了王爺去清漪苑一事，而且還怒氣沖沖地離開，因此，閒言隨之而起。

都說是王妃不知做了什麼錯事，讓王爺特地前去責罵，照這樣子看來，王妃的地位在王府中岌岌可危，更有甚者大膽的猜測，王爺已經決定休了無所出的王妃，然後立林側妃為正妃……

猜測頗多，但都沒有得到證實。

得知消息的幾位夫人，不禁幸災樂禍，更在暗暗希冀林側妃會被扶正。

對於謠言，柳曼君是憂喜參半，但對於林詩詩來講卻是極為有利的。王府裡的人誰不知道林詩詩最受寵愛？王爺眼中恐怕只有她一人了……

第四章

昨天君昊煬出了清漪苑後，就回到了惜梅苑，晚上也在此留宿。

林詩詩放下手中的針線，望著繡絹上快要完成的兩株幽蘭，溫柔的笑了。

「側妃手真巧，這花繡得很好看！」紅棉在一旁讚賞道。

京城內誰人不知鄖國公府的千金無論是琴棋書畫，還是刺繡女紅，都是數一數二的，可比那王妃強得多。

「再繡一晚，應該就能完工了。」林詩詩笑靨如花，十分滿意自己的進度。

「這是準備給王爺做披風的嗎？」紅棉笑問。

她點頭，腦海中已然浮現君昊煬穿上她親手縫製的披風的模樣，唇邊的笑柔情而嫵媚。

「奴婢就說嘛，王爺的心中只有側妃一人，那個殷小妃算得了什麼！」紅棉臉上有著幾分得意。自家主子得寵，她在其他下人的跟前也是有幾分面子的，奴僕丫頭們見到她，哪一個不是點頭哈腰？

「明天，妳去清漪苑邀請王妃過來聚一聚吧。」林詩詩輕聲吩咐道，沒有因紅棉的話而有半分得意。

清晨，若靈萱做完運動，用過早膳後，便和多多漫步在花園中。這睿王府的花園真是大得驚人，如果皇宮的花園稱為御花園，那麼這裡就是小御花園了。

「小姐，那邊的景色不錯，還有座蓮花池，好漂亮的！」多多知主子失憶後，都沒怎麼逛過這座美麗的花園，便出聲提議道。

「喔，那我們去看看吧！」若靈萱一聽來了興趣，拉著多多就往前走。

繞過花道，再過不遠就有一座假山，假山的盡頭有一個人工挖鑿的蓮花池，很長很大，呈長方形，中央有人造的小瀑布，唯妙唯肖，玉盤碧水之上嵌了一朵朵蓮，粉的白的，星星點點，嬌嫩的花瓣凝著水珠，幾重花瓣中托出金色的小蓮蓬，像一雙手托著王冠，好看異常。

「好美！」

若靈萱驚嘆一聲，忍不住走了過去，彎下腰去撫池中的蓮花和清水。「哇，好冰爽啊！多多，快過來！」

「是！」多多也開心地走上前。

兩人正興奮玩樂之際，一個小丫鬟前來傳話，說林側妃想要邀她喝茶。

若靈萱和多多都顯得驚訝。

「林側妃？她怎麼會忽然邀請小姐品茶的？」多多納悶地看向主子。

若靈萱不由得蹙眉，心中也覺得很奇怪。她跟林詩詩好像並不親吧？不過，既然人家都邀請了，她不去似乎又不妥……算了，就走一趟吧，反正閒著也是閒著。

惜梅苑。

林詩詩站在月湖邊，笑意盈然地看著池中的錦鯉，時不時地揚手投擲飼料。

一名小丫鬟穿過迴廊，奔到她身後，福身行禮。「啟稟側妃，王妃她來了。」

「那我們去迎接王妃吧。」林詩詩微微一笑，轉身離開了荷花池。

踏進惜梅苑後，若靈萱頓時因園內滿是梅花的景色驚豔了片刻，只見整個花園裡，紅色的梅花瓣漫天飛舞著，恍若紅雪紛飛。

看來，林詩詩在君昊煬心中果然有著重要的位置呢！

那倒也是，林詩詩長得貌美如花，嬌豔姿媚，美麗之中更帶著雍容華貴的氣質，置身在梅林，宛若清靈的梅花仙子，脫俗出塵，氣韻高雅，性子更是溫婉，難怪會得君昊煬的寵愛。

不過就可惜了一點，這麼個國色天香的大美人，卻落得與人共侍一夫的下場，雖是側妃，但說到底也只是個高級的妾而已。好像，她還是鄖國公的嫡女呢，其姑姑更是皇上寵妃，身分還滿尊貴的說。

若靈萱邊想著邊朝園中心的望月亭走去，隨後，就在亭子的下方停住了腳步。

她在等著林詩詩出來迎接。

怎麼說，自己也是個正妃，就算不受寵，也絕不能讓側妃爬到她頭上來！

坐在亭子內等候的林詩詩見狀，溫柔的笑容僵了僵，但下一刻，她就站起身，婀娜多姿地邁步走出亭子。

「臣妾見過王妃姊姊，姊姊萬福。」林詩詩盈盈施禮，身後的紅棉也跟著福身。「奴婢參見王妃娘娘。」

「妹妹無須多禮，起身吧。」若靈萱帶著無懈可擊的笑容上前，伸手將林詩詩扶起，又親切地輕語。「妹妹真有心啊，想到請本宮來品茶閒聚。正好本宮今天閒得發慌，要找人聊天，妹妹妳就讓人來邀請了，還真是巧呢。」

「來，姊姊坐吧。」林詩詩微笑著，引領她來到亭子裡，兩人分別在鋪著軟墊的石凳上坐下。

紅棉端上熱燙的香茗，跟著便退了下去。

這時，若靈萱笑看林詩詩道：「妹妹想要請姊姊品什麼好茶呢？」

「姊姊，這是江南的碧螺春，獨具天然茶香，湯色碧綠、捲曲如螺，銀綠隱翠，葉芽幼嫩，沖泡之後奇香撲鼻，口味涼甜，沁人心脾，齒間流芳，令人回味無窮。」林詩詩一邊斟茶一邊解說，清澈的水眸帶著真誠。

幹麼說得這麼詳細，真以為她是文盲呀？

若靈萱心中好笑，臉上卻不動聲色地道：「碧螺春確實極負盛名，有雲『碧螺飛翠太湖美，新雨吟香雲水閒』。喝一杯碧螺春，彷彿品賞著傳說中的江南美人。」

林詩詩斟茶的手微微一僵，但很快的，她又若無其事地笑著。「姊姊好才情，形容得真貼切。」沒想到，若靈萱竟會唸出這樣的詩來！

「妹妹別取笑姊姊賣弄文墨就行了。」若靈萱淡笑著，端起茶杯，吹拂了幾許，待溫度合適時，淺嚐了一口，不禁點頭道：「不錯，茶水銀澄碧綠，清香襲人，入口鮮爽生津，果然是上等的碧螺春。」

林詩詩也笑著端起茶杯，抿了一小口。

正在這時，一個小丫鬟走了過來，對著兩個主子福了福身，然後對林詩詩道：「側妃，王爺回來了。」

若靈萱一聽就皺眉，搞什麼，難得想坐下好好品茶，瘟神就上門了。

自從上次跟君昊煬鬧了一場後，她對這個無視正妻，又不分青紅皂白的男人就反感到了極點，更不想與他有過多接觸。
於是，她便道：「妹妹，姊姊想起還有事情要處理，就不多留了，先行告辭。」
「那好吧，咱們改天再聊。」林詩詩也沒有挽留，只是微笑點頭。
然而，就在若靈萱起身正待離去之際，忽地聽到身後傳來「砰」的聲響，她慌忙回頭，只見酒杯摔在地上，林詩詩原本笑意盈然的嬌顏，此刻卻痛苦的扭曲著，整個身子頹然地往後倒……
「妹妹！」
若靈萱驚叫著想上前，卻在這時，另一抹高大的紫色身影比她快了一步，疾奔而來，一把將林詩詩接個正著。
男子一身華美紫衣，頭戴金冠，身材軒昂矯健。他就這樣抱住手中的女子，原本俊美得令人窒息的臉容，此刻卻布滿陰霾，讓人望而生畏。
「詩詩，妳怎麼了？」君昊煬緊張地抱著她，俊眸盡是憂急之色。
林詩詩虛弱地靠在他懷中。「王爺，我……沒、沒事……」話未說完，整個人就暈倒在他懷中。
若靈萱皺眉看著這一幕，不明白林詩詩好端端的怎麼會暈倒？可還沒等她想清楚，耳邊就響起了一道怒斥聲——

「若靈萱！妳對她做了什麼?!」

君昊煬銳利的眸光帶著森冷的寒意，像利刃般朝她射來。

莫名其妙地被指責，若靈萱的臉色難看極了，冷冷地道：「那麼王爺認為，臣妾會做什麼？」

君昊煬陰沈著俊顏，雙眸中竄燒出兩道火苗，狠洌陰鷙地盯視著她。

「本王警告妳，最好從實招來，否則別怪本王不客氣！」他氣勢駭人地道。

若靈萱無視他冷酷漠然之色，所謂有理走天下，無理寸步難行。她今天什麼都沒做，難道還怕了什麼不成？

當即，她冷笑道：「那請問王爺，你有何證明是臣妾對林側妃不利？親眼看到了？還是聽她說了？如果她暈倒只是因為體虛，難道這也跟臣妾有關？」

「本王還用得著親眼看見嗎？妳善妒成性，暗中做手腳是妳一貫的伎倆，不然詩詩為何與妳品茶之後，就不醒人事了？」君昊煬咬牙切齒地道。

「欲加之罪，何患無辭。」

君昊煬微瞇黑眸，將若靈萱眸底的冷意盡收眼底，怒火更甚。「這麼說，是本王冤枉妳了？」

若靈萱嫣然一笑，反問道：「難道不是嗎？」

「那妳證明給本王看，否則……」君昊煬森寒的眸光似要將她吞噬。「本王就將妳問罪！」

若靈萱沒有被嚇到，表情依舊從容，雙手環胸，閒閒地道：「王爺，你想要證明，何不去請御醫過來一趟？看看林側妃究竟是臣妾害的，還是自己暈的？」最後幾個字，她說得特別重。

這時，她看見靠在君昊煬懷中的林詩詩，似乎顫了一下。

君昊煬微愣，這的確是個解決的好辦法……冷冽的目光再次掃向若靈萱，火眸閃過一絲狠辣。「若靈萱，要是證明妳對詩詩不利，就別怪本王心狠！」

若靈萱低哼一聲，連話都懶得回。對於這種是非不分，凡事不經大腦思考，只會一味責怪別人的渾蛋，她根本不屑理會。反正她什麼也沒做，還會怕了他不成？

正在兩人對峙間，林詩詩的身子突然動了動，睫毛輕顫，跟著緩緩地睜開眼睛，輕聲喃道：「王爺……」

「詩詩，妳醒來了！」君昊煬一喜，急忙關心地詢問。「怎麼樣？還好嗎？」

林詩詩眨了眨眸子，黛眉蹙著，似乎很疲倦的樣子，隨後搖頭道：「王爺，妾身沒事，只是有點暈眩……現在好多了。」

「那就好，剛才真是嚇著本王了。」君昊煬這才鬆了口氣，那柔和的語氣、溫情的眼神，與剛才冷冽陰鷙的模樣天差地別。

「對不起，讓王爺擔心了。」林詩詩嬌柔一笑，更加偎進他懷裡。

兩人情意綿綿，旁若無人。

若靈萱直接無視中。不過……她若有所思地靜靜打量著林詩詩，見她神態自然，並無異樣，說不出心中是什麼感覺，只是皺了皺眉。

這時，林詩詩才將目光轉向她。「姊姊，剛才妹妹一定是給姊姊添麻煩了，妹妹在這兒賠個不是吧！」她語帶歉意地道，直直地回視著若靈萱眼中的那一抹打量。

「哪裡的話，妹妹無礙就好。」

若靈萱大方地回以一笑，似乎剛才的打量根本不存在般，接著又道：「打擾了妹妹這麼長時間，現在無事了，姊姊也就放心離開了。」

林詩詩笑著回道：「妹妹身體抱恙，就不便送姊姊了，姊姊慢走。」

若靈萱點點頭，沒再多說，轉身就離開了，其間看也沒看君昊煬一眼，彷彿當他不存在。

回到清漪苑後，多多好奇地問：「小姐，妳跟林側妃都聊了些什麼？」怎麼小姐回來後，就凝神蹙眉，好像在苦思什麼？

「沒事，就一些家常的話而已。」若靈萱回眸一笑，淡淡解釋道，卻沒提那段小插曲。

雖然不知林詩詩是真的抱恙還是另有目的，但在剛才的相處中，她已意識到林詩詩的心智比同齡人成熟得多，行事頗有手段，喜怒不形於色，怪不得能夠用側妃的身分掌權，並霸佔住君昊煬的寵愛，而不讓那四個姬妾和柳側妃有所行動。這樣的人，表面溫和好相處，但實則卻是一個不得不防的對手。

再者，她對落茗雪的縱容，看似顧姊妹情，實際是在鞏固自己在王府的勢力。

看來，自己如果想要在睿王府獨善其身，不讓自己或者在乎的人受到傷害，就必定要取回屬於她的一切。

不過……君昊煬那麼寵愛林詩詩，又那麼厭惡自己，恐怕想要奪回這權力也並非易事。最重要的是，她留在王府內也不是長久之計。畢竟這樣一個身分，卻沒有任何權力，最終結局絕對不會好過，因此，她不能坐以待斃。

二十一世紀的新新人類，一個有本事、有智慧的新新人類，她的前途一片光明，是絕不能埋沒在這深宅大院裡的。現在要做的，就是熟悉環境，把握時機，為自己另尋一條出路。

心動不如行動，就從現在開始吧！倏地，清亮的眸子瞬間燃燒起來，充滿鬥志。

「小姐妳……」

正想替主子揑腳的多多，見她猛地從軟榻上坐起來，那症狀就像準備等死的人突然迴光返照般，當即嚇得多多從榻上摔下去。

「多多，我的嫁妝裡，有沒有很值錢的東西？」

是的，沒有任何東西比錢更實際了。無論是現代還是古代，想要闖一番事業，就必須要有錢，而在這裡，沒有人可以倚靠，就只能靠自己了。

多多爬起身，有些不解她為何有此一問，但還是答道：「當然是有。」

「真的？」若靈萱雙眸一亮，迫不及待地問：「那有些什麼？古董還是名畫？」

「是首飾。」

「呃……只有這些嗎？」首飾能值多少錢呀？若靈萱的神色不禁黯淡了下來。

「是呀，因為小姐妳喜歡首飾，所以太后就送了妳一大堆當嫁妝。」多多點點頭，然後看了看她的臉色，又說：「其實小姐如果需要銀子，多多可以去帳房領的。」

「不必。」若靈萱擺了擺手，走下軟榻，吩咐道：「妳去把所有首飾拿出來，讓我瞧瞧。」

「好的。」

沒多久，多多就捧著幾個精緻的瓷盒，放到梨木圓桌上，然後一一打開鎖，露出裡頭各式各樣的珠寶首飾。

有水晶娃娃、玉寶石組成的項鍊、金鑲貓眼耳墜、寶石墜子、各式各樣的玉簪、珠釵、金銀手鐲等等……

樣品雖豐富，但這些東西，值不了太多銀子的，畢竟買回來的價錢比變賣出去的價錢強很多。她想，這裡唯一貴重的物品，應是那把千年古木琴了。

若靈萱凝著眉，把玩著盒子裡的飾品，思量了好一番後，就對多多道：「妳找幾個機靈點的奴僕，讓他們出府打聽一下，看京都有哪些名商，喜歡高價收購古物的？」

多多詫異地揚眉。「小姐，妳要幹什麼？」

「別多問，妳照我的話去做就得了，到時我自然會告訴妳。」若靈萱說著，隨手拿起一些玉寶石項鍊打量，暗忖：這個應該值不少銀子……

「是，小姐。」多多雖然滿頭霧水，但想著小姐這樣做一定有道理，她照辦就是了。

兩天後，清漪苑。

一陣強風敲打著窗戶，發出陣陣的聲響。

雖然沒有下暴雨，但是風聲很大，呼嘯地颳著。古代的建築比不得現代，窗戶即使關得很嚴，仍舊有著聲響，聽著讓人不是很舒服。

若靈萱翻出了多多給她的書，這幾日閒來無事便翻來瞧瞧。這也是太后送的嫁妝之一，目的是希望自己多學點知識，對她將來有幫助，只可惜，以前的若靈萱根本不重視，把書本全送給了多多。

書上全是繁體字，剛開始看還真是十分的不便，後來才漸漸習慣，看起來也很有速度。

「小姐，我可以進來嗎？」

敲門聲響了兩下，接著傳來多多清脆的聲音。

「進來吧！」若靈萱放下書，揚聲道。

多多打開門走了進來，再順手關上，然後快步走到主子跟前，道：「小姐，我派榮勝去打探過了，他們說在京都裡，最有名的富商有四個——齊燁磊、陸丹、雷柏、楚曜琛。而且他們都很有來頭。」

「喔？怎麼個有來頭法？」若靈萱一聽好奇了。

多多煞有其事地說著她得知的八卦。「聽說呀，四個人當中，除了齊燁磊是武林名門之外，其他三個都是俠王的人哩！」

「俠王？」

「就是燕王啊！王爺的二皇弟！」多多說著，眼裡滿是崇敬之意。「小姐，他可是天下第一聰明人，而且宅心仁厚，雖為皇親，但卻處處行俠仗義，百姓們個個都敬他如神呢！」

「喔？這麼厲害？」若靈萱聽著也十分驚奇。

「那他們誰才是古董商？」這才是她最關心的。

「小姐，他們什麼生意都做，當然也包括古董。」多多說著聽來的消息。

「這樣啊……」若靈萓擰著眉，沈吟了半晌後，心裡便有了計較。「多多，我們現在出府，找那個齊燁磊去！」

拍賣的事，她不想讓任何人知道，尤其是君昊煬，如果找燕王的人，難免會不小心就洩漏了身分，而齊燁磊是武林中人，和皇室沒關係，她就不怕被人認出。

「出府？」多多愣了愣，隨即急急地搖頭道：「不行啊！小姐，王爺今天不在府裡，妳要出府還是明天吧，要向王爺通報的。」

「什麼？出個門也要向他通報？」若靈萓瞪大眼睛，這是什麼規矩？

「是啊！」

「難道不通報就不能出去嗎？」唉，封建社會的悲哀。

「可以是可以，不過私自出府，只會惹人猜疑的，對小姐會有不好的影響。」

「有什麼不好的影響？我光明正大的，才不會怕別人說是道非呢！」若靈萓不以為然，只要不是犯家規就行了，管他的！

「可是……」

多多還想再說，她卻打斷道：「好啦，別可是了，我已經決定出府了，去準備吧！」拍賣的事，早解決早安心。

京都城是晉陵王朝的首都，經濟繁榮昌盛。

大街上人來人往，有擺攤的小販、有耍雜技的江湖藝人，還有各式豪華的馬車、軟轎，官差和劍客穿梭其中，極為熱鬧。

若靈萱一路興奮地坐在轎子裡，時不時地掀起轎簾向外張望。這可是她穿越以來，第一次看到街上的情形，第一次感受到古代的風情。

「小姐！」多多在轎外不停地出聲提醒，出府之前說好的，不能拋頭露面啊！

「知道了。」這丫頭就是囉嗦，不過她心情好，絲毫不覺得生氣，反而是小心翼翼地掀起轎簾繼續觀看。

其實放眼望去，大街上拋頭露面的女子多得是，商販的有，賣藝的有，就連店鋪中，也有女子當掌櫃。

看來在這個時代，被囚禁在宅院中不能外出的女子多是屬於名門貴族，也並非所有女子都不能在外做事。這麼想著，若靈萱唇邊的笑容就更深了。

不多時，轎子停了下來，多多掀起一邊的簾子說道：「小姐，到了！」

「好！」若靈萱心情愉快地步行出轎，今天的她，穿了上等絲綢做的短襦長裙，裙腰繫得較高，幾乎到腋下，這樣給人的視覺效果就不會太胖，看上去身材也顯得修長。

這是她按唐朝的服裝，讓人給縫製的，今天終於派上用場了。

再戴上面紗，巧妙地遮住臉上的紅印胎記，登時就成了一個豐腴清秀的女子。

多多看得怔住了，不禁脫口而出。「小姐，妳好看多了！」雖然看上去還是胖，但起碼不顯臃腫了。

「呵呵，走吧！」

若靈萱抿唇一笑，走進了面前高達三層的樓閣。

「小姐，這家繪雅軒就是專營古玩的，而且齊燁磊平時也喜歡待在這裡。」多多說著得來的情報。

若靈萱點點頭，她按榮勝的描述，將齊燁磊的畫像繪了出來，雖然不會太像，但是古代男子都是一副打扮，只要榮勝是如實描述的就得了。

兩人剛進入樓閣，就有小廝走了過來，見著若靈萱一身貴氣，臉上的笑容更殷勤了。

「小姐，請問有什麼需要的？」

「我先看看。」

若靈萱朝他點點頭，一雙明亮的大眼睛四處打量著。這家樓閣的裝潢十分清雅，一樓大堂的擺設也十分別致，讓人入內後頓感一陣清爽。

一樓擺放的物品多數為古木做成的樂器，模樣雖好卻沒有幾樣稀罕的，跟她那千年古木琴簡直沒得比。

這時，一道磁性溫潤的聲音在她背後響起。「姑娘對這些樂器似乎不滿意？」

若靈萱不禁轉過身，只見一抹高大的身影在眨眼之間就來到她跟前，來人穿著一襲華貴的錦衣外袍，花紋精緻，色澤卻淡雅宜人。如緞般的長髮束在紫玉金冠裡，幾縷髮絲還垂落下來，給那張白皙如玉的俊顏帶出幾分嬌嬈的魅力，神色雍容淡漠，舉手投足間透出一股尊貴氣質。

他是誰？

若靈萱和多多都有些驚訝地看著眼前貴氣逼人的男子，小廝已點頭哈腰地迎了上去。「公子好！」

「你就是齊燁磊齊公子嗎？」聽見小廝的稱呼，若靈萱驚奇地問。

「不，我是他的朋友。」錦衣男子搖著手中的玉扇，臉上雖漾著溫和的微笑，但卻給人一種疏離的感覺。

怪不得，和榮勝描述的不一樣。若靈萱心中瞭然，想起今天的目的，便禮貌地道：「那請問公子，齊公子在嗎？我找他有事商談。」

錦衣男子微詫地揚眉，隨後笑道：「當然在，姑娘請稍等。」說著，轉頭吩咐小廝。「小周，去喊齊公子出來。」

「是！」小周應聲而去。

沒多久，一名面目清俊的男子走下樓梯，向他們緩緩而來，他一身銀灰色的箭袖雲袍，英姿挺拔，極是氣宇不凡。

走到錦衣男子身邊後，他微微頷首，沒有說話。

「燁磊，這位姑娘有事找你，你們慢慢談吧！」錦衣男子笑看了若靈萱兩人一眼，對他說道。

「是。」齊燁磊點頭，態度帶著恭敬。

這又令若靈萱驚訝在心，暗暗納悶。他們不是朋友嗎？不過，看那錦衣公子的氣質，的確不像是一般人。

三樓的雅閣中，齊燁磊與若靈萱相對而坐，小周遞上香茶後，便退到一旁。

齊燁磊暗暗打量了若靈萱一番，隨後輕笑道：「姑娘出身非凡，怎麼會到這裡來？」

「依公子猜測，我是何身分？又為何而來？」若靈萱輕啜了口茶，含笑反問。

「姑娘不是一般大家閨秀，應是來自大富大貴之家。至於為何而來……恕在下愚昧了。」齊燁磊語氣淡淡卻眼露精光。

若靈萱暗忖，果然不愧是名震安盛的大商家，年紀輕輕，眼睛卻如此犀利。

「聽說繪雅軒擺放著許多世間罕有的寶貝，小女子酷愛古物，故慕名而來，沒想到看過之後，卻令我大失所望。」女子搖頭嘆息，面露失望之色。

「喔？在下的古物怎麼就入不了姑娘的眼？」齊燁磊皺眉，被一介女流看輕，心裡有些不服氣。

「齊公子的古物跟我收藏的相比，只能說是小巫見大巫。」若靈萱自信滿滿。

她的話馬上勾起了齊燁磊的興趣。「那不知在下可有幸一睹姑娘的珍藏？」

若靈萱輕笑。「既然是珍藏，又怎能輕易示人？除非……」頓了頓，才接著繼續說：「有人肯出高價購買。」

齊燁磊瞭然一笑。「姑娘放心，若姑娘的珍藏是人間珍品，在下自當重金購買。」

從商多年，他還是第一次見到有如此女子跟他做買賣，因此，他對這樁生意十分感興趣。

「那好，三天後，我會帶珍藏過來的。」若靈萱見成功了一半，十分高興，也不再多逗留了，拉著多多就告辭離去。

直至兩人離開後，後方月形拱門的珠簾掀開，錦衣男子緩緩踱步而出，深邃的鳳眼凝著若靈萱消失的方向，神色若有所思。

「九千歲！」齊燁磊恭敬地喚了一聲。

「派人去打探一下，剛才那名女子的身分。」錦衣男子淡淡下令，眸中璃光閃爍。剛才那個女人，雖然戴著面紗，但他仍感到對方有些熟悉，似乎在哪裡見過，尤其是那雙眼睛，特別像一個人……

錦衣男子剛毅的劍眉輕輕蹙動，鳳眸微瞇，變得犀利幽沈。

睿王府。

「……該死的若靈萱，不知在哪裡找了個賤人，害我在暗房待了十多天，這個仇我非報不可！」落茗雪走在瓏月園的長廊上，嘴裡不停地咒罵著，一張嬌顏滿是駭人的怒氣。

翠玉一驚，趕緊瞧瞧四周，再焦急地走到她面前。「主子，妳要慎言，萬一傳到王爺耳中，就不得了了。」

落茗雪這才不甘不願地閉上了嘴，但仍怒氣沖沖，像要殺人一樣。

用過早膳後，若靈萱便到瓏月園散步，這兒走走，那兒逛逛，不知不覺來到了上次看到的那個蓮花池。

清風拂面，荷香滿鼻。她深深地吸了口荷花的香氣，轉身正要離去，誰知好巧不巧的，一抹粉色的身影也逐漸走近，此人正是落茗雪，她同樣也看到了她，臉色頓時變得很難看。

若靈萱的臉色也沒高興到哪裡去，不由得嘀咕了句。「倒楣，這樣都能碰到！」

落茗雪則在心中咒罵：真晦氣，去到哪兒都能見到這個該死的醜八怪！

扭著水蛇腰，落茗雪不甘不願地輕輕彎了彎身。「妾身給王妃姊姊請安。」

若靈萱卻是瞧也不瞧她一眼，昂首闊步地越過她向前走。

落茗雪惱怒至極，好意給她請安居然不領情？她重重地跺了跺腳，憤恨離去之際，眼角餘光突然瞥到遠處的高大身影，立馬心生一計。

她迅速奔到若靈萱身邊，捉住她的手臂，大聲嬌呼：「王妃姊姊，我求求妳不要這樣，妳放開我吧……」

突然來上這麼一齣，若靈萱只覺得莫名其妙。「妳幹什麼？」

「王妃姊姊，我知道妳不喜歡我，但妳也不能這樣對我呀……」她故意喊得人盡皆知，還給了自家婢女暗示性的一眼。

翠玉立刻明瞭，也緊揪住若靈萱的另一隻手臂，嚷道：「王妃，請住手，妳不能打我家小主，請放開小主！」

三個人頓時糾扯在一塊兒。

「神經病啊妳們？給我滾開！」若靈萱終於忍無可忍，用力地將落茗雪推倒在地。

「嗚嗚……好痛……」落茗雪摔倒在地，淚水盈眶，模樣極為楚楚可憐。

而翠玉則是鬆開手，跑到她身邊，大呼道：「小主，妳怎麼了？王爺，救救小主啊……」

若靈萱一聽，本能地轉身抬眸，只見一道熟悉的身影正怒氣沖沖地疾步而來，頓時領悟，唇角不禁勾起譏諷的弧度。

原來是演這一齣呢！

君昊煬一個箭步上前，將落茗雪扶起身，森冷駭人的目光直瞪向她。「若靈萱，這次本王親眼看到了，妳還有什麼話要說？」

若靈萱的唇畔揚起淡淡的冷笑。「得了吧，我都懶得跟你說了，反正出了什麼事，都推給我就對了。」

「這麼說，又是本王冤枉妳了？」君昊煬黑瞳微眯，冷冷地道。

「王爺覺得呢？」

君昊煬掃了她一眼，隨後目光落在一旁的翠玉身上，凜道：「妳說，到底發生了何事？」

翠玉怔了怔，不由得看看落茗雪，見她瞪著自己，頓時做出一副哽咽狀。「回王爺，奴婢本來跟小主在蓮花池遊玩，結果被王妃碰到，後來就如王爺所見的，她仗著自己是王妃，就欺負小主，還推倒了小主……」

說著，她擠出幾滴淚珠，那副唱作俱佳的可憐狀，還真讓人看不出絲毫作假。

真是有什麼主子，就有什麼奴才！

「事情果真如此？」君昊煬黑眸一揚，鷹瞳散發出危險的冷光，射向若靈萱。

「王爺……你要替妾身作主……」落茗雪害怕地抓住他的衣袖，一臉痛苦地嬌聲道。

「本王自有主張。」君昊煬拍拍她安撫道，繼而用厭惡、憤怒的目光，直直鎖定前方若無其事的女子，怒斥：「若靈萱，現在有人作證，妳還敢說自己冤枉嗎？」

若靈萱卻是眉也不抬，只是冷冷地看著他。「人證？敢問王爺，你一向只憑著片面之詞就將人定罪的嗎？」

「妳還狡賴！翠玉跟妳無冤無仇，陷害妳有什麼好處？」君昊煬扶住落茗雪，目光冰寒地怒聲質問。

「她是奴才，自然幫著自家主子說話，隨意顛倒是非黑白。」若靈萱淡哼，須臾轉眸，冷然的目光掃向翠玉。「翠玉，本宮勸妳還是如實招來，否則後果不是妳能承受的！」

「我……」翠玉目露一絲驚慌，但話都說了，如今也只能繼續扯謊下去。想著，她硬著頭皮道：「王妃，翠玉所說的都是事實，妳推倒小主，這是大家都看到的。」

「可為什麼本王看到的，卻不一樣呢？」

一道低醇溫潤的聲音從前方傳來，帶著些許輕緩的笑意。

聞言，若靈萱轉過頭，映入眼簾的，是一個手持摺扇的白衣男子，清雅謫俊的面容，絕逸出塵的氣質，有一種遺世獨立之美。尤其是那雙燦若星辰的黑眸，光彩奪目，似是能照進人的靈魂深處。

若靈萱怔怔地看著，有些失愣出神。

「奕楓？」君昊煬微訝於他的出現，正想再說什麼時，卻看到若靈萱望著君奕楓的眼神，頓時心生惱意。這該死的女人，真是色膽包天，居然在他面前看一個男人看到呆掉，讓他顏面何存？

奕楓？名字真好聽，他是誰呢？這麼一個謫仙般的男子，就算身上只穿著簡單的裝束，也無損他如玉般高貴的氣質。

「大哥，大嫂說的沒錯，翠玉的確是在幫落小妃說話。」君奕楓的唇角牽起溫和的微笑，令人如沐春風。

君昊煬眉一皺。「二弟，你怎麼知道？」

「當然是親眼看到了，而且……」君奕楓輕笑，有意無意地睨了落茗雪一眼。「為弟還看到，是殷小妃先捉住大嫂，然後大嫂才推開她的。」

「喔？」君昊煬卻不怎麼相信地望了他一眼，薄唇緊抿，臉色陰晴不定。

落茗雪卻是面色一慌，怎麼也沒想到燕王爺會突然出現，還指責她，莫非他真的看到一切了？想罷，她突然呻吟一聲，雙手撫在腹部上。

「啊……王爺……」

「怎麼了，雪兒？」君昊煬的語氣有些焦急。再怎麼說，雪兒也是詩詩的表妹，他還是很關心的。

「妾身的肚子……好痛……」落茗雪嗚嗚咽咽的，想博取他的憐惜。現在想再陷害若靈萱已不可能了，一定要想辦法先全身而退才行，不然再這麼對質下去，怕自己遲早會穿幫，到時就得不償失了。

若靈萱自從君奕楓一出現，注意力就被吸引了去，再聽到君昊煬喚他的名字時，更是驚訝極了。她沒想到，眼前如謫仙般的男子，居然也是君昊煬的弟弟……慢著，二弟？耳邊不由得響起多多的話，明眸更是睜得大大的，緊緊盯著他。難道他就是名聞天下的俠王？

君昊煬雖在安撫落茗雪，眼神卻一直盯著若靈萱那方看著。見她還在望著奕楓，眉頭又皺了一下，不悅極了。他臉色陰霾地沈喝道：「若靈萱，這裡已經沒妳的事了，退下吧！」

此時的君昊煬，似乎已經忘記了剛才的事，一心只是不想若靈萱再留在這裡，在他面前盯著別的男人看。

興許是被他的聲音震醒，若靈萱收回目光，狠狠地瞪了他一眼。這傢伙還真臭屁，以為自己是誰啊？對她呼呼喝喝的，她又不是他的下屬！

冷哼一聲。「臣妾想走自然會走，不勞王爺費心！」說完，逕自走到君奕楓身邊，又看了他幾眼後，展顏一笑，聲音清脆地道：「你是俠王吧？我聽過你的事蹟，你好厲害喔！我最崇拜像你這樣的人了，沒想到今天能見到你，真是高興！」

自小，她就對小說上的英雄情有獨鍾，如今親眼看到，那種興奮真是難以形容。

「大嫂謬讚了，這只是百姓們對臣弟的厚愛而已，『俠王』兩字，實在愧不敢當。」

看著她閃閃發亮的眼神，毫不忸怩的神態，君奕楓不由得笑了，輕柔而和煦的笑容如四月春風。

若靈萱頓覺舒心無比，笑容更深了。「我喜歡你這樣的人，不如咱們交個朋友吧！」她還真的伸出手。

君奕楓愜意含笑的眸子微微閃過一絲訝意，看著那隻圓潤的手，一時不知她要做什麼。

「大嫂，妳這是……」

「握手啊！」若靈萱乾脆拉過他的手，緊緊握住，然後上下搖了搖。

沒辦法，難得見到心中的英雄，而且還是個神仙般的帥哥，沒興奮得暈倒算她定力好，哪還顧得了什麼男女受授不親啊！

殊不知這舉動，已令某人火冒三丈。

「若靈萱！」君昊煬忍無可忍，眼珠都要瞪出來了。「妳好大的膽子，當著本王的面，妳竟敢不守婦道！」

看著她一臉癡迷地望著自已的二弟，他感覺像是有人當眾在他臉上甩了一巴掌似的。這該死的女人，居然敢如此肆無忌憚？

君奕楓也沒想到這大嫂竟有這麼大膽異常的舉動，怔愣過後，不動聲色地抽回自己的手，俊顏帶笑地溫聲道：「大哥別生氣，嫂子只是跟我開個玩笑而已，大哥別往心裡去。」

若靈萱卻不以為意，只是挑眉看向君昊煬。「王爺，燕王跟咱們是自家人，握握手有啥了不起的？你也太小題大做了吧？」

「妳敢頂撞本王？」君昊煬怒瞪著她。

「臣妾只是實話實說罷了，何來頂撞？」

「妳——」

君奕楓看著、聽著，星眸裡滿是驚奇。本來，今天的若靈萱不似以往般趾高氣揚，而是親切可人、毫不做作，這已令他訝然了，現在居然還敢與大哥爭論，又讓他大開眼界，同時也十分佩服她的勇氣。

不過，見氣氛越來越僵，他忙上前打圓場。「大哥，先別爭論了，落小妃的情況不佳，你還是先讓御醫來給她瞧瞧吧！」

君昊煬被這麼一提醒，怒氣硬生生地止住，低頭看向落茗雪，見她仍捂著肚子喊痛，劍眉不由得蹙得更緊，狠盯了若靈萱一眼後，就對君奕楓道：「二弟，為兄先失陪了，你自便吧！」說著，便抱起落茗雪向雪晗居而去。

若靈萱冷哼，在心裡狠狠地腹誹了君昊煬一番後，眸光就落向那位風華絕代、神仙般的美男子身上，感激一笑。「燕王爺，這次多謝你了！」

「大嫂別客氣！妳剛才也說了，咱們可是自家人。」君奕楓玉容含笑，如星的雙眸略帶新奇之色地暗暗打量著她。

這若靈萱，還真的不一樣了呢！

「不過，燕王爺，你剛才真的親眼看到了落小妃先捉住我嗎？」這是她一直感到奇怪的問題，按理說，當時除了自己和落茗雪、翠玉外，四周似乎並沒有任何人呀！

君奕楓似乎沒料到她會這麼問，當即微眯星眸，呵呵一笑。「當然沒有，但是我知道，妳絕對不會無緣無故推落小妃的。」

「你怎麼知道我不會？」若靈萱好奇地眨眨眸，不解他為何這般肯定。

「一個人，有沒有心計，看她的眼神就知道。無論是以前的妳，還是現在的妳，都不是那種有城府心計的女子。」他意有所指地笑道，星光璀璨的眸子似乎能看透人心。

若靈萱怔了怔，他這是什麼意思？怎麼覺得好像話中有話？

還未待她想清楚，耳邊又響起了他溫潤低醇的聲音。「大嫂，我還有事要找大哥商議，就不打擾了，告辭。」

君奕楓朝她淡淡一笑，就轉身離去。

望著他遠去的背影，若靈萱再次怔愣出神。

他的笑容好溫暖，帶給人安心的感覺，猶如秋日暖暖的陽光，和煦而不灼人。這種男人，是她最愛的類型了，而且還是個人人敬仰的英雄呢！要是在現代的話，她早就不顧一切去追求了，但現在……

唉……嘆息一聲，突然感到萬分沮喪。

「小姐，妳在發什麼呆啊？」多多老遠就看到主子失神地站在那裡，不禁驚訝地走過來。

話音剛落，若靈萱意識到自己的失態，便立即回過神來，扭頭望向她，輕笑道：「沒事，我們回房吧！」

就算自己有什麼特別的想法，也得以後再說，畢竟如今這樣的身分、這樣的樣貌……不適宜呀！

第五章

雪晗居。

御醫來為落茗雪看過後，開了幾副藥，便退下了。

隨後，君昊煬慰問了她一番，確定已無大礙，便讓丫鬟翠玉好好照顧，也跟著離開了。

待所有人一走，落茗雪就收起了楚楚可憐的柔弱之態，臉上迅速轉換成一副憤恨的怨毒之色。「該死的賤人，這仇我一定要報！一定要報！」

「主子息怒，先喝藥吧。」翠玉懾於她的怒氣，戰戰兢兢地呈上藥碗。

落茗雪一把奪過藥碗，輕抿了口，倏地「鏘」的一聲，將碗甩碎在地，再狠勁地搧了翠玉一耳光。「作死妳個丫頭！我這是裝的，喝什麼藥啊？」

無端端挨了巴掌，翠玉委屈極了，卻不敢說什麼，只能卑微地點頭。「對不起小主，奴婢現在就把東西收走。」翠玉把碎碗撿拾起來，就欲往外走。

「等等！」落茗雪突然出聲喝住她。

「主子，還有什麼事？」

「把心玉給我叫來，記得不要聲張！」心玉是趙盈的大丫鬟，同時也是她的心腹。

「是。」翠玉立刻應聲而去。

沒多久，一個嬌俏的丫鬟匆匆而來，看了看四周無人後，迅速閃身而進，跟著就是翠玉關上門。

落茗雪立刻朝嬌俏丫鬟招呼。「心玉，過來！」

心玉走到床榻前，聽她耳語幾句後，便點點頭，退後幾步。「奴婢知道了，小主放心，奴婢一定辦得妥妥當當。」

「好，事成之後，好處絕對少不了妳的。」落茗雪說著一使眼色，翠玉便拿出錦盒，取出一錠金子遞給心玉。

「謝謝小主！謝謝小主！」她眉開眼笑地連連道謝。

待心玉退下後，翠玉卻有些擔憂地問：「主子，北院的夫人們會答應嗎？」

「哼，她們早就想除掉那個醜女人了，只是沒有機會而已。這次若靈萱私自出府，不正好讓她們有藉口了？所以，我們就等著看好戲吧！」落茗雪冷笑，眸裡全是陰毒光芒，臉上有著將敵人除之而後快的狠意。

北院。

「王妃這陣子變化還真大，不但對下人極好，而且前幾天，還跟林側妃談笑風生呢，恐怕是跟林側妃成好姊妹了。」二夫人趙盈一臉妒恨。

四夫人麗蓉嬌美的小臉也是黯然。「唉……王爺這段日子裡，差不多都歇在林側妃的惜梅苑，偶爾會到雪晗居，已經兩個多月都沒有來咱們幾個的房間了。」

「現在還多了殷小妃，王爺更不會來我們北院了。」三夫人玉珍搖頭嘆息。

「不過奇怪的是，王妃和林側妃到底打的什麼主意呢？以前她們可是不對盤的，現在竟能一起喝茶。」趙盈又開口說道。

大夫人孫菲打破沈默，冷笑道：「她們打什麼主意我不知道，但是，只要有落茗雪在的一天，她們就永遠不可能真正和好。」

三位夫人一想也是，不禁點點頭，心中的憂慮放下了一些。

「話雖如此，但王妃一天在王府，我們幾個都不會有好日子過。」趙盈怨懟地出聲。被一個醜女人騎在頭上作威作福，真是怎麼想怎麼不甘心。

出了暖閣後，趙盈和孫菲兩人並肩走著。這時，旁邊一直不出聲的心玉，突然開口道：「大夫人、二夫人，其實想要對付王妃，也不是沒有辦法的。」

話一出，兩人齊齊看向她。

趙盈疑惑地出聲。「心玉，妳這話是什麼意思？」

於是，心玉便將落茗雪告訴她的計劃，明明確確地道出，當然，她沒有說出是落茗雪的主意，只當是自己的想法。

趙盈聽了眼睛一亮，孫菲也連連點頭，兩人相視一看，別有深意地勾起了詭異的笑。

清漪苑。

「小姐，妳在畫什麼？」多多和草草好奇地看著她忙碌的樣子，紙上的圖案好古怪，她們都看不懂。

若靈萱臥在長長的玫瑰椅上，畫筆有一下沒一下地動著，分心回答道：「肯德基的裝飾。」

「肯德基？那是什麼？」兩個小丫頭又一次不明白主子在說啥了。

若靈萱沒有再細說，因為說了她們也不懂，只是笑笑道：「沒什麼啦，以後妳們就知道了。」

「那小姐，有什麼要我們幫忙的嗎？」兩丫頭又道。

「這啊……對了，在王府裡有沒有誰會養雞的？」若靈萱思忖了一會兒後，便抬眸詢問。

「養雞？有啊，府裡有個長工就是養雞出身的，而且他養出來的雞呀，吃起來口感十足，所以才被王爺招攬進府，在雞場做長工。」多多說道。

「這麼厲害？那快帶我去找他！」若靈萱眼一亮，雞要養得好才好吃，而她正需要這樣的人才。

「找他幹麼？」

「別問，去了就知道！」她說著便離開玫瑰椅，拉著多多、草草走了出去。

出了清漪苑，三人穿過長廊，沿著花圃中的一條小路往前走。

草草在前方提著燈籠照路，若靈萱和多多走在後方，快要走到中庭時，若靈萱隱約看到遠處有個黑影鬼鬼祟祟的，遂指著那處，悄聲問道：「妳們看，那邊是不是有個人？」

聞言，兩人抬頭順著她所指的方向看過去。

月亮被雲霧遮蓋住，四周的景物都很模糊，但仔細瞧的話，還是能隱約看見有人影在移動。

「小姐，好像是。」草草說。

看著那人影移動的方向，那人似乎是從北院過來的，照規矩，王府裡每到夜間，各院的下人都不允許隨意離開，而那人一看就知道是個丫鬟。

若靈萱心生疑惑。「妳們知道那條小道除了去北院，還能通往其他什麼地方嗎？」

「小姐，那條小道除了北院之外，還能通向府裡的後門，到外面去。不過這條小道比較偏僻，平時很少人來。」多多聽到若靈萱這樣一問，也覺得事有蹊蹺。

「小姐，妳是不是看出什麼來了？」草草也不笨，不由得低聲詢問。

「那倒沒有，只是覺得有點奇怪。」難道……北院那些女人不安分了？眸光一閃，若靈萱沈吟一下後，說道：「走，去會會她！」

草草點頭，掌燈朝人影的方向走去。

「咦？那裡好像有隻野狗，草草，去捉住牠！」

那丫鬟看到燈光逼近時，不禁在那條小徑上躊躇著，似乎想要後退，但若靈萱的聲音卻冷不防地響起了，她沒辦法，只好走上前，福身行禮。「奴婢參見王妃！」

「喲！原來是人啊！」若靈萱看到來人布巾蒙面，心裡更加肯定這丫鬟有問題。「妳在這兒鬼鬼祟祟幹麼？還遮遮掩掩的。」

「小姐，這是趙盈夫人的大丫鬟，心玉姑娘。」多多在主子耳邊提醒，音量也剛好讓心玉聽得到。

若靈萱看不清心玉此刻的表情，不過估計好看不到哪裡去。

「心玉，這麼晚了妳不在趙盈夫人身邊伺候，跑到這裡來幹什麼？虧得本宮膽大，把妳當作野狗，要是換作膽小的，當妳是妖怪，不就嚇壞了？」

從多多、草草口中，她知道那幾個姬妾都不是好東西，經常在暗地裡散播謠言惡意中傷若靈萱，而那些謠言估計就是心玉起頭的，因此她對這個丫鬟不會客氣到哪裡去。

心玉能成為趙盈的大丫鬟，自是機敏過人。「回王妃，奴婢家中母親抱恙在身，所以想著去瞧瞧，回來的時候見天色已晚，就只好從那小後門進府了。」

擅自出府這事也不是很大的問題，如今王府由林側妃管事，王妃毫無實權可言。林側妃心慈，倘若王妃跟林側妃說了，心玉有把握不會受到嚴懲。

這個女人還真是狡猾！若靈萱暗忖：今天就放妳一馬，不過他日我定會討回來，到時候我倒要看看，妳們這幫女人在打什麼鬼主意！

「心玉，妳在王府也有些時日了，府中的規矩妳也應該明白，丫鬟擅自出府可是觸犯了規矩的。」若靈萱微笑著。「不過，看在妳母親抱恙在身的分上，本宮也不為難妳，這次就算了，妳退下吧。」

「謝王妃！」心玉鬆了口氣，恭敬地跪下磕頭，隨即起身快速離開。

看到心玉如獲大赦的走遠，多多和草草有些弄不懂主子了。這個時候應該把她押回去，好好地審問一番才對呀！

她的那個藉口，就是草草都知道是用來唬哢人的，小姐不可能聽不出來吧？

「小姐，這是不是太便宜她了？」草草到底還是沒能忍住，問了出聲。

「對呀，那些夫人肯定有什麼不可告人的事。」多多連這個也想到了。

「這我當然知道，可有時候線不能收得太快，要放長一點，才能釣到大魚呀！」若靈萱別有深意地一笑，清亮的眸子閃著洞悉的微光。

要是她沒猜錯的話，北院那些女人，很快就會來對付自己了。看來她也要想個計策，讓那幫人竹籃子打水一場空，甚至賠了夫人又折兵才解氣。

「那小姐，我們現在該怎麼辦？」話雖如此，多多還是難掩憂慮。

「……」若靈萱沈吟了會兒後，一絲精光劃過眼底，對著多多低語。「等天亮的時候，妳速到晉王府去，然後……」

一樣是精緻華美的府邸，白玉鋪造的地面閃耀著溫潤的光芒，紫砂噴漆的柱子雕刻著生動的圖案，四周灑著香粉，芳香撲鼻。

這就是當今七皇子——君昊宇的王府。

此刻在庭院裡，君昊宇一如往常般佇立在亭子裡，看著遠方出神，連他自己也沒有察覺他這幾天的失態。

腦子裡，自然而然就想起當天瞧見若靈萱的情景。沒想到那個女人，竟是如此深藏不露，性格變得可親不止，那雙眼睛也不再傲慢，而是充滿慧黠的光芒，顯得靈氣動人。更不可思議的是，就那麼一首琴曲，居然也能讓他連續幾天都處在失神中。

身為皇子，什麼美人他沒見過？然而卻沒有誰能像她這樣，僅憑著自己的音律，就足夠迷惑眾生……而且還是一個貌不驚人的女人……

「王爺！」

一個聲音打破了他的冥想，君昊宇頓時驚醒過來。來人是一個奴僕。

「什麼事？」

「啟稟王爺，睿王府的丫鬟求見。」奴僕恭敬地說道。

「誰？」他一挑眉，有些不悅。搞什麼，一個小小的丫鬟也值得來通報他？

「奴才沒問，只知道她有重要的事要見王爺。」察覺到主子的怒意，奴僕立即垂下頭，身子有些抖。

君昊宇見狀，翻了翻白眼，揮手道：「讓她進來吧！」真是的，嚇成這樣，他有那麼可怕嗎？

奴僕如蒙大赦，忙跑了出去，不一會兒，便領著一個甜美可愛的小丫鬟走了進來。

「多多？」君昊宇微訝地看著她。

「奴婢參見晉王爺，王爺萬福！」多多恭敬地行了個禮。

「起來。」君昊宇朝她點點頭，唇角習慣性地勾起一抹笑，好奇地問：「多多，妳找本王，有何要事？」

「晉王爺，其實是我家小姐要奴婢來找您的，她說，今天可能會出事，想請您幫個忙。」多多說道。

出事？為什麼？君昊宇一愣，臉上的笑意頓時冷了下來，邪魅的桃花眸中劃過一絲擔憂。

「到底發生什麼事了？」語氣有些急迫。

多多猶豫了下，便走到他跟前，附耳嘀咕了一陣。

君昊宇聽後，劍眉不由得蹙緊，沈吟不語。

果然，就在早上，若靈萱用過膳後，草草就來通報，說四位夫人來請安了。點頭應允，讓她們進來。

「賤妾參見王妃，王妃萬福！」四人弓腰見禮。

「妹妹們不用多禮了，都坐吧！」若靈萱不動聲色地打量了四人一番，淡笑著道。

四個夫人道了聲謝，便各自落坐。

「四位妹妹今天怎麼有時間來探望本宮啊？」若靈萱開口，笑容燦爛地望著四人。對於四人的突然造訪，心中已經瞭然，不過她很好奇，這幾個女人到底想要什麼花招？

趙盈首先說道：「王妃，上次賤妾們言詞太過，之間多有得罪，回去三思過後，覺得實在是太不應該了，因此賤妾今日送上薄禮，藉以賠罪，萬望王妃收下。」

話落，便讓她的丫頭將東西奉上。

托盤之上，放著一尊白玉觀音像，做工精細，可以看出是上等好貨。

「賤妾這送子觀音是開過光的，王妃帶在身邊，一定能早日替王爺誕下子嗣，為王府開枝散葉的。」趙盈眨動著媚惑的水眸，萬分真誠地說道。

可王府裡誰不知道王爺從不進清漪苑，她這樣刻意言明，分明就是給若靈萱難堪嘛！

「妹妹這麼有心，那本宮就厚顏收下了。不過……這送子觀音若真是開過光，如妹妹所說的那麼靈驗的話，那麼跟在妹妹妳身邊也有一年多的時間了，怎麼妹妹的肚子還沒有半點消息呢？」若靈萱揮手讓草草將白玉觀音收了起來，淡笑著反問。

趙盈語塞，心中恨極。這女人竟然也學會了明嘲暗諷！可惡，我倒要看看妳還能得意多久！眼睛一轉，目光落在了孫菲身上。

「王妃，賤妾也送妳一對手鐲，也是開過光的，聽說能保平安。」收到暗示的孫菲嬌笑著出聲，也招呼丫鬟奉上東西。

「那本宮就謝謝妹妹了。」若靈萱笑容可掬。「其實妹妹們也不必介懷，上次的事本宮都沒放在心上，而且妹妹們也只是為了王爺好，本宮是能理解的。」

「王妃大人大量。」四個女人齊聲道。

跟著，就是三夫人玉珍和四夫人麗蓉，各自獻禮，繼而說一些場面話，若靈萱都微笑著一一回應。

一個黑衣人悄悄地溜進清漪苑，看看四下無人，心中暗喜，躡手躡腳地邁開步子，緩緩接近若靈萱的臥室。

黑衣人推開大門後，便四處打量著，最後目光定在床櫃上。

走上前，拉開了櫃子後，黑衣人從懷裡掏出一疊東西，整齊地擺放在櫃子裡。

「王妃娘娘，這下子，妳恐怕是跳進黃河也洗不清了！呵呵……」

一切辦妥當後，黑衣人得意地笑出聲，卻渾然不知有人影悄悄來到身後，出手快如電閃，將櫃子裡的東西奪了過去！

黑衣人一驚，猛然轉過身，看到搶東西的人竟是君昊宇後，更是震驚得瞪大了眼睛。

「你——」

君昊宇似笑非笑地看著黑衣人，邪魅的雙眸閃動著嘲意。「嫂子果然沒猜錯，真是有人想要對她不利，今天就按捺不住要出手了。是吧？孫嬤嬤！」

雖然對方蒙著臉龐，但過目不忘的他，就算只是見著背影，他也能認得一清二楚，何況只是蒙著臉？

黑衣人一聽大驚，呆愣在當場。

什麼，王妃早已猜到，才讓晉王爺在這裡埋伏，就等著她自投羅網？可是，她怎麼猜到的？難道有人通風報信？

這時的小廳裡，閒聊已久的幾位夫人起身告別。

「打擾了王妃這麼久，真是不好意思，賤妾們也該告辭了。」孫菲福了福身，笑容燦爛地率先出聲。

其他三人也跟著福了福身。

若靈萱卻沒急著回話，帶笑的眸子在各人身上掃了一圈後，暗藏一道冷光。「妹妹們急什麼？難得本宮今天清閒，想與人聊天，妹妹們就多待一會兒，就當陪陪本宮吧！」

孫菲與趙盈相視一眼，正欲說什麼，玉珍已討好般地開口。「既然王妃不嫌棄，賤妾理當奉陪。」

麗蓉也跟著笑道：「是呀，咱們也好久都沒跟王妃好好聊聊了，今天難得坐在一起，就多聚一會兒吧！」

聽著兩人的話，若靈萱心中浮起一絲疑惑，臉上卻依然帶著淡淡的笑容，對著草草吩咐。「去把點心拿出來，本宮要再和幾位夫人聊聊。」

「不用了！」孫菲趕緊出聲，接收到若靈萱不解的目光後，不太自然地擠出笑容。「王妃，真對不起，賤妾還有事，不方便再逗留了，只能下次再陪王妃。」

就在此時，門口突然傳來一個邪魅嘲諷的聲音。

「孫菲夫人，妳的事就是想著如何陷害王妃吧？」

眾人一愣，看向正踱步而來的君昊宇，疑惑道：「晉王爺？」奇怪了，晉王為什麼會在這裡出現？

只有若靈萱瞭然於心，若無其事地繼續品茶。

孫菲的笑容有些僵，但仍一臉惶然困惑地望著他道：「晉王爺，賤妾不明白您的意思，賤妾怎麼害王妃了？」

「孫菲夫人，妳還挺會裝的，不過沒關係，本王會讓妳死得很明白。」

君昊宇站在她面前，一臉譏諷地冷道，隨後雙手擊掌，兩名在外等候的侍衛就將孫嬤嬤押了進來。

孫菲頓時面色大變，趙盈更是呆愣在原地。

「這個人剛才潛進王妃寢房，意圖栽贓嫁禍，被本王當場捉住，已經承認了是妳主使。孫菲夫人，妳作何解釋？」君昊宇揚起手中的信件，邪魅的雙眸變得冰冷駭人。

玉珍和麗蓉面面相覷，暗忖：這孫菲膽子未免太大了點！今天她們來這兒不過是想藉著道歉探探虛實，看王妃與林側妃究竟是怎樣的關係，可沒想到孫菲竟然想到這麼一齣！

這下子，就算與她們無關，也不得不捲進這渾水之中了。王妃她還不趁著這機會定她們同流之罪嗎？二人不免怨懟地看向孫菲。

「這……」孫菲蒼白著臉，身子顫了顫，但仍硬著頭皮道：「晉王爺，這是陷害……賤妾沒有……」

若靈萱橫了她一眼，對君昊宇說：「晉王爺，給我看看你手中的信件。」

君昊宇點點頭，臉色沈凝地將信件全交給她。若靈萱一看他的神情，心知不妥，趕緊拆開來看。

只見信上寫著一首詩，本來這也沒什麼，但當視線下移，看向落款處的簽名，竟是「赫連胤」三個大字時，她目光猛地一縮。這名字她聽多多說過，是專與晉陵作對的溪蘭國元帥！

再看看信的內容，表面上普普通通，但細心一看，無不暗喻著如何消滅晉陵、擴大溪蘭，這分明就是一首反詩！

驀地，心中怒火上湧。這孫菲真是好狠的心，這不是明指著她通敵叛國嗎？若是被人知道，定會被當成反賊處斬的！

「孫菲，妳好大的膽！」若靈萱一手拍向檀木桌面，茶杯被震得乒乓作響，怒吼的聲音讓孫菲驟然心顫，一下子便跪在了地上。

她顫著聲音，哆嗦地道：「王妃明鑑，賤妾只是想跟王妃開個玩笑，並沒有陷害之意……賤妾知錯了，請王妃恕罪！」

「開玩笑？孫菲，妳與敵國互通書信，洩漏我國情報，妳這玩笑開得倒挺大的。」若靈萱唇角勾起譏諷的笑，目光冷冽如冰。

「什麼？」孫菲惶惑地看著她，什麼敵國書信？怎麼扯到她身上了？

「赫連胤是敵軍將領，而妳收藏著他的書信，即是有謀反之意，必處死刑！」若靈萱走下主位，將信攤開到她面前，冷冷地說道。

孫菲也看到了，頓時驚駭地跌坐在地。怎麼會？這怎麼成了敵國書信了？不是紅杏出牆的情詩嗎？眼珠子不停地亂轉，冷汗自額角滾落。

難道……難道是有人想要害她？目光不由得轉向孫嬤嬤，只見她也是一臉驚恐無助，不知所措。

「趙盈，是妳！是妳故意陷害我，將情詩掉包的是不是？」孫菲這時怒瞪著趙盈，沒想到她的心竟這麼歹毒。

「妳胡說八道些什麼？明明是妳自己想害王妃，少拉我下水！」趙盈有些慌，急忙跟她撇清關係。雖然，她也不知道為什麼情詩會變成反詩……莫非是心玉自作主張？

見她居然將事情撇得一乾二淨，孫菲怒了。「這次的主意是妳跟心玉那丫頭想出來的，現在倒裝無辜了？想得美！」

君昊宇看著有些佩服，他這嫂子腦筋轉得真是快，沒追究孫菲嫁禍之罪，轉而直接定她一條通敵叛國之罪，這下子，孫菲想不招出其他主謀人也不行了。

若靈萱皺著眉，犀利的眸子在兩人身上轉了兩圈，再看看另外兩位夫人，似乎這次的事，只是趙盈和孫菲的主意。不過，看孫菲的表情，好像那敵國書信，她是真的不知情……

收回視線，心中思量了一番後，微勾的唇角再上揚，她將書信交給旁邊的多多，含笑道：「兩位妹妹不必再爭論了，現在王府管事的不是本宮，因此這件事還得交給林側妃來處置。草草，帶兩位夫人去林側妃那兒吧！」

什麼?!孫菲和趙盈面色蠟白地呆坐在地，心中十分恐慌。去了林側妃那裡，就是讓王爺知道了，說不定還會驚動皇上，萬一皇上決定殺一儆百，那她們豈不是死定了？

不，她們可不想死呀！這件事一定不能傳出去的！

想罷，兩人立即爬到若靈萱的腳前。

孫菲啞聲請求道：「王妃請明鑑，那封書信的確不是賤妾的，王妃要處置賤妾栽贓之罪，賤妾認了，但千萬不要將賤妾交給林側妃！」

「是呀，王妃，這不關賤妾的事，賤妾冤枉啊！」趙盈也哭著哀求道。

「本宮也不想將事情鬧大，但是現在滿屋子的人，這事很快就會傳出去了，本宮想私下解決也不可能。況且，如今是林側妃掌權，若本宮插手，一定會招來話柄，更會引來王爺的責怪。兩位妹妹還是想著等等如何跟林側妃解釋吧。」若靈萱冷淡地說著，轉眸遞給草草一記眼神。

今日她料到幾個女人一定會來設計陷害自己，只是沒有想到竟會出現一張敵國書信，這場戲也就變得越來越有趣了，就不知林側妃會怎麼解決？

草草走上前，對兩位夫人說道：「兩位夫人，請跟奴婢前去見林側妃吧。」

孫菲和趙盈咬牙暗恨，這若靈萱說得好聽，可每一句話都在推卻，分明是想置她們於死地！真是偷雞不成反惹一身腥，如今也只能寄望於林側妃仍舊慈悲心腸，能夠私下解決就好。

玉珍和麗蓉紛紛鬆了口氣，王妃沒讓她們去林側妃那兒，就表示沒有懷疑她們。幸好，她們這次沒有跟孫菲等人同流合污。

若靈萱揮了揮手，讓她們退下，隨後便從她們的面前走了出去。

一直看著、聽著的君昊宇有些不解她的舉動，但又不好發話，只好憋著，跟在其後離開。

路上，他忍不住問道：「嫂子，書信一事如果鬧大了可不好。其實妳是王妃，就算不管事，但要治她們的罪也是可以的。」

若靈萱卻是微微一笑。「放心，不會鬧大的。只是……我另有打算。」清亮的眸子掠過一絲奇異光影，頓住了話，沒有再說下去。

君昊宇微訝地挑了挑眉，是他的錯覺嗎，怎麼覺得她好像是在算計著啥呢？

很快地，草草就從惜梅苑回來了。

若靈萱坐在桌前，低著頭不知在寫些什麼，草草進來了也沒抬頭。

「小姐，林側妃說請妳過去一趟。還有，王爺也在惜梅苑裡。」草草說著，神色有一絲憂慮。

若靈萱拿筆的手頓了下，眉梢輕挑，卻沒有說什麼。

反倒是多多不滿地出聲了。「這是趙盈夫人和孫菲夫人搞出來的亂子，小姐還是受害者呢，為什麼林側妃也要小姐去？」

「誰知道她在打什麼主意！」草草撇撇嘴。

「去就去吧，看看事情如何發展也好。」若靈萱放下筆，將桌上寫的信摺好，然後交給多多，吩咐道：「妳把這個送去給晉王爺。」

「小姐，這是什麼？」多多好奇了。

「別問，交給他就是，快去吧。」

「好的！」

多多也不再問了，轉身走了出去。

「走，我們去惜梅苑！」若靈萱的唇角噙著若有似無的笑容，昂首闊步地走出房間。

惜梅苑。

若靈萱一踏進小廳，就看到跪在地上的孫菲和趙盈，兩人臉色發白，身子抖個不停。君昊煬和林側妃就坐在主位上，臉色十分難看。

「姊姊，妳可來了！」林詩詩一見她進來，立刻笑開了臉，從座位上站起身，上前親熱地挽起若靈萱的手臂。

見此，若靈萱眉梢輕挑，故作不解地問：「不知妹妹請姊姊來，所為何事呢？」

林側妃依然是一臉溫柔的笑意。「姊姊，您先坐下再說。」

竟將她拉到她剛才坐的位置上。

若靈萱眼底閃現一道不易察覺的冷諷，餘光瞄了瞄旁邊沈默不語的君昊煬，心中暗忖：林側妃果然覺得此事棘手了，就推給她來處理，心思真是快呢！

暗自冷笑一聲後，她沒有推辭，大大方方地坐下了。

君昊煬微詫地看了她一眼，卻沒有說什麼，依然冷著臉坐在那裡。

「姊姊，是這樣的，剛才經草草解說，妹妹也瞭解了事情的前因後果，因此便想讓姊姊來，出個主意。」林詩詩輕聲說道。

若靈萱揚了揚眉，有些訝然地反問：「喔？妹妹，原來事情妳還未解決呀！」

林詩詩面色微僵，似有怨懟。這的確是個燙手山芋，一旦處理不好就會落人話柄，所以才將若靈萱喊來，現在給她這麼一問，更讓人認為她處事不力了。

咬了咬牙，看看君昊煬後，語氣極為慎重地道：「姊姊，剛才孫妹妹已將此事從頭到尾說了一遍。的確，她擅自派人進姊姊房裡意圖不軌是不對，可是說到敵國書信，妹妹就覺得定有蹊蹺了。不過這件事畢竟是發生在清漪苑，妹妹也不敢輕易下決定，幾番思量後，覺得還是由姊姊來處理比較好，這樣才能服眾。」

言下之意是說，發生在清漪苑的事就清漪苑的主人負責，不關她的事。

嘖，**心機真重呀！就知道妳會這樣說**！若靈萱在心中冷嗤。好吧，既然人家這麼精心算計了，她也理應體貼地回應人家才是……一抹別具深意的笑容爬上唇角，她理所當然地點了點頭。

「妹妹說的對，這件事是應該由本宮來處置。」

聽罷，跪在地上的孫菲和趙盈更加惶惶不安了。王妃這麼恨她們，還不趁這機會將她們往死裡推嗎？目光不由得看向一直沈默著、由頭到尾都沒正眼瞧她們的君昊煬，只希望王爺能明察秋毫，證明那書信與她們無關。

君昊煬又再次看向若靈萱，這女人難道不知其中的利害關係嗎？竟願將此事攬下？他不由得與林詩詩相視一眼，心中疑惑更深。到底她葫蘆裡在賣什麼藥？

這時，若靈萱微笑地轉眸問：「王爺，您覺得呢？此事該由誰來處理？」

話落，林詩詩的心「咯噔」一跳，大腦的運轉也慢了幾拍，雖是十分不解若靈萱的行為，但卻有一種隱隱的不安。她忐忑著靜觀其變，沒有再開口。

君昊煬是官場上打滾多年的人了，當聽到若靈萱這麼一問，精明如他，已經猜到了怎麼回事，當即蹙緊了眉，臉色也陰沈至極。

只聽若靈萱又道：「雖然臣妾是正妃，但畢竟王府掌權的人是林妹妹，這事如果臣妾管了，恐怕會令府中眾人不服吧？更甚之，連府外之人也有閒言碎語，王爺您說是吧？」

裝緘默？看你還裝到什麼時候！

這下，屋內之人也聽出若靈萱的言外之意了——這事讓她管可以，不過，得讓她重新掌權，否則難以服眾！

更重要的是，她要讓眾人知道，王妃絕對不是個任人搓捏的軟柿子！

「王爺怎麼不說話呀？」若靈萱笑著問，語氣隱含著一絲諷意。

林詩詩也聽明白了，臉色驟變，如坐針氈。她萬萬沒料到，若靈萱竟會打這種主意！見君昊煬沈著臉不語，她心中的不安更是越發擴大，王爺會怎麼做？

好一會兒，君昊煬終於開了金口。「如果妳能將此事圓滿解決，那麼從今天開始，妳可以協助詩詩管事。」話雖如此，他卻不認為這女人會妥當解決。

林詩詩聽罷，雙手顫抖了一下，王爺居然答應了，讓若靈萱重新管事?!她不甘地抬眸，卻接收到君昊煬投來的安撫眼神，心中立即頓悟。

王爺知道事情不好處理，為了怕她惹禍上身，才會答應了若靈萱的要求！而且若靈萱只是協助而已，掌權的人還是她！

想罷，林詩詩會心一笑。「姊姊，此事就交給您全權處置，如果姊姊需要幫忙，儘管出聲就是。」

若靈萱當然看到兩人的眼神交流，心中冷笑，眸中譏諷之意更濃。想算計她是吧？恐怕打錯如意算盤了，畢竟她敢開口要，就是有本事處理。

雖然暫時不能一下子將權奪過來，但畢竟已經有所前進了，她有信心，不用多久，這權，一定會完全屬於她。

「好，那姊姊就先謝謝妹妹了。」若靈萱淡笑應聲，將眸中精光斂下，鎮定從容地起身。

君昊煬冰冷寒冽的眸子，直視了她一眼。看這女人的樣子，好像很有把握似的，他倒要看看，她有什麼通天的本事，能圓滿解決。

輕哼一聲，冷冷地收回視線。

若靈萱直接無視他，轉身面對跪在地上的兩人道：「妳們都承認，是自己派人潛進本宮閨房，意圖栽贓了？」

孫菲白著臉，低頭不語，等於默認。

趙盈卻嚷了起來。「冤枉啊！賤妾就算有天大的膽，也不敢害王妃，這全是孫菲一個人的作為，不關賤妾的事，請王妃不要聽信讒言！」

見她推得一乾二淨，孫菲怒了，抬起頭惡狠狠地望著趙盈道：「妳這賤蹄子！事到如今還在這兒裝無辜？我知道了，怪不得妳讓我出手，原來是想事敗後找機會陷害我，然後就坐上大妾室的位置了。我真笨，怎麼就對妳沒有了提防之心？」

只有大妾室，才有機會當小妃，她早就應該猜到趙盈的狼子野心才對的！

趙盈咬著唇，極力將心中的慌亂壓下，靈動的大眼睛浮現淚光，抽泣道：「王妃，賤妾真的沒有，請王妃明鑑！」

「那妳如實說說，昨天心玉深夜出府，所為何事？」若靈萱面色肅然。

「這還用說嗎？這主意本就是她跟心玉出的，心玉深夜出府，定是去弄那不知什麼時候藏起來的書信，加上孫嬤嬤不識字，自然也不會去看信了！」孫菲繼續說著，目光依然狠瞪趙盈。

趙盈驚駭，面色劇變。沒想到若靈萱竟會知道心玉出府，這下可不好唬弄了……眸一轉，便朝著有寬厚心腸的林詩詩說：「請林側妃給個公道，賤妾在府裡也一年多了，一直很守本分，不敢行差踏錯，今日無端遭人誣衊，真是太過分了！林側妃……」

一直想要置身事外的林詩詩聽到這話，柳眉緊蹙，溫婉地回道：「此事王爺已經交給了王妃，相信王妃絕對會公平處理的，不會冤枉任何人，若此事與妳無關，王妃會還妳一個公道的。」

若靈萱聽了，心中又是一陣冷笑。這林側妃真是句句帶刺，是在警告她此事棘手，得小心處理，不要妄下判斷，否則若是冤枉了誰，就是個麻煩事。

略微沈思片刻後，若靈萱便對多多吩咐道：「帶心玉還有孫嬤嬤過來。」

過了一刻左右的時間，心玉和孫嬤嬤垂首而至，剛進來，就撲通一聲，一齊跪下。

「知道本宮叫妳們來所為何事了吧？」若靈萱掃了她們一眼，沈聲問道。

兩人面面相覷，膽戰心驚。

孫嬤嬤朝她磕了一記頭後，毫不隱瞞地回道：「王妃娘娘，此事奴婢只是奉命行事，企圖將所謂的情詩栽贓嫁禍給娘娘，但那封信，是心玉給的，奴婢並不知道是敵國書信，請王妃明鑑。」

心玉聽她這樣說，可嚇壞了，也急急申辯。「王妃娘娘，沒錯，信是奴婢給的，可是奴婢也是奉趙盈夫人的命令行事，奴婢也不知道那封信上寫的是什麼呀！」

「那妳是親自從趙盈夫人手中接過信，再交給孫嬤嬤的了？」若靈萱又問。

「是的，我——」

心玉話未完，趙盈已在那頭怒叫。「妳這死丫頭，胡說八道什麼？妳是不是想害死我？」

「夫人，奴婢也不想，可這生死攸關的事，您難道要奴婢一力承擔嗎？」心玉委屈地道。事到如今，當然是明哲保身為好。

趙盈嘴唇發白，圓瞪雙目，恨得直咬牙。倏地，她轉頭看向若靈萱。「王妃，是這丫頭心懷不軌，想我死了她能當通房，所以故意誣衊我，您可千萬不要相信！」

心玉立刻就反唇相稽。

「夫人，妳可別做賊的喊捉賊，明明就是妳親口對奴婢說，王妃最好死去，省得在府中作亂，所以才命奴婢栽贓陷害王妃的！」

趙盈被說得臉又白了。「妳個死丫頭，那不過是氣話，怎能當真？」

頓時，廳上又上演了狗咬狗的大戲。

若靈萱眼中的笑容越發的濃烈，好整以暇地看著兩人針鋒相對。就算敵國書信一事與她們無關，也逃不了栽贓嫁禍和以下犯上之罪。至於那封信……也是時候解決了。不然，要是真的傳了出去，對睿王府的名聲也不好。

這時，忍無可忍的君昊煬擰眉喝道：「夠了，閉嘴！」眸底全是厭惡之色，直到今天他才知道，這些姬妾們一個個在他面前表現得柔美可人，私下卻是如此的狠毒心腸。

趙盈和心玉嚇得一個哆嗦，趕緊合上了嘴巴。

「王爺莫要生氣，她們恐怕只是說氣話而已，未必是真的。」林詩詩在一旁柔聲說道。

若靈萱這時轉向君昊煬，淡淡出聲。「王爺，現在臣妾已經知道是怎麼一回事了。」

話一出，君昊煬和林詩詩皆訝異地看著她。

跪在地上的四人也目瞪口呆，有些不敢相信。剛才趙盈夫人和心玉的爭論也沒有說明什麼呀，王妃知道什麼了？

若靈萱微勾唇角，回頭低聲吩咐了草草一句話，草草便帶著疑惑離開了小廳。

面對不解的眾人，若靈萱懶得解釋，說了這麼會兒的話，她已經口乾舌燥了，便端起喝了一半的茶，一灌到底。

就在眾人忐忑地等待之際，門外倏地響起一道邪魅慵懶的聲音——

「喲，看來好戲還沒有結束，我來得還真是及時啊！」

第六章

「昊宇，你怎麼會來的？」君昊煬皺著眉看向來人。隨後，看到他身後的草草，再看看若靈萱，心下頓時明白過來，深沈的眸子閃過不悅的微光。

他這七弟，什麼時候和若靈萱這麼熟了？

「我是來糾正一個錯誤的，幸虧沒有來遲。」君昊宇笑了笑，從懷中掏出一封信函，走到若靈萱跟前，遞給她。

若靈萱微笑接過，然後將桌子上那招惹了是非的書信拿起，在草草端上的燭火裡一放，驀地燃燒了起來。

「妳這是做什麼?!」林詩詩擰眉問道。

君昊煬黑眸一縮，似乎明白了什麼，眼底光芒湧動。

其他人則是驚疑於她的舉動，卻不好說話。

君昊宇懶散地靠在椅背上，邪魅十足的俊臉滿是興味。

沒多久，那封所謂的敵國書信已經灰飛煙滅，若靈萱拍拍手，回頭笑看眾人，再將君昊宇送來的信展開。她相信，大家都是聰明人，所以這場戲他們必須得配合。

君昊煬見了，唇角拉出一抹微笑的弧線。「看來只是一場鬧劇，這封信上明明只是寫著普通的詩，哪裡有謀反的字了？」

「是呀，妾身剛才也見過此信，的確是普通的詩詞而已。就是不知道為什麼會被人說成是反詩了？」林詩詩也明白過來，臉色微變，不太甘願地附和著。

怎麼也沒料到，若靈萱居然出這招。但既然她想到瞭解決的辦法，為什麼又將這件事推給她？莫非……杏眸頓悟般地瞪大，她明白了，這個女人的目的是她！

她想分她的管事權！

趙盈和孫菲更是驚訝，呆滯了半晌後，心中大喜，王妃這是在幫她們嗎？

雖然大家都看到了，是王妃燒了那首反詩，不過，誰又能證明反詩真的存在過？就算有人說，又能如何？畢竟信已經燒得乾乾淨淨，再也無蹤跡可尋了。

然而最讓人驚奇的，是王妃不動聲色的應對。

「林側妃，這不關大嫂的事，只是本王一時眼拙搞錯了，如果林側妃要怪罪，本王願意道歉。」君昊宇收起玉扇，朝她拱了拱手，很有誠意地說著。

林詩詩還想再說，君昊煬卻不耐煩地揮了揮手，寒著聲音道：「事情既然已經解決，就不要再糾葛了，就此作罷。不過今日之事誰若敢亂傳，被本王知道，必處以極刑！」

誰知，若靈萱卻對他笑道：「王爺，此事還沒完呢！」

君昊煬皺眉，不解地看向她。只見若靈萱轉過身，望著跪在地上的四人，緩緩地說道：「栽贓嫁禍主母、還有詛咒主母的姬妾，按王府規法，就是以下犯上，絕對不能放過。至於孫嬤嬤和心玉，她們雖奉命行事，但也應治其應得之罪。不過本宮剛接手管事，還不太懂得處理，所以，還是交給林側妃吧！」

她可沒那麼廣大的胸襟，去以德報怨，眼前的四人犯到她，她是絕對不會心慈手軟的。當然了，林詩詩也別想著能隔岸觀虎鬥。

趙盈、孫菲和孫嬤嬤再次血色盡失，心玉也神色惶然，嗡了嗡嘴，似乎想說什麼，只是最終還是保持緘默。

君昊煬的眉皺得更深了，卻好像也認同若靈萱的話似的，沒有出聲。

林詩詩暗暗咬牙，手上的絲巾絞得死緊，雖然臉上仍是溫柔和藹的表情，但心中卻恨得咬牙切齒。這是第一次，自己被人牽著鼻子走！本想著能全身而退，結果賠了夫人又折兵，被算計的反而是她！

「王妃，賤妾知道錯了，再也不敢放肆了，請王妃饒了賤妾這一次吧！」孫菲和趙盈聲淚俱下地爬到她腳邊，不停地磕著響頭。

若靈萱淡淡地看了兩人一眼，音調平穩地說道：「本宮也只是依規矩辦事，就算想包庇妳們也無法。在睿王府裡，規矩最重要，如果饒了妳們這次，例子一開，恐怕以後會讓人有樣學樣，那規矩就形同虛設了。」說到這裡，轉眸掃了一眼君昊煬和林詩詩，又道：「不過，如果妳們想被罰得輕一點，就去求林側妃吧！」

聞言，林詩詩的臉色難看了起來。這若靈萱話說得倒好聽，卻是明裡暗裡都在警告她不得包庇，否則就是不重規矩。把自己說得像活菩薩，醜人就讓她做！

君昊煬站起身，直直盯了若靈萱一會兒，才側頭對林詩詩道：「妳看著辦，該怎麼發配就怎麼發配吧！」

「是。」林詩詩輕聲應了句，隨後看向孫菲和趙盈。「兩位妹妹，雖然妳們也是王府的主子，但如今丟了規矩，做出對主母不利的事情，此罪不可輕饒。明日起遣到浣衣局，為期三年，方可恢復自由身。但從今往後，妳們不再是睿王府的夫人。」

孫菲聽了，一下子癱軟在地上，臉上未乾的淚痕顯得可憐至極。

趙盈呆愣愣地跪在原地，似乎無法接受突如其來的命運。她不甘地看了一眼君昊煬，以為君昊煬會看她，結果卻看到君昊煬的目光留在從容優雅的若靈萱身上，一下子受不了刺激，眼一翻暈死過去了。

接著，林詩詩又看向心玉和孫嬤嬤。「至於妳們，雖是奉命行事，但也不能輕饒，明日就送去辛得庫吧！」

兩人聽了臉色又是一陣蒼白，可路是自己走的，結果就必須要承受，畢竟去辛得庫，雖然日子清苦了些，但總比被人牙子賣到窯子裡強得多。況且，以後還是有機會出來的。

林詩詩揮了揮手。「來人，帶她們下去！」

這時，大廳裡總算清靜了下來。

君昊宇這時也站起身，手中的玉扇輕輕搖了搖，笑道：「好了，演戲的演完，看戲的也看完，那我也該告辭了。」

話說著，朝若靈萱拋去一眼，笑意更濃。

若靈萱也微笑點頭，眸中都是感激。這次，還真是多虧他了！

看著兩人眉來眼去的樣子，君昊煬莫名地生出一股悶氣，深沈的眸子也變得幽暗。他真的不懂，以前昊宇明明就不喜這醜惡的女人，可為什麼，如今卻跟她混得這麼熟，還特意跑來幫她？

若靈萱低著頭，迴避和君昊煬冷冰銳利的目光接觸。

這一低頭迴避，再次觸怒了他。「若靈萱，別以為本王不知妳打什麼主意，但凡事適可而止，不要做得太過了，否則只會得不償失。」

這次的事件，擺明瞭就是她故意布的局，想乘機奪回管事權。雖然錯不在她，但他就是討厭有心機的女人，尤其是眼前這個。

若靈萱氣結在心，眼中笑意卻如璀璨繁星。「王爺莫要誤會，臣妾沒那麼大的心眼，況且那些骯髒事，臣妾也不想理，否則沒的讓自己污穢了。」

馬的，臭男人！誰讓你和林詩詩想著算計姊，以為姊這麼好欺嗎？去！

「妳——」君昊煬瞪著她，眸中陰晴不定。這醜女的嘴巴倒是越來越刁鑽了，次次頂撞，次次抬槓。

「唉唉，昊煬，這次我就不幫你了，明明嫂子是受害者，你幹麼還朝她發火？這也太說不通了吧？」君昊宇這時當起了護花使者，不滿地數落著兄長。

君昊煬冷盯了他一眼，見他維護那醜女心裡就很不爽，冷著臉道：「你少多事！戲都看完了還不滾？」

「急什麼，我還沒向大嫂告辭呢！」君昊宇無視他難看的臉色，逕自走向若靈萱，眨眨眼。「嫂子，謝謝妳讓我看了這麼場精彩的好戲，如果下次有機會的話，記得要找我合演喔！」

「放心，一定！」若靈萱抿唇一笑，點了點頭。

「好，那我告辭了，改天再來看妳。」君昊宇說這話的時候，人已經飄出了很遠。

君昊煬沈著俊顏，陰鷙地斜睨了若靈萱一眼後便轉身，也沒跟林詩詩說一聲，就拂袖離去了。

林詩詩依然是掛著溫婉的微笑，只是……看了看兩人消失的方向，眉輕輕蹙起。是她的錯覺嗎？怎麼覺得今天的王爺，似乎與以往不同？

還有，晉王爺怎麼好像跟若靈萱很要好的樣子？這是怎麼回事？

若靈萱這時走到她面前，語帶歉意地道：「今日一事叨擾了妹妹，是姊姊的疏忽，姊姊在這兒向妳賠不是了。」

「姊姊這是哪裡的話！說到底，這是妹妹分內的事，哪還有說打擾的？這可折煞妹妹了。」林詩詩斂下思索，慌忙回應道。

「妹妹不怪罪就好！」若靈萱這才揚起唇角一笑。「不過話說回來，這麼龐大的睿王府，要管起來一定不易，日後得向妹妹多多學習，妹妹可千萬不要嫌姊姊煩人啊！」

林詩詩嘴角微僵，心中暗惱，這每一句都話中有話，當真是讓人喘不上氣！然而，臉上卻不能表現出來，只能點頭微笑。「姊姊太客氣了，妹妹才疏學淺，恐怕今後還要向姊姊討教呢！」

若靈萱輕笑回應。

二人虛情假意地聊了一會兒後，若靈萱就找了個理由離開了。

回到暖閣後，林詩詩再也無法平復心中怒火，手一揮，櫃檯上的瓷瓶瓷罐全部摔落在地，乒乒乓乓，好不狼藉。

「姊，我剛才聽下人說，若靈萱要掌權——」才從府外回來的落茗雪，聽到消息後就急急地走了進來。當她看到滿地的碎片後，又怔愣住了。

林詩詩猛地轉頭瞪她，一張美顏繃得死緊，像是在極力壓抑著什麼。

「我問妳，這次陷害王妃的事，是不是妳起的頭？」好半晌，林詩詩才緩息了火氣，心平氣和地開口。

「我……」看到表姊的神情，落茗雪不安地低下了頭，不知該不該說，怕表姊會發怒。

「我知道心玉跟妳走得很近，聽趙盈的語氣，主意是她先出的。若不是妳在背後撐著，她一個小小的丫鬟能作這麼大膽的決定？」林詩詩的聲音又高了起來，還帶著厲色。

落茗雪咬了咬唇，知道瞞不住了，索性一股腦兒地道出。「沒錯，我是叫心玉去陷害那個醜八怪，可我這樣做不都是為了咱倆嘛！那個死醜八怪一日在府裡，我們就得永遠被她騎著！表姊妳是國公千金，貴妃姪女，卻只是個側妃，我替妳不平啊！」

「那妳也應該跟我商量，而不是擅作主張。」林詩詩還是很生氣。「現在可好，賠了夫人又折兵，若靈萱不但沒事，我們還反被她算計，連管事權都得分一半給她。」

管事權，那可是她好不容易才得來的，如今居然被若靈萱輕輕鬆鬆地分走了，她怎麼想怎麼不甘心！

「姊，這是真的嗎？若靈萱真的掌權了？」落茗雪聽見此言，這才想起自己來的目的，連忙追問。

林詩詩冷掃了她一眼，深吸口氣緩和情緒後，點頭沈聲道：「王爺已經親口答應，讓若靈萱協助我管事。」一邊把事情的經過告訴了她。

落茗雪聽得瞪大了眼睛，既震驚又憤怒。這該死的醜女人，竟這麼難纏、比鬼還精，以前怎麼沒見她這麼厲害？

「姊，那現在該怎麼辦？難道就任由她囂張下去嗎？」

林詩詩不語，嫩白的玉手緊握成拳。她看得出，若靈萱不會在原地踏步，今天進了一寸，明天就要進一丈，遲早自己手中的權都會完全被奪去的！

不，她不能坐以待斃，一定要想個辦法！

這邊愁雲滿布，那邊卻歡天喜地。

清漪苑裡，草草和所有的丫鬟、奴僕們，得知王妃日後可以跟林側妃一起掌權後，個個臉上都有著掩飾不住的笑容。當然了，如今的王妃已經不是有名無實，如此一來，他們在其他院的下人面前，也能揚眉吐氣了。

一時間，清漪苑裡倒是一片歡聲笑語。

晚膳的熱鬧過後，丫鬟、奴僕們便各自忙活。

若靈萱出去院子裡散了一會兒步，隨手摘下葉子，就坐在亭裡吹奏起來。

「這麼晚了還在吹，真有雅興喔！」一道邪魅的聲音倏地在前方響起。

「……你?!」若靈萱放下葉子，抬起頭，看到出現在眼前的君昊宇後，驚詫出聲。「你怎麼還沒走？」

月光下的他，更添了一股勾魂的風情，鳳眸邪美魅惑。這個男人，簡直就是天生的妖精。

這個男人，簡直就是天生的妖精。

「見到我這麼興奮？就知道妳捨不得我走。」君昊宇打趣道，在離她最近的位置上坐下。

「你回去躺床，睡覺吧你！」若靈萱翻翻白眼啐他。這傢伙，老是沒個正經樣，真難想像他是君昊煬的同母弟弟，性格居然差那麼多！

君昊宇俊眉一挑，慵懶地說道：「妳是指……作夢？」

「還不笨嘛！」她斜睨他，輕哼一聲。

君昊宇微勾唇角，牽起一絲笑意，視線一直停留在她身上。這個女人真的好特別，聰穎而不驕人，優雅而不失活潑，比起他以往見過的任何女人，都有趣得多。

「怎麼這樣說呢，我會失望的。」他的語氣十分的魅惑。

嘖嘖，這個該死的妖孽，老是對著她放電，真搞不懂他的腦袋在想啥？居然對一個貌不驚人的醜女這樣。於是，若靈萱橫了他一眼，沒好氣地道：「晉王爺，您如果沒事的話，快回去吧，我不奉陪了！」

說著，就想起身離開。

「噯，我這次可是幫了妳很大的忙，妳就沒話要跟我說嗎？」看她迫不及待想跟他劃清界線，君昊宇好氣又好笑，這女人也太不給面子了吧？

聞言，若靈萱不得不停住腳步，微嘆口氣，轉身看向他。

「晉王爺，這次真是謝謝你了。」她很真誠地道，語氣也十分溫和。說真的，對於他的幫忙，她是打從心裡感激的，不過呢，如果他不要老是在夜晚出現在她的院落，她會更感激。

君昊宇這才滿意地點點頭，雖然她的語氣變得很快，但這種語調，他喜歡聽！

「那妳說，該怎麼報答我？」

報答？她已經謝過他了，還要怎麼報答？不過，看他那樣子，似乎她不答應，他就要賴在這裡不走。若靈萱忍住再翻白眼的衝動，只好道：「你說吧，想怎麼樣？」

君昊宇冥想了一下後，薄唇微勾，綻放一抹魅惑的淺笑，迷人鳳眸睨著她，說道：「就彈首曲子給我聽吧！」

「沒問題！」她想都沒想就答應了，這麼個簡單的要求，她不答應也不通情理。

本以為她會拒絕，沒想到她竟這麼快就答應了。君昊宇一時間有些怔愣。這時他才發現，她的眼睛好漂亮，像彎彎的月亮般，笑起來的時候，很美……

見他盯著自己不說話，若靈萱不禁皺眉。搞什麼呀這傢伙？發什麼愣，莫名其妙！

「晉王爺，看夠了吧？看夠了就回府去！」她忍不住將音調提高了八度，打破了沈寂。

興許是被她的聲音驚醒，他頓時反應了過來，按了按耳朵。這女人居然這麼大聲吼他，還毫不客氣地再三趕他走，好歹自己也幫了她個大忙吧？真是沒良心的女人。

不過，抱怨歸抱怨，他可不敢得罪她，免得她一個不高興，不彈琴了，那他就得不償失了。

於是，君昊宇站起身來，說道：「好吧，那我走了，改天再來看妳。」

若靈萱睨了他一眼後，輕輕地點了點頭。

君昊宇轉身剛踏出幾步，心裡沈思了下，又回過頭來。

「幹麼？」見他停下，她又皺眉。這傢伙，最好不要說他改變主意了，現在就要聽。

「靈萱，以後私底下，我就這樣叫妳吧！」君昊宇的薄唇掀起一抹笑，接著便以如風的速度消失在她的視線裡。

若靈萱頓時一怔，緊抿著唇，隨後，卻忍不住笑了起來。其實這妖孽似的王爺，人還不錯嘛，至少比討人厭的君昊煬親切多了。

「小姐，洗澡水準備好了！」

這時，多多在那頭喊道。

「來了——」

南院，清芷苑。

暖閣裡，柳曼君舒適地斜靠在軟榻上，手上的美人扇有一下沒一下的搖著，臉上全是愉悅的笑容。

「側妃，妳為何如此開心？」寧夏在一旁斟茶，見狀問道。

「剛才妳不是說王妃要與林詩詩掌權了嗎？這下，林詩詩一定不會再保持沈默，她現在心裡呀，肯定在想著怎麼對付若靈萱了。」柳曼君得意地說道。

那個女人平時一副菩薩樣，瞞得過王爺，瞞得過府裡的人，可卻瞞不過她的利眼。林詩詩打的是什麼心思，她可是一清二楚。

「可是側妃，這樣一來，若靈萱就變得難對付了。」寧夏憂慮地蹙眉，王妃如今的手段，可厲害著呢！

「這樣才好，兩個自以為聰明的女人碰在一起，一定會鬥得兩敗俱傷，到時候，坐收漁翁之利的，就是我們了。」柳曼君冷冷一笑，眸裡都是陰狠之色。

王妃的寶座，只能是她的！

清晨，晨空一碧如洗。

若靈萱一早就起了床，迅速漱洗，用過早膳後便和多多一同出了府。兩人直奔繪雅軒，剛進門就被小廝迎送上了三樓的雅閣，正是三天前的會面之地。

若靈萱今天仍是那套瘦身的唐裝，紗巾遮臉，活脫脫一個豐腴的俏女子。別人看了，絕對不會將那個肥胖貌醜的睿王妃跟她連想在一起。

「姑娘，還真準時啊！」一抹高大的身影翩然而近，帶著好聞的桐花薰香氣息，沁人心脾。

「是你？」若靈萱微訝地看著他，是三天前的那位錦衣公子。再瞧了瞧四周，沒見齊燁磊的人影，便問：「齊公子呢？他不在嗎？」

「他今天剛好有事外出，所以就託我來招呼姑娘。」男子微勾薄唇，展開一抹溫和的笑，低沈的嗓音極是好聽。

「這樣啊……」她皺眉，怎麼這麼巧？

「姑娘放心，你們上次談的事情，齊公子已交代了在下，只要姑娘的是上等珍寶，本店定會出高價購買。」看出她的心思，錦衣男子笑著解說道。

「那就好，我東西已帶來了，請公子過目。」

聽他這樣說，若靈萱放心了，也不再浪費唇舌，急忙讓多多將東西遞上來。想到就快賺到白花花的銀子，心裡就樂。

錦衣男子靜靜地看著展示出來的寶物，以他專業的目光，看得出，這是一把千年烏木做的古琴，只是……眸光倏地一凜，一抹精光劃過眼底。

「這把古琴，是否為姑娘的傳家之寶？」片刻後，他不動聲色地問道。

若靈萱輕點著頭。「是的。公子看看，算不算得上等珍寶？」太后是她的姨奶，傳給她，也便是家傳之物了。

錦衣公子沒有回答，而是別有深意地凝著她，再凝向古琴。半晌後，才喚來小廝，將一個小錦盒放到她面前。「姑娘的寶物果然不錯，這是八百兩銀子，不知可夠？」

八百兩？若靈萱細算了一下，差不多相當於現代的幾百萬元，一把千年古木琴賣得這個價錢，應該也不錯了……

於是便笑道：「行，謝謝公子了！」點了點數後，就讓多多收起。

錦衣公子的目光仍停留在古琴上，修長的手指輕輕一拂，上等的烏金絲立即發出清脆優美的響聲，煞是動聽。

「公子，如果沒事的話，那小女子就此告辭。」既然交易成功，她也該離開了。

「姑娘請等等！」錦衣男子倏地出聲，同時也站了起來。

若靈萱不由得停下腳步，疑惑地等待下文。

男子踱步上前，目光緊緊落於她蒙著紗巾的臉上，幽深難懂。「姑娘，這古琴既是妳的傳家之寶，必定意義重大，所以在下有個提議，如若一年內，姑娘想要回古琴，在下願意原價奉還。」

沒想到他會說出這樣的話，若靈萱怔住了，幾乎不敢相信。不是吧？世上有這麼便宜的事情嗎？

「這……公子，您這是為何呀？」呆了會兒，她不明白地問。

「這是繪雅軒的宗旨，因為我們覺得，凡是變賣家中古物的客人，一定是有不得已的苦衷，而我們也不願奪人所好，因此都會在他們再次需要的時候物歸原主，也當是大家交個朋友吧！」錦衣男子笑了笑，明亮的眸子裡帶著真誠。

「啊？原來如此！」若靈萱驚訝極了，這樣的經營手法，她還是第一次聽說。人家是無奸不商，而繪雅軒卻是處處為客人著想，怪不得齊燁磊年紀輕輕，就成為京都的四大富商之一，他們真的很會廣納客源呢！

「那麼姑娘，古琴就當是寄放在繪雅軒，以後有機會，一定物歸原主。」錦衣男子說著，便將古琴交給一旁的小廝，讓他擺放在儲藏閣。

「那小女子就先謝謝公子了。」若靈萱揚起了笑容，內心十分高興。古琴畢竟是太后賜給若靈萱的東西，要是真的能要回，當然最好。

錦衣男子淡淡地笑了，眸中掠過一絲難言的光芒。

待若靈萱和多多離開後，一直在內間的齊燁磊，這才掀簾而出，走到男子面前，不解地道：「九千歲，您剛才……」

繪雅軒的貨品從來沒有物歸原主的說法，為什麼主子要如此說呢？

錦衣男子收斂了之前溫和的眼神，變得犀利。「上次你不是說，這個女人是睿王府的人嗎？」

「沒錯，屬下派去的心腹查探到，轎子是進了睿王府，但就不知道她是睿王的哪位夫人？」齊燁磊點頭回道。

「現在本王知道了，她就是睿王的正妃，若靈萱。」錦衣男子微瞇鳳目，眸光透出精銳的凜意。

然而齊燁磊聽了，卻震愕地瞪大眼睛，脫口驚叫。「什麼？她是那個肥妃？」晉陵第一醜女人？他沒聽錯吧？

錦衣男子睨了他一眼，隨即轉身坐回椅子上，這才淡淡地開口。「剛才那把古琴，如果本王沒看錯的話，是李太后的家傳之物，後來，她將其轉送於若靈萱，當今世上也僅此一把。」

「可是……她怎麼會……」齊燁磊還是不敢相信，剛才那個女人，怎麼看也不像是肥醜無比又無知無才的女人吧？

「本王也很好奇，她為什麼會變成這樣，而且……好像還不認得本王？」

錦衣男子望向窗外，看到那頂轎子逐漸消失在視野裡，一抹別具深意的笑容爬上唇角，鳳眸深邃得似藏著重重雲霧，內裡的複雜莫測叫人摸不透，也看不清。

「小姐，妳真的成功了？」若靈萱回府後，就將此事宣揚了一番，一直聽故事的草草突然驚呼，滿臉訝色。

「嗯哼！妳看，這是八百兩銀子！」她捧著錦盒，得意地拋甩兩下，反正銀子掉下地也不會壞。

「那小姐，妳要那麼多錢，到底想幹麼？」這是草草一直想知道的事。

多多也同樣疑惑地看著她。

「以後妳們就知道了，現在嘛，不能說！」若靈萱神秘地搖了搖手指，笑嘻嘻地說道。

兩丫頭「喔」了一聲，有些失望地垮下臉，神情鬱悶，她們真的好好奇呀！

見狀，若靈萱好笑地戳戳兩人的小腦袋。「放心，等我的大業展望在即的時候，肯定第一個告訴妳們，到時候，妳們可要好好幫忙喔！」

多多、草草一聽有用得著自己的地方，頓時雙眼發亮，立刻響亮地應聲——

「是，小姐！」

雖然不知小姐要做什麼大業，但小姐這麼聰明，一定是很偉大的事情了，自己能幫忙，是多麼的榮幸呀！

若靈萱看兩丫頭激動的樣子，真是可愛極了，忍不住失笑起來。

隨後，主僕三人又吱吱喳喳地聊其他的話題，一個下午就這樣過去了。

轉眼，一個月又過去了。

這期間，君昊煬因要陪林詩詩返家探親，因此在王府裡，若靈萱可謂是自由極了，天天一大早就溜出府，到後山爬坡運動去。

她一個女子，拖著笨重的身子，在山坡爬上爬下真的很辛苦，好幾次，她都差點要放棄了，但到最後還是咬牙忍了下來。

她要堅持，堅持就是勝利！

這天，若靈萱用過晚膳後，便像往常一樣在瓏月園裡散步。原本打算一炷香的時間就回去了，可逛著逛著，突然想起了多多曾提過的「夢湖」，在花園東面的紫竹林裡，那是王府唯一的溫泉湖，只有主子們才能去，禁止下人前往。

想罷，她就來了興趣，腳步一旋，向著竹林而去。

當她到達林子深處後，頓時被眼前看到的景象迷住了。好一處溫泉勝地！這裡熱氣騰騰，如霧如雲漂浮在河面上，旁邊的花草樹木，在溫泉的迷霧中若隱若現，一整個就是神仙聖地般的世外桃源啊！

心中也隨即一聲感嘆，到底是帝王之家，平常的百姓哪裡會有這種享受？

溫熱的湖水不停地蠱惑著她，自己一向喜歡游水，也精於此道，見四下無人，便走到湖邊，俐落地解開身上的衣物，只剩下紅色肚兜，跟著一躍而下。

溫熱的水迅速圍住了全身，輕輕蕩漾著，撫著肌膚，頓時感到身心都鬆弛了不少。

看著已然削瘦許多而顯得結實的手臂，唇邊不禁泛起一絲欣慰的微笑，她的努力終於得到一點回報了。

回想起自己穿越到這裡後，天天過著粗茶淡飯的日子，早膳只吃一碗粥，午膳和晚膳大多數都吃素，每次經過廚房時，望著葷肉流口水，這樣的日子過得真是痛苦死了。

也許是老天可憐她吧，經過長時間的魔鬼減肥訓練後，她終於減下了二十多斤，即是說，現在她的體重是一百三十斤。

雖然過百的女生沒前途，但幸好鍛鍊得多，肌肉結實了，看上去不顯臃腫，反而增添一股豐腴性感的美。而身下的小肚腩，已經褪了剩兩層，水桶似的腰也細了很多。唯一遺憾的就是臉蛋了，依然是嬰兒肥，而且那個胎記……唉，還不知有沒有辦法褪掉呢！

不過嘛……又低頭看了看自己不再駭人的身材，笑容再次爬上唇角。其實這也不錯了，只要穿上略寬一點的衣服，就可以遮人耳目。

心情一好，她情不自禁地哼起了歌曲。

「高山流水　覓知音
雲風清　笙歌散盡
花為霓裳　柳如眉
劍如虹　流霞飛
疏狂幾曾　把金樽
彈指間流年成一瞬
獨行江湖為情困
能消得惆悵幾分
劍鋒凝霜寒　塵難斷
浮生換　此心依然

且留一段情衷共春風

歸去處月色朦朧……」

天籟而輕柔的歌聲悠揚響起，又如圓潤的珠玉瞬間滑落在地所敲出的輕靈空曠之音。順著空氣，瀰漫四周，直至蔓延到竹林外，嫋嫋餘音，蕩蕩迴迴。

君昊煬剛回到王府沒多久，與林詩詩用過膳後，就在瓏月園隨意閒逛，當他無意中步至竹林時，倏地聽到一陣陣美如天籟的歌聲傳來，不禁微怔。這麼晚了，是誰在唱歌？

只聽那聲音脫俗輕靈、字字清脆、聲聲宛轉，入耳有說不出來的妙境。他被深深吸引住了，不自覺地循著歌聲來源而去。

越是走近，越覺得聲音頗為熟悉。「難道是蓮兒在唱歌？」他輕蹙眉，有些疑惑地自語。

沒錯，這宛如新鶯出穀的歌聲，新穎的曲調和詞譜，的確是蓮兒獨有的。當下，薄唇勾起一抹微笑的溫和弧度，加快腳步走向林子深處。

若靈萱舒服地泡在溫泉中，心滿意足地輕撫著自己雪白嬌嫩的肌膚。老實說，這身體雖然胖了些，但皮膚卻是極好，光滑白嫩，柔美細膩。此刻被熱氣繚繞的水霧薰得淡淡粉紅，如一朵嬌豔欲滴的粉色玫瑰，美不勝收。

朱唇持續地輕輕張合，吐出如鶯出穀的歌聲。

「劍鋒凝霜寒　塵難斷
浮生換　此心依然
且留一段情衷共春風
歸去處月色朦朧
緣生又緣滅　終難解
紅顏短　情字怎寫
雲遊四海中　劍嘯九天
此生眷戀不變……」

一曲唱了兩次後，見夜色已深，覺得自己也該回屋了，便揮動手臂游到岸邊，取過一旁的衣服，嘴裡還意猶未盡地哼著歌曲，直起身子準備攀上岸。

「蓮兒？」

一道低沈富有磁性的聲音倏地在前方響起，若靈萱嚇了一跳，下意識地抬眸，只見一抹高大的身影快速靠近，瞬間便出現在她的跟前。

借著月光，他們終於看清了對方！

若靈萱登時傻在原地，身上只穿著肚兜的她，嬌嫩的身軀讓人一覽無遺。

君昊煬也被眼前的一幕驚呆了。他本以為是殷素蓮在這裡唱歌遊玩，卻萬萬沒想到竟會看到若靈萱。不知是不是月色朦朧的關係，出浴後的她，渾身都彷彿氤氳著朦朧的水氣，豐腴的身軀極為性感，晶瑩如玉的肌膚更是嫵媚誘人。

這……是那個肥胖如豬的醜女人嗎？難道人有相似？

接二連三的意外，讓君昊煬一向精明的腦子像停擺一般，整個人也呈石化狀態。

他們倆呆愣地看著對方似乎有一世紀之久——

「啊——」

率先反應過來的若靈萱，急忙縮下身子鑽進水裡，羞憤地吼嚷：「你有沒有搞錯，竟然在這裡偷看人家！非禮勿視沒聽過嗎？還不快走開！」

被她這麼一吼，君昊煬也回過神了，俊顏變得有些難看。該死的，原來真的是那醜女人，只有她，才會這麼囂張地對他凶。

「偷看？本王可是光明正大的看！再說妳有什麼好看的？胖得像豬一樣的身材！」他故意一臉藐視地打量著她，目露鄙夷厭惡之色。

剛才是他瘋了，居然覺得她迷人，真是見鬼了！

「你！」若靈萱氣結地望著他，倏然捧起熱水，就往他身上潑去。

君昊煬雖然輕巧地閃開了，但衣服上仍濺到一些水漬，他怒視著她。「若靈萱！妳竟敢用水潑本王？」

「誰讓你對我無禮，還不快走開！」若靈萱不甘示弱地瞪回去。居然說她像豬，這該死的臭屁王！

君昊煬鐵青著臉，突然邁步上前，鷹眸冷鷙。

「你要幹什麼？」若靈萱戒備地後退著。

「妳是本王的妻子，妳說本王想幹什麼？」他冷笑逼近，得意地看著她驚慌的表情。終於知道害怕了嗎？

聞言，若靈萱一口氣差點梗在喉頭，眼睛倏地睜大，這傢伙該不會是想……不不，自己這樣的相貌，應該入不了他的眼，那是在嚇唬她嗎？

可，看他越靠越近，心中還是怕怕的，有些底氣不足地憤道：「不准再過來了，否則別怪我不客氣！」

君昊煬冷凜了她一眼，不屑理會。想起剛才的歌聲，又蹙起眉，心中疑惑不已。憑著自己深厚的內力，他察覺到四周除了他和這個女人外，就沒有別人了，那……黑眸一縮，像想到什麼似的，驚異地上下打量著她……不會吧？

「剛才是妳在唱歌？」他直接開口問道。

若靈萱一聽，臉色瞬間像觸電般難看。

對呀，她差點忘了，剛才自己在唱歌的時候，這傢伙像鬼魅般出現在她面前。這麼說，他全聽去了？清澈的眸子閃過一抹慌亂，不自然地垂下眸，一時不知該怎麼回答。

「本王在問妳話呢，沒聽到嗎？」見她不出聲，君昊煬又不高興了。這個該死的女人，三番四次無視他，讓他很火大。

若靈萱抬眸瞪了他一眼，跩什麼勁兒？「我耳朵沒聾！」

「妳——」

「沒錯，是我唱的。」還未待他發怒出聲，若靈萱就開口截斷他的話。事到如今，唯有見招拆招了。

君昊煬憋著怒氣，陰晴不定的眸子直盯著她，雖然自己是聽到了，她也承認了，但他還是不太敢相信剛才那絕美的聲音是她發出的。這樣一個庸俗的女人，怎麼可能唱出那樣動聽的歌曲？而且……還和蓮兒的歌聲一模一樣？

他百思不得其解。

「是嗎？真沒想到啊，妳居然也會唱歌？」君昊煬語帶嘲諷，灼燦的黑眸複雜難懂。「要不是這裡只有妳一人，本王還以為是蓮兒在唱呢！」

若靈萱心中一個咯噔，怎麼聽著這似乎話中有話？忙一凜神，強作鎮定地道：「王爺，您沒想到的事可多著呢！別看臣妾這副模樣，真要學起東西來，那可是一點即通。就拿這歌曲來說吧，殷小妃只是教了臣妾兩、三次，臣妾就倒背如流了，而且連聲音都學得唯妙唯肖呢！」

「喔？」君昊煬挑眉，再次上下打量著她，神情似疑非疑。「那妳是說，這歌曲是跟殷小妃學的了？」

「當然了，要不，臣妾哪唱得出如此動聽的歌呢？」若靈萱表情從容地回答。這下，總該合情合理了吧？

君昊煬微瞇黑眸，犀利的目光直透她，彷彿要把她看穿。

「王爺，如果您沒別的事，可不可以先行離開，讓臣妾上岸穿戴？」馬的，還不滾，要杵到什麼時候啊？若靈萱在心中暗罵。

「話說完後，本王自會離開。」君昊煬盯了她好半晌，這才收回目光，冷冷地道。

「那請問王爺，還有何指教？」她翻了翻眼。

君昊煬微蹙眉，心中仍有疑慮，但見她說得合情合理，而且說謊也對她沒有好處。再者，要不是如她所說，他還真想不出為什麼她會唱出那樣獨特的歌曲……

這樣一想，他釋然多了。

「若靈萱，妳好學是好，學得也的確不錯，不過，在自己沒有完全過師之前，還是不要隨便賣弄，以為能引人注目，實則只是貽笑大方。」君昊煬想到自己因為酷似的歌聲而誤以為是心中人兒，英俊的容顏便冷了幾分，言語也十分惡劣。

若靈萱瞪著眼，心中氣極。沒想到這臭屁王竟如此自戀，以為她唱歌是為了吸引他注意？這是什麼狗屁理論！

「王爺，您誤會了。臣妾唱歌只是自娛自樂，沒想過要引誰的注目，這樣下三濫的手段，王爺還是不要想太多。」若靈萱悠哉地說道，清澈的明眸劃過嘲諷的笑意。

君昊煬擰起眉，陰鷙地凜了她一眼，就在若靈萱以為他會發怒的時候，君昊煬卻只是冷哼一聲，轉身拂袖離去。

見他終於走了，她終於大大地鬆了一口氣。好險，差點就被發現了！要是因為這樣而連累素蓮，她就罪過了。而且君昊煬那麼討厭她，要是知道她們聯手欺騙了他，那自己的下場鐵定會很難看。

看來以後得小心點，別再隨便唱歌了。

第七章

夜晚。惜梅苑。

林詩詩一邊給盆栽澆水，一邊對著正在鋪被的紅棉說道：「這盆紫羅蘭是我最喜歡的，淡淡幽香，聞著沁人心脾。」

「貴妃娘娘知道側妃喜歡，特意讓人從宮裡送到府上，貴妃娘娘真是時時刻刻都惦記著主子您呢！」紅棉笑道。

「以前小的時候，姑姑未出嫁，最關心我的是她，後來入宮侍候皇上了，也惦掛著我，常常讓人從宮裡給我送東西。過幾天我親自下廚，弄一些姑姑喜歡吃的，去宮裡探望她。」林詩詩聽著窩心，美麗的芙顏上盡是燦爛的笑容。

紅棉掩唇輕笑。「側妃真是貼娘娘的心啊！」

林詩詩笑靨如花，再次將注意力放在盆栽上。

這時紅棉又道：「側妃去娘家探親的這一個月，王妃掌管了府中之事，聽幾個管家說，王妃處事很公道，連她從未接觸過的事兒，也處理得井井有條呢！」

聽罷，林詩詩拿著澆水壺的手一頓，繼而淡淡地回道：「看來，之前是我想錯王妃了。」正因為想錯了，才會在前幾件事上落了下風。

「側妃還打算管府中之事嗎？」紅棉遲疑了一會兒後，開口問道。側妃自從回來後，就不管事了，什麼也不過問，這讓她難以理解。

林詩詩輕笑不語，眼底卻閃過一道不明意味的冷光。

今天，若靈萱突然心血來潮，想做巧克力，好久沒吃了，都快饞死她了。

「小姐，妳叫我來，有事嗎？」多多蹦跳著走進來，如今跟著小姐一段日子，也學會了她的沒規沒矩——咳，無拘無束啦！

「過來過來！」若靈萱當即朝她招手，將桌上寫好的材料單據交給她，吩咐道：「這是我寫的食材，妳快出府去買回來，今天我要做甜點。」

多多瞧了單子一會兒，好奇了。「小姐，妳買這些做什麼？要吃甜的，讓御廚做就行啦！」

王府裡的廚師，都是宮廷調配而來的一品御廚。

「這可是我的獨門配方，也只有妳們才吃得到，御廚知道個頭啊！」

聽她這麼一說，多多更驚異了，居然也有御廚不知道的食物？難道是小姐發明了什麼新玩意兒嗎？

頓時，多多眉飛色舞起來。「那小姐，我立刻就去買！」

看著那飛也似的小小身影，若靈萱好笑地搖頭，隨即又喚來幾個粗使丫鬟，讓她們去準備烤巧克力的其他食材。

一個時辰後，所有的食材都齊全了。

可可粉、香料，還有一碗碗的牛奶和蔗汁。

「小姐，妳要這些東西是準備做什麼甜點呀？」所有的用具到齊後，多多忍不住問了。

「對呀小姐，我還沒見過這些東西弄在一起後還能吃的呢！」草草也接腔道。

「等一下妳們就知道。」正在忙活的若靈萱，抽空拋來了這麼一句，就又繼續埋頭苦幹。嘖，古代的烤爐真難弄，麻煩死了！

好不容易的，一個石砌的烤爐終於誕生，若靈萱拿著香絹擦擦汗，笑得滿意極了。

多多、草草蹲在一旁，驚奇地看著眼前這個怪異的爐具……很難形容，這到底是啥呀？還未待她們問清楚，就見自家主子開始攪弄著可可粉和香料，還不時地加上牛奶和蔗汁，那模樣，既辛苦，又快活。

若靈萱快手快腳地弄著，然後一一用盤子裝好，放在烤爐裡烘培。

沒多久，香濃的巧克力終於出爐了，只是和現代的相比，賣相就差遠了。

「小姐，妳到底是在做什麼啊？」好醜的東西，真的能吃嗎？

「巧克力啊！別看它賣相不好，很好吃的。」若靈萱笑嘻嘻地道。沒辦法，古代的工具簡陋嘛，只好將就一下啦！「我去叫其他的丫鬟，讓她們也來嚐嚐！」獨樂樂不如眾樂樂嘛！

「小姐，我去叫她們吧！」多多說著就跑了出去。

此時，君昊煬正與張沖在書房裡，商議著要事。

一名侍衛突然匆匆走進，行了禮後，便急忙稟道：「王爺，屬下剛才看到東院的方向濃煙竄天，可能是走水了，請王爺速去看看！」

「什麼？」君昊煬騰地起身，迅速領著侍衛走出書房，張沖也緊跟在後。

遠遠地，君昊煬一眼就瞧見了東院那邊大片的黑煙瀰漫，像條烏黑的巨龍昂首向天，直向雲端而去。他頓時眸一瞇，臉帶慍怒之色。該死的，是誰吃了熊心豹子膽，竟敢在王府裡縱火？不要命了！

這邊的若靈萱，同樣也是詛咒連連。

「該死，真倒楣！」她一邊拿著水桶，與多多、草草還有其他丫鬟們，撲滅著越來越大的火勢。

氣死人了，原本看見這麼多人對她的得意傑作捧場，正高興時，誰知就這麼得意過頭，不小心弄倒了火爐，等到發現時，成堆的柴枝已經變成了氣勢洶洶的大火。

君昊煬來到現場，見到的便是如此情景，臉色頓時陰沈至極，怒吼一聲。「若靈萱！妳到底在搞什麼鬼？」

「搞什麼？失火了你沒看到嗎？還不快讓人幫忙救火！」若靈萱沒好氣，現在最重要的是救火吧，他大爺還在囉嗦什麼？

君昊煬怒極，但理智告訴他，現在的確是救火要緊。惡狠狠地瞪了她一眼後，他便指揮侍衛開始救援。

不一會兒，大火終於撲滅了，他把善後的工作都交給侍衛，便一把扯過若靈萱，走出廚房。

多多、草草見狀，生怕王爺會對小姐不利，急忙跟上去。

「放開我！」若靈萱被捉得手痛，甩也甩不開，頓時惱火極了。「你這麼用勁幹什麼？有事不能好好說嗎？」

「妳還敢對本王大小聲?!」君昊煬簡直怒不可遏。「這次就是因為妳的胡來，差點釀成火災，萬一因此弄得整個王府被燒，這個責任妳擔待得起嗎？如果傷及了無辜性命，到時妳又該怎麼負責？」

「我……」

還未待她開口，君昊煬又憤然地指著她臉上的灰燼。「還有，妳看看妳，把自己搞得如此狼狽，在大家面前讓本王丟臉，妳想讓所有人都知道本王娶了這麼一個不顧形象的王妃嗎？」

嘖，這傢伙又犯神經了嗎？雖然是不小心失火了，但也沒那麼嚴重呀！他這是乘機找碴是不？

儘管心裡氣得牙癢癢的，若靈萱卻是笑容可掬。「王爺，臣妾知道失火的事情驚擾了王爺，這是臣妾的不對，但臣妾也不知王爺您竟會如此清閒，大清早的不去早朝而在府中閒逛。要是知道您在府中，臣妾定不會讓您在大家面前『丟臉』的！」

聽著這謙卑裡略帶諷刺的話語，君昊煬本就黯怒的黑眸更加寒冽了。「若靈萱，妳處處頂撞本王，真以為本王不敢治妳的罪嗎？」

「王爺言重了，臣妾只是實話實說，連聲音都不敢太大，真的不知哪裡頂撞了王爺？」

若靈萱把聲調放得更低，眸中的譏諷之意卻更濃。

君昊煬的臉色難看極了，眸底閃過一絲狠厲，眸中的怒火逐漸燃燒。

就在氣氛劍拔弩張的時候，拱門處傳來一個邪魅的聲——

「君煬，你別老動不動就發火嘛，真是一點風度也沒有。」

隨後，瀟灑不羈的君昊宇搖著玉扇，緩緩走了過來，薄唇習慣性地噙著一抹邪魅的笑。

「昊宇？你來幹什麼？」君昊煬的語氣更為寒酷。為何每次這醜女人有事，他都會出現？

君昊宇沒答，掃視了前方門內的狼藉一眼後，像頓悟了什麼，就對著多多、草草笑嘆道：「唉，妳們呀，我剛才只是去方便一下而已，妳們就搞成這個樣子了？虧得我哀求了嫂子好久，她才勉強借個小廚房給我，妳們真是太不小心了！」

話落，所有人的目光同時朝他看去。

多多、草草先是呆了一下，隨即驚喜地望向他，眼裡都是感激，晉王爺這是在幫小姐呢！

若靈萱則挑了挑眉，滿是不解。

「你說什麼？這事你也有份？」君昊煬瞪著他，一臉狐疑。

這弟弟雖然生性灑脫不羈，整日無拘無束，但天生潔癖，從來不會進廚房這種烏煙油膩的地方，連御膳房都不屑進，今日卻跟這群女人在這兒弄吃的？他瘋了不成？

「昊煬，別生氣嘛，都是因為我一時心血來潮，想自己下廚弄吃的，你就別怪她了，這全都是我的意思！」

君昊宇笑得極其耀眼，雪白的牙齒在陽光的照映下，竟如白玉般漂亮。

聞言，君昊煬微瞇著俊眸，盯視了他良久，才沈聲道：「真的是你的意思？」這小子是為若靈萱脫罪，還是真的也有份？

不過，見他跟那醜女人這麼親近，他還是很不快。他真不懂，這醜女人到底用了什麼法子，竟令昊宇一改以往，對她和善起來？

「是呀，嫂子本來是不答應的，但禁不過我的再三請求，才應允下來。」君昊宇異常認真肯定地點點頭，邪魅的鳳眸向若靈萱眨了眨，示意她配合。

若靈萱當然明白了，不禁回他一笑，以示感激。

「話雖如此，但你也不必在她這小廚房，免得看到不堪入目的東西，倒盡胃口。」君昊煬睨了若靈萱一眼，意有所指地嘲諷道。

若靈萱當然聽出他在罵自己，但她懶得再跟他起口舌之爭，見侍衛收拾得差不多了，便奔向廚房，吃她最愛的巧克力，這才是最重要的。

「那你自便吧！」君昊煬一點也不想再留在這個烏煙瘴氣的地方，當下轉身就要離開，誰知君昊宇卻俏皮地上前一步，將他攔了下來。

「昊煬，咱兄弟倆也好久沒聊天了，反正你也是閑著，就別急著走，坐下來吧！」

「這……」

君昊宇不管三七二十一，扯著兄長硬拉著他坐到旁邊的石凳上。

若靈萱捧著巧克力出來，看到討厭的君昊煬還在那裡，而且還坐在圓桌旁，不禁瞪直了眼。搞什麼？這傢伙竟然不走，還坐下來礙她的眼？

「嫂子，別呆站著，快來呀！」君昊宇眼尖，一下子就瞧出了她托盤上與眾不同的東西。出於好奇，便揚手招呼她過來。

若靈萱翻翻白眼，今天難得想吃頓美味甜品，卻弄得一團糟，現在還得多分給兩個人。嘆口氣，重重踏步走過去，將托盤放在桌上，然後再次轉身走回廚房，重新烤著剛才烤了一半的巧克力。

「來，昊煬，試試這個。」君昊宇伸手拿起一塊巧克力，遞到了他跟前。

呵，如果他猜得沒錯，這糕點定是若靈萱做出來的，做法很奇特，就不知能不能吃，所以嘍，還是讓昊煬先開個頭吧！

君昊煬蹙眉看著手中奇怪的東西，黑不隆咚的，不禁遲疑起來，這東西真能吃嗎？緩緩地放入嘴裡輕咬，驀地，一種難以言喻的美妙之感從口中擴散開來，讓剛用完早膳的他，居然又有大吃一頓的衝動！這東西比他以往吃過的甜品都要好吃數倍不止。

「怎麼樣？味道如何？」見他那古怪的樣子，君昊宇忍不住追問。

只見君昊煬露出驚訝讚嘆的目光，繼而微笑地看向他。「不錯，這味道果然夠妙，比御廚做的甜糕還要好上數倍！」

真的假的？有這麼好吃嗎？君昊宇驚疑不已，他知道昊煬對事物很少讚美的，當下，也不禁對眼前的美食產生了濃厚的興趣。

「昊宇，你哪裡學來的這種做法？味道真好！」君昊煬又開口了，這可是他第一次吃到這麼好吃又特別的東西。

君昊宇一聽，知道他誤會了，忙搖手澄清。「昊煬，這可不是我的功勞，你要問，就問嫂子吧！」他可不敢居功。

什麼？君昊煬詫異地挑起眉，幾乎以為自己聽錯了。那飯來張口的醜女人，會做出這麼美味的東西？

他看向正在前方廚房裡忙活的若靈萱，質疑道：「真是她做的？」口氣相當不以為然。

君昊宇正想再說，一旁站著的多多卻突然跑向廚房，不管若靈萱的抗議聲，端起剛烤好的牛奶巧克力，就奔出來遞給君昊煬。「王爺，真的是小姐做的！你試試這個吧，剛出爐的！」

她真的好不甘心，小姐明明多才多藝，樣樣精通，為啥要被當成什麼都不懂的草包？太不公平了！所以，她一定要替小姐爭取王爺的好印象才行！

見到這一幕，若靈萱的嘴角抽了抽，暗瞪了多多一眼。真是多事的丫頭！

君昊煬猶豫了下，還是把牛奶巧克力放進口中。味道醇厚，柔柔滑滑，而且奶香十足，比起剛才的有過之而無不及，很有口感。他有些不可思議地看向若靈萱，這下，他真的確定這些甜品是她做的了，看來，她好像也不是那麼一無是處。

嘖，吃就吃唄，沒事看她幹麼？若靈萱站在門口，見君昊煬盯著自己看，不由得在心中暗罵。

「怎麼樣，昊煬？這下相信了吧？」君昊宇輕笑著詢問。雖然他沒嚐過，但見兄長那副不可置信的樣子，就知道定是十分美味的了。

果然，君昊煬點了點頭，極為小氣地給了兩字的評語。「還行。」接著又無聲地吃了兩口。

君昊宇咧嘴一笑，對著走出來的若靈萱道：「嫂子，沒想到妳還藏著這麼一手，真是讓人吃驚啊！」這個女人，懂的東西簡直超乎他想像之多。

若靈萱掃了他一眼，撇撇嘴。「誇獎了，小意思而已！」真嘔，本來自己打算大吃一頓的，如今卻多了兩個白吃的傢伙。

「嫂子，以後我要來吃妳做的甜品，不介意吧？」君昊宇咬著巧克力，笑意盎然地乘機提要求。他覺得，只要和這個女人在一起，日子一定會很有趣。

若靈萱白了他一眼，直接拒絕。「很介意！」

哼，要不是他多事攔下君昊煬，她現在也不會吃得如此憋屈，平白少了好幾塊巧克力啊，心疼死了！

聞言，君昊宇滿是笑意的臉垮了下。虧他剛才好心幫她，她居然拒絕！「妳這女人，虧我還幫妳說話！」

若靈萱再次冷眼睨他，一副很悠哉的樣子，不緊不慢地說道：「那是你自願的，我可沒求你！」

「妳——」君昊宇一時無語，這女人說得振振有詞，又不無道理。

見他被堵得無話可說，若靈萱得意一笑，解氣了，於是施恩般地開口道：「好吧，你愛吃就來，不過東西得你做，我來教！」她可不認為，他一個堂堂皇子，會願意親自挽袖下廚。

「好，沒問題！」君昊宇很爽快地答應了。做就做吧，能吃到不同尋常的美食，也值了！

若靈萱怔了一下，他真肯？不過那更好，多了個免費工人，也不錯。想著，眉眼如月牙般一彎，笑得十分開心。

這時，被晾在一旁的君昊煬，見兩人有說有笑的樣子，心中莫名地來了氣，冰冷寒冽的眸子帶著絲絲怒意。該死的，昊宇是不是瘋了？那醜女只是會做那麼點東西罷了，他至於這樣委曲求全嗎？還有那個醜女人，笑得那麼燦爛，但在他面前卻是全然不同的一副表情。

心中猶如壓了塊大石般，不、暢、快、極、了！

「昊宇，我還有事，你自己請便吧！」冷冷地拋下一句話後，君昊煬就起身拂袖離開，步履又快又重，像要殺人一樣。

院子裡的眾人面面相覷，不明所以，只好聳了聳肩。

隨後，若靈萱看看天色，就轉頭對君昊宇道：「晉王爺，午膳的時候到了，我覺得你也應該回去用膳了，請吧！」

「我不是才剛吃過？」君昊宇指了指桌上的巧克力，他才不想那麼快就走呢，因為……

「那不是正餐。」

「喂，靈萱，妳別老是趕我走嘛，看在我今天又幫了妳的分上，至少得設宴款待我一下，然後再為我彈唱一曲吧？」他真是好懷念她絕美動聽的歌聲呀！

若靈萱瞪了他一眼，怪不得那麼好心地幫她解圍了，原來是意圖不軌。

不過，眼珠子轉了轉，一個計劃驀地在腦中浮現，於是便道：「好，不過你要答應我一件事。」

「什麼事？」君昊宇疑惑地問。

「那就麻煩你從你的晉王府中，挑十個機靈聰明的小廝，然後讓他們學會我寫的這些東西！」她邊說，邊從衣襟內掏出一張紙，遞給他。

「喔?妳這是為何?」他好奇地接過。

多多、草草也十分不解地看向她。

「好，我也不賣關子了，告訴你們吧，我要開館子。」若靈萱不想隱瞞，索性就將自己的計劃原原本本地說出，反正在這兒的都是自家人。「這些就是我要賺錢的東西。」她指了指紙張。

「什麼?妳要開館子?」眾人吃驚出聲，不可思議地瞪著眼睛看她，好像她頭上長了兩隻角似的。

「很奇怪嗎?」若靈萱皺眉。

君昊宇在驚訝過後，不禁滿懷興味地打量著她。這女人還真不是普通的特別，不但才藝驚人，腦子裡的思想更是千奇百怪，他還未見過哪位閨秀千金或名門貴婦開館子的，就連晉陵王朝裡，也極少有女人開館子當老闆。

「小姐，妳真的要開館子嗎?」多多、草草驚訝過後，反而極為興奮。就知道小姐會做些與眾不同的事!

「當然，不過你們得要替我保密，我開館子的事誰都不能說，特別是君昊煬!」若靈萱鄭重其事地宣佈。

「放心，小姐!」多多、草草重重地點頭。

若靈萱這才露出了笑容，跟著眼神一斜。「晉王，你還未說呢，幫還是不幫？」話雖詢問，但眼裡卻有「你膽敢不幫試試看」的厲光。

君昊宇俊眉一挑，唇邊笑容更深。「只要妳彈琴給我聽，一切都不是問題。」這麼有趣的事，他當然不會錯過。

「那我就先謝謝你了！」若靈萱眉開眼笑，跟著，她像想到什麼似的，一擊掌道：「對了，晉王爺，在京都城裡，要開一間館子得花多少銀子？最旺的位置是在哪裡呢？」

想做生意，就必須要瞭解行情。

「這個嘛……」君昊宇沈吟著，認真推敲了一會兒後，方道：「據我所知，城南的位置最旺，在那兒開店的話，最低都要一千兩白銀，最高的幾萬兩都有。」

「這麼貴啊?!」若靈萱睜大了眼睛，那她只有八百兩，豈不是連開個店都成問題，更別說是其他雜貨、裝修什麼的了。

當即，她失望地垮下了臉。

「怎麼了，錢不夠嗎？如果不夠的話，我可以幫妳出。」看出她的心思，他提議道。反正那點錢對他來說，根本不算什麼。

誰知，若靈萱卻搖頭。「不用了，我想靠自己，不想欠人情。」

沒想到她會拒絕，君昊宇又訝然了。「靈萱，咱們可是自己人，妳不用跟我客氣。」

她還是搖頭。「謝謝你的好意了，不過，我自己能想辦法的。」還差二百兩而已，再想辦法湊就是了。

君昊宇無奈地嘆氣，這女人還真倔。

敲了敲玉扇，他斂眉沈思著，半晌後，腦中靈光一閃，脫口道：「對了，後天是父皇生辰，他最喜歡新奇有趣的東西了，所以每年的宴會，我們做兒女的，都會為父皇準備好戲來讓他歡喜，如若父皇高興的話，就會重重有賞，不如妳去試試怎樣？」

「真的？」若靈萱眼睛驀地一亮，心中樂了。對呀，電視上的皇帝，都是黃金百兩百兩的賞，要是她討得皇上歡心，還怕沒有銀子開店嗎？

「當然，只要妳的戲法夠新奇，父皇一定會龍顏大悅的。」看著她再展笑顏，他也不禁高興了起來。

「好，那我一定去！」她信心十足地舉手一呼。

為了給皇帝開個別開生面的生日宴會，若靈萱可是卯足了勁。她讓君昊宇從宮裡挑選幾個會樂曲的宮女，然後自己教她們排練。君昊宇更是找來一些樂器給她，並詳細地一一說明用處。

一大早，晴空萬里，碧空如洗。

若靈萱在院子裡的四周擺好樂器，手裡拿著幾張紙，多多、草草和幾個小宮女，全圍在她身旁，看她示範。

「妳們聽著，本宮要給皇上的生日宴來個驚喜，所以妳們必須要好好地配合我，大家齊心協力，只要讓皇上開心快樂，賞賜自然就滾滾來，大家聽清楚了嗎？」

「清楚了！」一聽有賞賜，大夥兒都很高興，於是齊聲大嚷。

然後一個宮女問：「睿王妃，那我們要怎麼做呢？」

若靈萱指了指地上的樂器，說道：「既然妳們是晉王爺挑選出來的，那一定很精通樂曲，不過對於我的表演，妳們還是不清楚，所以我現在各自發一張樂譜和舞蹈樣式給妳們，妳們按照著來練習就行了。」

「是，睿王妃！」她們再次齊聲應道。

「很好，我們一起加油吧！」若靈萱說完，就將手中的紙張一一發給她們。

這時，一個奴才匆匆走進清漪苑，稟道：「啟稟王妃，宮中的張公公來了，說是林貴妃請王妃進宮一見。」

「貴妃娘娘要見小姐？」多多立即看向若靈萱，眸中猛地閃過一絲擔憂。

聽言，若靈萱不由得蹙緊了眉。這林貴妃，不就是林詩詩的姑媽嗎？無端端見她做什麼？直覺的，她猜一定不會是好事。但貴妃召見，不去又不行，真傷腦筋！

「小姐，我陪妳進宮吧！」多多憂慮地看向她，林貴妃不是那麼好應付的，小姐就曾吃過很多虧。

「不用，進宮的事我自己去就行了，妳們還是留下來練習吧。」若靈萱搖頭，啥事都及不上她掙銀子重要。

因為，這可是她準備給皇上看的新表演呢！

皇宮位於京都的崇山峻嶺之中，氣勢恢宏，一刀一刻皆似天成，相得靈韻。還有金黃色的琉璃瓦殿頂，遠看仿若金色的島嶼，顯得金碧輝煌。

若靈萱看得咋舌，第一次見到這個架空朝代的皇宮，竟比電視上演的皇宮還要美上幾分。

「稟睿王妃，傾顏宮到了，請王妃下轎，隨奴才一同覲見貴妃娘娘。」

正在偷偷掀開簾子觀看感嘆的若靈萱，聽到張公公尖細的聲音響起後，便放下窗簾，改為掀開轎簾，走了出來。

「睿王妃，請！」張公公躬身道，走在前方帶路。

若靈萱緩緩地跟在其後，行走在白玉鋪造的地面上，抬眸細看，只見前方似有嫋嫋霧氣，籠罩著不真切的宮殿。檀香木雕刻而成的飛簷，青瓦雕刻而成的浮窗，玉石堆砌的牆板，就連石柱也被裝飾得五彩繽紛，鑲嵌著金銀寶石，熠熠生輝。

如此景象，讓若靈萱再一次感嘆，到底是皇宮啊，睿王府雖然也是富麗堂皇，但和這一比，就顯得遜色了。

「睿王妃，奴才進去通報一聲，您稍等。」張公公再次福了福身，就邁步走進宮殿大門。

若靈萱安靜地等待著，面色如常，沒多久，裡面就傳出張公公尖細得有些刺耳的嗓音。

「睿王妃，貴妃娘娘有請！」

若靈萱垂首，小心翼翼地舉步而進。

「臣妾參見貴妃娘娘，娘娘福貴金安。」到了殿中央，若靈萱便朝主位上的宮裝美婦躬身行禮。

「王妃無須多禮。來人，賜座！」聲音柔中帶嬌，隱隱透著一股威嚴。

若靈萱站起身後，坐在一側的林詩詩立刻起身，對她行了個禮。「臣妾見過王妃姊姊。」

「妹妹有禮了。」

若靈萱見到她，沒顯得驚訝，她就知道林詩詩一定會在這裡。隨後，她又將目光落在林貴妃身上。

嬌媚豔麗，膚白勝雪。

一身美麗的宮裝襯得她十分華貴，珠圍翠繞，雖然已到不惑之年，但仍風韻猶存，精緻的容顏絕美而傾城。

如此美人，怪不得能在後宮佳麗中脫穎而出，獨占聖寵！聽說皇上對她的寵愛，幾乎與當今皇后並齊。

若靈萱和詩詩分別坐下後，侍女端上香茗。

「王妃用不著拘束，本宮只是想約王妃聊聊天，解解悶而已。來，先喝杯茶吧！」林貴妃看向若靈萱，含笑的眼眸隱著幾分凶狠。他們林家的人，向來高人一等，如今自己的姪女、國公府的大小姐卻只是個側妃，屈居在那個醜八怪之下，真是不光彩。

若靈萱淡然一笑，從容回道：「是，娘娘。」

「皇上此刻正與大臣在御書房議事，等一下會跟王爺一同過來。明天就是皇上生辰，因此今晚王爺和林側妃要留在宮中，不便回府了。」林貴妃看向她，又說道。

若靈萱也回以微笑，倒沒說什麼，因為這跟她沒關係。

見她過於平靜，林貴妃有些不滿，正要說什麼時，門外卻傳來了一道低沈威嚴卻又不失溫和的聲音。「愛妃，朕聽說，是靈萱來了是吧？」

殿門打開，便見兩道身影邁步而進。

走在前頭的是一名身穿龍紋袞服，頭戴冠冕的中年男子。他是晉陵王朝的皇帝——順武帝，今年五十多歲，長得氣宇軒昂，歲月沒有在他臉上留下太多痕跡，眉宇間流露出來的自信使他自有一股不怒而威的氣勢。

君昊煬跟在其後，身著藍緞織金朝服，頭戴雲龍戲珠冠，一身莊重華貴，威儀逼人。

若靈萱還是第一次見他穿官服的樣子，真真正正的感覺到古代貴族所獨有的高傲氣息，不必開口說話，淡淡的眼神便能讓人臣服。

再轉眸看向順武帝，更是嘖嘖稱奇，那不怒而威、高不可攀的威嚴，比電視上演的皇帝有氣勢多了。

君昊煬一雙冷漠的冰眸掃向若靈萱，眼底閃過訝異之色。她怎麼會來？

對於兩人的出現，林貴妃和林詩詩相視一眼，同時皺起了眉。他們不是有重要的事商議嗎？怎麼會突然來這裡的？

暗暗惱恨，臉上卻笑靨如花地道：「是的，皇上。臣妾見睿王妃許久都沒有進宮，便想著邀她前來，相聚一番。」

這時，若靈萱也上前行禮了。「臣媳參見父皇，萬歲萬歲萬萬歲。」

「免禮！」順武帝笑呵呵地道，神情頗為慈祥和善，讓若靈萱一見就不由得產生好感。

「皇上，您不是召見朝臣商議國事嗎，怎麼這麼快就回來？臣妾還沒來得及為皇上準備午膳呢！」林貴妃笑意盈然地挽著順武帝的手臂，一起坐到主位上。回轉身時，看向若靈萱的眼神帶著一絲凶狠。

該死的，本想好好招待她一番，誰知皇帝剛好到來，真是氣死人。

「朕並不餓，愛妃不用著急。」順武帝淡笑道。

順武帝落坐後，再次看向若靈萱，心中若有所思。從剛才打照面開始，他就覺得她似乎變得不一樣了，沒有以前的驕氣和傲氣，而是一派端莊優雅，要不是親眼看到，真不敢相信她的變化會如此之大。

「稟皇上、貴妃娘娘，膳食已經準備好了。」嚴公公在外頭喊道。

「傳膳吧！」順武帝吩咐。

「是！」

與古代皇帝一起用膳，是若靈萱作夢都沒有想到的，要是此刻有相機拍下多好，神聖的一刻啊！要是日後回去，將照片一放，說不定自己會成了爭相訪問的名人哩，嘻嘻！若靈萱在心中無限憧憬著……

用膳時，侍女按林貴妃的意思，讓君昊煬和林詩詩一起坐，便將君昊煬引到了林詩詩的身旁。

君昊煬眉心微一蹙，倒也沒說什麼，正待坐下，林詩詩卻在這時開口了——

「娘娘，您身邊的人怎麼如此不知禮！」

林貴妃頓時一愣，不解地看向姪女，這可是她特意安排的呀！眼角餘光掃向君昊煬，心思極敏銳的她，很快就明白過來，立即對著那侍女一喝。「下去，領二十大板！」

就這樣，君昊煬坐到了若靈萱的身旁。

林詩詩面色自然地坐到另一邊。

若靈萱冷眼旁觀，嘴角泛起若有似無的冷笑。這兩個女人還挺會演戲的呢！

用膳期間，四人皆是靜默。

若靈萱在前世受過高等教育，因此用餐的禮儀也極為周到，用膳時，不緊不慢，極為優雅養眼。

皇宮的菜餚花樣百出，碟碟精緻，在王府很難吃到，只是如此拘束地吃頓飯，若靈萱還是感到不痛快，食之無味。

不行，氣氛實在是太沈悶了，這樣下去會憋死。扒了幾口飯後，她硬是找了個話題來聊。

眸轉了轉，她忽然間放下筷子，看向順武帝，笑道：「父皇，明天就是您的生辰了，臣媳已經為您準備了一份大禮，一定會讓您感到前所未有的驚喜。」

「喔？」順武帝驚訝了，也來了興趣。「那麼靈兒會給朕什麼驚喜？」

「父皇，說了就不驚喜了，明兒個您就知道。」若靈萱撓撓頭，神秘一笑，心中因他一句「靈兒」而感到溫馨，難道這就是親人的感覺？

「既然如此，那朕期待著了。」順武帝呵呵一笑，他一向就喜歡新奇有趣的東西。

「放心，一定不會令父皇失望的。」關乎銀子，她可是卯足了勁呢！

君昊煬冷睨了她一眼，這女人廢話真多，吃飯都不得安靜。父皇也真是的，沒斥責她也就罷了，還跟她瞎起鬨，父皇什麼時候變得這麼遷就她了？

若靈萱越聊越起勁，東南西北地扯談著，偶爾幾句俏皮話，惹得皇帝笑聲不斷，氣氛愉悅了許多。

林貴妃和林詩詩則陰著臉，默默地低頭用膳。

突然，嚴公公進來稟報。

「皇上，九千歲回來了！」

「快傳！」平靜的話語中難掩一絲驚喜，繼而轉頭看向君昊煬，含笑道：「煬兒，沒想到你皇叔也記得回來給朕慶祝生辰，真是太難得了。」

君昊煬沒說什麼，只是淡扯唇角。

若靈萱有些詫異。九千歲？皇叔？難道是皇上的弟弟嗎？還有，不知是她多心還是怎的，跟皇上的欣喜相比，君昊煬卻顯得冷漠異常，似乎比平時的他還要冷上幾分……心中不禁疑惑起來，難道他不喜歡他的皇叔？

這時，一個高大的身影走了進來。

「臣弟見過皇兄！」他行了個禮，明亮深邃的鳳眸，看向了前面的順武帝，隨後目光落在若靈萱身上，心下一訝，她也在這裡？

「九弟免禮。」順武帝一臉笑呵呵的表情。

是他?!若靈萱瞪大了眼睛，驚奇得小嘴都快成O形了。這不是在繪雅軒裡跟她商談生意的那個錦衣男子嗎？他居然就是皇上的弟弟、君昊煬的皇叔？

雖然當初看他一身貴氣，已知道不是普通人，但萬萬沒想到，他竟是當今的九千歲，最有勢力的甯親王！

今天的他，穿著一身銀絲龍紋的鵝黃錦衣，頎長身影挺直如松，頭戴紫金玉冠，絕華的氣質中盡顯王者風範。

見她目不轉睛地盯著君狩霆瞧，君昊煬心中就來了火氣，桌下的手擰得緊緊的。這該死的醜女，每次見到男人就發呆失神，是不是沒見過男人？

「靈萱，咱們又見面了。」君狩霆微笑地看向若靈萱，純澈的嗓音低沈而迷魅，煞是動聽。

「皇叔好！」若靈萱回神，立刻禮貌地朝他一笑，心裡卻有些緊張。他不會提上次的古琴一事吧？不過轉念一想，那時自己蒙著臉，他應該認不出來才是。

君狩霆當然看出了她的心思，淡淡一笑，只是點了點頭，並沒多說什麼。

「霆弟，過來坐吧，陪朕喝幾杯，咱兄弟倆可有一年沒見面了，今天一定要不醉不歸。」順武帝笑呵呵地招呼著，對於這個最小的弟弟，他一向是喜愛有加。

「皇兄，那我就不客氣了。」君狩霆朗聲一笑。步伐生風，衣袖自揚而動，幾步便走到了，坐在皇帝的身側。跟著轉眸睨了君昊煬一眼，又笑道：「昊煬，今天你就在宮中留宿吧，明天等皇兄壽辰過了再回府，咱叔姪倆，好好的暢飲一番。」

然而，君昊煬卻站起身，拱手道：「謝皇叔好意，只是姪臣還有要事在身，恐怕無法與皇叔暢飲了。」

順武帝聽著就不贊同了。「煬兒，你有什麼要緊的事非要今天解決不可？你皇叔難得回來，就不要掃他興了。」

君昊煬抿著唇，卻沒再出聲。

「皇兄，無妨，如果昊煬真的有事，就別勉強他了，由他去吧！」君狩霆輕搖著手中的金扇，依然是笑意盈然。

若靈萱在一旁偷瞧著君昊煬的反應，心中疑惑更深。這時的他真的與之前有所不同，但究竟哪裡不同，她卻是想了半天也想不出來，但能確定一點，就是跟他的皇叔有關！

「那算了，你忙去吧，有什麼事晚上再說。」順武帝無奈地嘆了口氣道。

「父皇，兒臣告退！」君昊煬似乎一刻也不想多留，轉身就走出了門外。

林詩詩想喊也喊不住，不禁咬了咬唇，回頭看向林貴妃。林貴妃立即對她微微一笑，示意她不必過於灰心，今日無果，不代表以後不行，這王妃之位定有她的分。

膳後，若靈萱被順武帝喊了去。兩人閒聊了一會兒，若靈萱越發喜歡這個毫無架子的皇帝，漸漸的也不再拘束了，歡笑聲一陣接一陣地響遍宸佑宮。

第八章

到了下午，她就拉著草草，興致勃勃地參觀起這個古代的皇宮，而御花園就是第一站了。

園內當然是姹紫嫣紅，百花盛放。但看慣了王府大花園的若靈萱，卻覺得那些形式多樣樓臺亭閣，最為吸引人。其次，山疊石獨特，石雕蟠龍噴泉池，在陽光的映照下炫動著晶瑩的水花。

其次，山疊石獨特，磴道盤曲，還有石雕蟠龍噴泉池，在陽光的映照下炫動著晶瑩的水花。

不過最巧奪天工的，還是那個高達三米多的太湖石。它上大、下小，凸凹多變，異常精美，與周圍的景物融為一體，氣勢不凡，令人稱絕。

若靈萱看得嘖嘖稱奇，古代人的創造力還真是強呀！

正當她感嘆欣賞之際，耳邊倏然傳來一曲悲韻意涼的音津。如泣如訴，餘音嫋嫋，不絕如縷……

若靈萱不禁驚訝起來，如此扣人心弦的曲子，吹奏者必定是個樂中高手。

但，到底是誰呢？莫非是宮廷樂師嗎？

她不禁循聲望去，尋找這個吹簫的人。

這個聲音是從太湖石後面發出來的，若靈萱走了過去，頓時一陣熟悉的桐花薰香氣息撲鼻而來，走近一看，內心突然一怔。

竟然是君狩霆！她沒有出聲，只是站在一旁，佇立靜聽，不敢上前打擾。

君狩霆似乎感覺氣氛不一樣，簫聲戛然而止，他抬眸一看，有些訝異。「靈萱？」

「皇叔，你吹得真好聽，果然是樂中高手。」若靈萱拍著手讚嘆道。對於同行之人，她像是遇到了知音般欣喜。

「什麼樂中高手，妳太誇獎了，我只是會吹幾曲簫而已。」君狩霆笑了笑，瞅見她仍站在一旁，又道：「坐吧，別站著。」

「好！」若靈萱也不客氣，落坐後，像想到什麼似的，轉眸看向他。「我樣貌醜陋，你不介意嗎？」

「一個人的美與醜，不是容貌說了算，更何況……」他放下了手中的簫，別有深意地看著她，微勾唇角。「聰明的女人才是最美的。」

若靈萱一怔，不過他的話，倒很中聽，心靈自在美嘛。「你的簫好特別喔！」目光遊移到他手上的玉簫，雪白得幾近透明，卻又隱隱閃著七彩的光芒。

「想不想試試？」見她好奇，君狩霆便把玉簫遞給她。
「可以嗎？」
「當然。」他微笑著點頭。
「謝謝！」若靈萱十分高興地接過，愛不釋手。
君昊煬老遠就看見了相談甚歡的兩個人，臉色頓時難看極了。怪不得到處找不著她，原來是跑到這裡跟男人幽會了！這女人還真會勾，先是昊宇，再來是奕楓，現在竟然連君狩霆也搭上了，本事真不小，能讓一向深沈莫測、不近女色的皇叔跟她這麼要好！難道他不介意她是醜女？也不介意她是他的王妃嗎？
該死，那女人還準備用他的簫……
男女授受不親懂不懂？這不是明擺著間接親吻嗎？君昊煬怒火更盛，雙拳不由自主地握得死緊，一雙冰冷漠然的眸子裡，居然有絲若隱若現的醋意。
為什麼她在自己面前，就從沒笑得這麼燦爛？這麼開心？
見她還真的把玉簫放到唇邊，他再也忍不住了，猛然大步朝他們走去。
若靈萱正打算吹奏一曲時，一聲怒喝就在身側響起——
「若靈萱！」

熟悉的吼聲令她微微一顫，抬頭對上了君昊煬鐵青的俊顏，她忍不住皺眉。他又發什麼神經？

一把扯住她的手臂，將她揪起身，劈頭就道：「走，本王有事找妳！」聲音中有著極度壓抑的憤怒。

走？他這是什麼態度？讓她走她就得走？笑話！「王爺，很抱歉！臣妾在跟皇叔聊天，抽不開身，王爺有事明天再說吧。」狠狠地甩開他的手，她冷冷地道。

「若靈萱，妳膽敢違抗本王的命令？」君昊煬面罩寒霜，幾乎從牙縫裡擠出話來。這該死的醜女，老是跟他唱反調，挑戰他的權威。

「王爺，雖然臣妾是你的王妃，但也有反駁、說不的權利吧？臣妾只是有話直說罷了。」嘖，這該死的自大狂！

「妳還有理？」君昊煬的臉色難看得不能再難看。「什麼叫以夫為天、什麼叫婦德，妳懂不懂？本王是妳的夫，就是妳的天，妳該做的就是順從本王的話！」

什麼？以夫為天？誰理你這臭屁王！若靈萱在心中暗嗤，清水泉眸毫無畏懼地看向他。

「王爺，在說別人之前，先檢討一下自己吧！臣妾不懂婦德，王爺也一樣不懂尊卑！身為晚輩，居然肆無忌憚地在自己的叔叔面前叫囂，這成何體統？」

「妳——」君昊煬的怒氣梗在喉嚨裡，什麼話也說不得，只能惡狠狠地瞪著她。

這時，一旁的君狩霆出聲打圓場了，他微笑道：「靈萱，或許昊煬真的有事要找妳，不如妳就先跟他回去吧？」

若靈萱輕哼，把頭撇向一邊，沒有答腔。

君昊煬臉罩寒霜，怒視了她一眼，就轉頭對君狩霆道：「皇叔，姪臣告退。」隨後，一把扯過若靈萱，也不管她願不願意，硬拖著她就走。

「放開我……放手！該死的，君昊煬你放開我——」若靈萱掙扎了幾下，徒勞無功後，徹底被惹怒的她，連王爺的尊稱都省了。

君昊煬盛怒至極，卻不發一言，只是狠狠地拽著她，面無表情地離去。

目送他們的身影消失在轉角處，君狩霆溫和的笑容頓斂，鳳眸微瞇，變得犀利深黯。

現在的若靈萱，真的和以前不一樣呢，有個性、夠特別，能讓一向冷靜的君昊煬怒火連連。看來，事情的發展有趣了。

唇角不禁勾起一抹興味的笑，卻也有著無法形容的詭譎……

君昊煬硬拖著若靈萱走出御花園，來到自己曾住過的睿華宮，就一把甩開她。

若靈萱冷不防地被推開，一個重心不穩差點摔倒，幸而及時扶著旁邊的茶几，才定住身子。

「本王警告妳，以後沒事少跟君狩霆來往！」他劈頭就是一喝，黑眸怒火閃閃。

「我為什麼要聽你的？」若靈萱雙手插腰，不馴地瞪著他。反正醜話都說了，還怕他幹麼？而且自己的計劃已成功了小半，只要在向皇上獻藝時得到賞賜，她就不必再在這裡受這臭屁自大王的鳥氣了。

好呀，這醜女現在有靠山了，就公然挑釁他，連做樣子都省了是不是？君昊煬盛焰的怒火油然而生，疾步走過去，一把掐住她的下巴，怒道：「這是本王的命令！」

「恕難從命！」若靈萱吃痛，被迫仰著頭，和他對視著。

「若靈萱，妳存心跟本王過不去是不是？」他語氣凌厲，眸光陰寒，手只要往下幾分，再一用力，就能掐斷她的脖子。

「是你自己無理在先，憑什麼不讓我見他？告訴你，我愛跟誰來往就跟誰來往，你管不著！」若靈萱話音剛落，弓起膝蓋就迅速地襲擊他最柔軟的地方，迫使他放開自己。

這是她在現代學的防身術，正好派上用場。

君昊煬反應極快地後退一步，躲開她的襲擊，臉色更是陰沈得駭人。倏然，他放開了手，一把奪過她還握在手中的玉簫。

「只要妳一天還是本王的王妃，本王就管得著！」

「你幹什麼？還給我！」若靈萱焦急地上前欲搶回，這支玉簫她要還給君狩霆的。

「本王會替妳還給他！」君昊煬當然知道她想幹什麼，他搶過來，就是不想他們有過多接觸。

「你——隨便你！」氣惱地瞪了他半晌後，明白跟他這自大狂講理沒用，索性由他去了。反正只要她想，多的是機會跟君狩霆要那玉簫來吹奏。

君昊煬輕哼，收起那支簫放入懷中，然後掃了她一眼，冷冷地開口。「若靈萱，別說本王沒提醒妳，皇室子弟，永遠不是妳表面上看起來的那麼簡單，太容易相信人，吃虧的只會是自己。」

聞言，她怔了怔，心中疑惑升起。這是什麼意思？

君昊煬卻沒有再說話，轉身大步走出了宮殿。

若靈萱皺著眉，他剛才所指，是他的皇叔嗎？還是另有其人？再回想起君昊煬自從見到君狩霆後，的確是變得怪怪的，這到底是怎麼回事？

唉，算了，事不關己，管他怎樣！現在最重要的，是如何在明天的壽宴上，給皇帝來個大驚喜，然後賺進大把大把的銀子呀！

這麼想著，若靈萱就將這煩惱的問題拋諸腦後，眉開眼笑了起來。

夕陽時分，若靈萱回到了睿王府。

待下了馬車，便看到多多守在王府門前，一見她出現，立刻緊張地奔上前。

「小姐，妳可回來了，我好擔心啊！怎麼樣，林貴妃沒有為難妳吧？」多多劈頭就說了一串話。

「放心啦，妳家小姐我今時不同往日，那些牛鬼蛇神想要對付我，得先秤秤自己有多少斤兩。」若靈萱不以為然地笑笑，拍了拍她安撫道。

「那就好、那就好……」多多一聽便知道沒事了，提了一天的心頓時放了下來。

「別管這些了，先做我們的事情。」她揮揮手，邊說邊往裡走。「對了，我讓妳們練習的曲子，都熟悉了嗎？」

「當然，小姐吩咐的事，我們肯定得辦好。」多多笑著回答。

若靈萱聽了後，覺得很滿意，點了點頭。「嗯，辛苦妳們了。」

「小姐，妳還要我們做什麼嗎？」多多又問。

若靈萱抿著唇，食指摩挲著下巴，一雙明亮的眸子來回轉了轉，暗忖：還沒驗收彩排過大家的歌舞，這個步驟可不能省，免得明天出醜，她的賞金可要飛了！不過，現在天都黑了，恐怕要開通宵才行了！

她立即要多多去把大夥兒都找來，不一會兒，所有人都到齊了，她讓大家在庭院排好隊形，正準備要彩排時，一道磁性悅耳的男子聲音驀地傳來——

「靈萱，我來了……」

若靈萱聞言蹙眉，斜眼掃向外面。這傢伙，怎麼老是喜歡晚上光臨？而且每次來都找藉口纏著要她彈琴，最討厭了！

進來的男子正是風流邪魅不羈的君昊宇。今天的他，不同往日那般穿著耀眼的豔紅色錦服，而是一身素衣銀袍，長髮簡單地綰在腦後，手握一把紙扇，嘴角更是掛著春風般的笑意，朝這邊看來。

這略帶書生之氣的打扮，還真頗有幾分仙人之姿，看得多多、草草目不轉睛。

「咦？靈萱，妳這是在幹麼？」君昊宇一進院落就看到一群婢女排排站，不禁訝異地問道。

「在準備明天的表演。你來幹麼？都這時候了！」看到他，若靈萱沒給他好臉色。

「明天的表演？」「唰」的一聲，君昊宇當即合起扇子，一臉激動地問：「究竟是什麼表演？我可以先瞧瞧嗎？」雖然幫她從宮裡挑了幾個會樂曲的宮女，還找了些樂器給她，但他仍不知道她究竟要表演什麼。

自從聽過她的歌和琴聲，還有嚐過美味甜品後，他就滿心期待著能再看到她自創的奇特新戲法。現在終於又遇到了，怎不讓他欣喜若狂？

「不能。」若靈萱睨了他一眼，先曝光就不算驚喜了。

當下，君昊宇滿腔熱血似被人潑了一桶冰水，俊顏一沈，有點不悅。「我說妳啊，這有什麼好隱瞞的？好東西當然是要跟大家分享才對吧？」

「放心啦，這是給皇上的壽禮，你明天就看得到了。」

「話雖如此，可是——？」

「囉哩囉嗦！趕快回去啦你，以為現在還很早嗎？我們趕著練習，別吵我！」若靈萱不高興了，她可沒那麼多閒工夫陪他廢話。

「既然我來得這麼巧，豈能錯過？要真錯過，那可是會遺憾三生——」君昊宇不依，還想賴著不走。

若靈萱翻了翻白眼，指著他，大聲怒吼：「少廢話，馬上給我滾回去——」

君昊宇見她真的生氣了，只得縮了縮肩膀，趕緊閃人。

暗夜的月光，美得驚人，透過高高的嵐雲映照著世間的一切。

若靈萱坐在清漪苑的亭子裡，研究著表演的最後細節。

這時，多多歡笑著走了過來。「小姐，還有什麼要準備的嗎？」

「不用了，妳們回去歇息吧，明天就讓所有人大開眼戒吧！這可是聞所未聞、見所未見的表演呢！」

「小姐，我好期待呀！」多多聽後，雙眸閃閃發亮，雀躍不已。

「我也好期待！」話落，一抹修長的身影已翩然而至，君昊宇邪魅的俊顏，在月光映照下更添魅惑的風情。

「你怎麼又來了？」若靈萱一見他就皺眉。

「靈萱，我好歹也幫了不少忙，妳別老趕我走嘛……」他垮著臉。這女人怎麼還是老樣子，就知道要趕他走！

「那你想怎麼樣？」睨了他一眼，這傢伙，就知道邀功勞。

此話正中他下懷，君昊宇心中一喜，好看的唇邊漾起令人目眩的笑，直截了當地道：「也沒想怎麼樣，就是希望妳再彈一首歌曲給我聽聽。」

一聽又是這個，若靈萱惱了。

「我說你呀，有完沒完？老是要我彈彈彈，那麼喜歡聽歌，怎麼不去怡紅樓？」

「她們哪比得上妳呢！」君昊宇嬉皮笑臉，邪魅的眸子直視著她。「靈萱，自從聽了妳的琴曲後，我對其他歌姬都提不起興趣了，這樣對喜歡曲藝的我來說，真是一件折磨人的事兒，所以啊，妳要對我負責喔！」

這是什麼歪理？關她屁事！若靈萱一翻白眼，這人還真無賴，而且話說得這麼曖昧，也不怕被人聽了誤會呀？

若靈萱掃了一眼滿臉哀怨之色的君昊宇，不禁撇嘴嘆息，看來這傢伙今天是賴定她了。算了唄，他也的確幫了自己大忙，就便宜便宜他吧！不過……

「要我彈也行，但你要告訴我一件事。」她若有所思地道。

「當然可以，妳問吧！」君昊宇一聽可樂了，迫不及待地應著。

若靈萱微微咬著唇，沈吟了會兒後，才輕輕地道：「君昊煬跟他皇叔，是不是發生過什麼不愉快的事情？」

沒想到她會問這個，君昊宇愣了愣，俊眉不由得蹙起。「妳為什麼有此一問？」

若靈萱再猶豫了一下，乾脆就把在皇宮看到的、心中疑慮的，一股腦兒地托出。有問題梗在心中，不弄清楚她就是不痛快。

君昊宇沈默了，神色變得有些凝重，隨後，靜視她半晌才開口。「靈萱，我不知該怎麼跟妳說，因為這些是昊煬的事，我不宜多嘴。但是我想提醒妳，以後見到君狩霆，最好提防著點，沒什麼事就不要跟他有接觸為好。」

「為什麼？」見他也是這樣說，若靈萱不禁更加疑惑了。

「這個人絕對沒有表面上看起來那麼溫和，總之妳聽我的就沒錯。」君昊宇極其認真地道。

君狩霆屢建奇功，頗受先帝寵愛，還有群臣擁護，要不是早冊封了太子，恐怕現在當皇帝的就是他了。而先帝在傳位給父皇後，更加封他為九千歲，權力幾乎與天子並齊。

此人的心機十分深沈，城府深不可測，朝中黨羽眾多，是一個不可小窺的人物。

若靈萱聽他這麼說，也不再多問了。或許，宮廷的複雜不是她這個小小女子能懂的，孰是孰非都好，反正不關她的事，自己能掙到銀子，早日離開王府，恢復自由身，才是最重要的。

「好啦，話妳也問了，那彈琴的事……」君昊宇一反剛才的嚴肅，有點諂媚地看著她。

白了他一眼，這傢伙就是念念不忘這事。「多多，琴拿來吧！」若靈萱轉身吩咐。

「謝謝嫂子！」

皇帝壽辰，大擺宴席，宮中一時冠蓋雲集，朝中各大臣都應邀前來赴宴。

御花園裡，厚重的紅毯從拱門一直鋪展至上首的紋龍金椅處，太湖石旁搭起了戲臺，此刻在華麗璀璨的宮燈照映下，笙歌麗影，精彩絕倫的歌舞表演不斷上演。

朝中大臣、貴族子弟、千金貴婦們陸續入席，最高處設著兩個大位，想必是皇上跟皇后的位子。

沒多久，君昊煬與林詩詩也相偕出席。

他如同以往般，無論是跟同僚相聚還是參加宴會，都是攜帶側妃林詩詩，彷彿在昭告世人，林詩詩才是他的妻子，而若靈萱則什麼都不是。

若靈萱當然也看出了這點，她撇了撇嘴，特意忽視那礙眼的兩人，走到他們旁邊的桌位坐下，自己獨自一桌。

君昊煬冷酷漠然的眸子掃了她一眼，卻沒有出聲。林詩詩則像是沒看到似的，目不斜視，只是溫柔地對著君昊煬輕聲細語，不知在說些什麼。

若靈萱落坐後，一雙眼睛就直盯著戲臺上，充滿好奇地看著宮女們的表演。

「我可以坐這裡嗎？」突然，一道低醇溫潤的嗓音響起，伴隨著好聞的桐花薰香氣息撲鼻而來。

若靈萱抬頭，看到了一身鵝黃錦衣、貴氣十足的君狩霆正微笑地凝望著她，不禁有點驚訝，但還是道：「當然可以，皇叔您請坐吧。」

奇怪，他幹麼不坐別處，偏要來坐在她身旁？

君狩霆俊眸含笑，輕搖著手中的金扇，悠然自得地落坐。

另一旁的君昊煬見狀，冰眸微怒。這女人居然無視他的警告，繼續跟君狩霆來往，該死的！

林詩詩當然注意到了他的表情變化，不禁心一沈，手中的絲絹緊緊絞著。不知是不是錯覺，總覺得君昊煬好像有點在乎若靈萱，雖然知道這不太可能，但她的心就是覺得不安。

「咦？你隨身攜帶玉簫呀？」若靈萱看到他腰間那支七彩玉簫，眼睛驀地發亮。

「嗯。」君狩霆好笑地看著她眨巴的水眸，便伸手拿起了玉簫。

哇……真是好漂亮的簫，七彩的光芒似乎有著浪漫的魔力，簫身皓亮如瑩，在璀璨的宮燈映襯下，更是美得如夢似幻。

若靈萱目不轉睛地瞧著，眸中滿是欣喜，突然，她抬眸，笑意盈然地請求道：「皇叔，獻曲一首好不好？」反正現在人並不多，她真的好想再聽一次那美妙的簫聲。

君狩霆斂眉思索了一下，目光有意無意地掃向隔壁的桌子，嘴角勾起一抹淡笑。隨後，他執起玉簫，薄唇微動，一首美妙動聽的曲子已悠悠響起，時而宛轉，時而悠長，如春風絮語，又如空山雀鳴，順著空氣環繞著御花園，餘音嫋嫋，不絕如縷。

若靈萱左手肘靠在桌上，撐著頭，靜靜地聆聽著，一臉沈醉的模樣。

隔壁桌子的君昊煬見狀，眸中的火氣越發濃烈，目光一直停留在她身上。

林詩詩的臉色也很難看，衣袖下的雙手捏得死緊。

許久，一曲終了，全場頓時靜寂下來。

若靈萱忍不住熱烈鼓掌，讚道：「皇叔，你吹得真好聽啊！就算是音樂家也比不上你！」

「音樂家？」君狩霆微訝地重複道。

「呃……就是行家的意思。」她暗吐舌，連忙改口。

君狩霆笑了笑，收起簫。「瞧妳說的，我只是略懂皮毛而已，如果真讓行家聽到，恐怕會貽笑大方吧。」

這時，君昊宇走了過來，依然是那身耀眼的豔紅色錦袍，邪美的俊顏、魅惑的笑容，不知迷倒了多少官家千金。

突地，他見若靈萓居然跟皇叔坐在一起，有些訝然，眉也緊緊蹙起。不是告訴她要離君狩霆遠些嗎，怎麼不聽？不過，看著兩人旁若無人的談笑風生，似乎有相見恨晚之意，他頓時心一沈，有種極不舒服的感覺。

見她沒發現自己，他輕聲靠近她。

後面的千金們眼巴巴地看著，無不期望這個俊魅無比的七殿下能到自己身邊來。

然而，君昊宇卻是走到若靈萓的身後，嘴角習慣性地噙著一抹笑，倏地伸出雙手，輕輕遮住她的眼睛。

「猜猜我是誰？」聲音刻意壓低。

此舉讓官家千金們瞪大了眼睛，死死地盯著若靈萓，眸裡全是羨慕妒忌恨。

君狩霆抬眸，也訝然地看向他，鳳眸微微一瞇。

另一桌的君昊煬見狀，不禁怒上加怒，烈焰般的雙眸幾乎要噴出火，咬牙切齒的同時，也憶起昊宇經常跟這醜女打成一片，莫非他……

君昊煬緊皺眉頭，雙手不由得緊握成拳。

四周一片寂靜，所有人的目光都投射在他們身上，沒辦法，誰讓君昊宇實在是太搶眼了，一出場，自是吸引眾人眼光。

眼前驟然一片黑，若靈萱心中惱怒，伸手大力地拍掉那隻手，輕斥：「君昊宇，你在幹什麼？」這種無聊的把戲，除了他還會有誰做？

君昊宇勾唇一笑，再次惡作劇般地伸出手，重複剛才的動作。眼神迎向君狩霆打量的目光，卻沒有出聲。

可惡，還不放手？若靈萱捏緊拳頭，揮動兩下，警告道：「我數三下，再不放開，別怪我不客氣。」

語氣很輕，卻有著壓抑的怒氣。

旁邊的君狩霆輕搖著金扇，若有所思地看著這一幕，唇角淡淡彎起。

見她快要發火了，君昊宇才收回了手，湊近她耳邊，溫聲軟語地抱怨。「親愛的萱萱，人家想給妳一個驚喜嘛，幹麼那麼凶？」

耳邊突然一陣熱氣襲來，讓她不由得打了個顫。這肉麻當有趣的傢伙！若靈萱狠狠地瞪了他一眼，盡量讓自己的聲音平穩些。

「你給我坐好！」她咬牙低語。

「啊？說什麼？妳再說一次。」君昊宇佯裝不解地更加湊近她，薄唇幾乎貼到她臉上。

若靈萱趕緊挪開椅子，惡狠狠地瞪了他一眼。「坐——好！」這傢伙真是的，大庭廣眾之下也不知道要收斂，敗給他了！

看出她生氣了，君昊宇立刻識時務，免得惹她發飆，自己倒楣。「是，小的遵命！」嬉皮笑臉地作了個揖後，他挪開旁邊的椅子，在她身邊落坐。

君昊煬鐵青著臉，眸中加重了一層妒意，欲要爆發。他們在他面前，居然敢這麼親密，完全無視他！為什麼她總能輕易地惹怒他？正待憤怒地起身，誰知早已暗中注意他的林詩詩及時出手拉住，他不由得轉眸，見她朝自己搖搖頭，便壓下火氣，坐了下來，但一雙鷹眸，仍是緊緊盯著若靈萱。

見君昊宇未經自己同意，就擅自坐下，若靈萱又橫了他一眼。「坐在我旁邊幹麼？沒位子了嗎？」

「我喜歡！」他斜靠著椅背，懶洋洋地回答。知道這女人又在趕他了，他心中有點不高興。她就那麼喜歡跟君狩霆坐在一起是不是？他就偏不讓她稱心，誰讓她這麼無視自己。

「你——」若靈萱瞪他，明白這傢伙是故意要賴著不走了。懶得跟他多費唇舌，他不走開，她離開總行了吧？

於是，手挪動著椅子，離開他幾步。

君昊宇見狀，眉一蹙。這女人什麼意思？當他是洪水猛獸呀？倏地，他也挪動椅子，朝她靠去。「幹麼啊妳？怕我嗎？」

君狩霆饒有趣味地看著兩人的動作，唇邊的笑意更深，眸中幽光閃爍。

嘖，這傢伙！若靈萱瞪著他的動作，惱火至極，卻又不能大罵出聲，只能氣結在心。算啦，愛坐就坐吧！她索性放棄，反正不理會他就是了。

就在若靈萱重新坐回座位的時候，突然感到小腿一麻，不穩地踉蹌幾步後，整個人往後傾斜——

「小心！」君狩霆眼疾手快，伸手準確地將她抱住，帶進懷中。動作甚是溫柔，卻難掩曖昧。

四周驀地一片寂靜，眾人目瞪口呆。

若靈萱在驚怔過後，覺得有些尷尬，白皙的臉蛋也透著一抹嫣紅。好丟臉啊，從小到大，她還未跟任何男子這般親密過。

「妳沒事吧？」耳邊響起他溫和關切的聲音，鼻間嗅著淡淡的桐花薰香氣息，若靈萱的臉更紅了，清明的眸子有些慌亂，心跳亦加快不少。

「沒……沒事！抱歉，我失禮了。」她尷尬至極，真是糗大了。

「沒關係，妳不必道歉。」君狩霆微微一笑，溫聲安撫，雙手依然輕握著她的雙肩，沒有絲毫要放開的意思。

這時，君昊煬冰冷的眸子，更是猶如萬年寒冰，壓抑已久的醋意，在這一刻猛然飆升，想狠狠怒罵發洩，卻又覺得不適宜，因為已經有很多人向這裡看來了。該死的，他們竟在他面前如此肆無忌憚，如此曖昧，難道都沒認知她是他的王妃嗎？

呆怔的君昊宇這才回過神來，眼見兩人如此親密緊貼，頓時覺得刺眼極了，心中更是悶悶的。他從未有過這種感覺，不知道這是什麼，只覺得非常難受。

「妳呀，真是太不小心了，快起來吧！」斂下情緒，君昊宇一如以往地漾起魅惑笑意，伸手要將她拉起身。

經這麼一提醒，若靈萱才猛然驚覺，自己居然一直靠在君狩霆懷裡！她慌忙地坐直身子，心裡更是窘迫得想找個地洞鑽進去。

同時，君狩霆也收回了手臂，臉上仍是自然的微笑。

「都是你害的，還說我！」若靈萱倏地瞪向「罪魁禍首」，嬌聲怒斥，藉以掩飾自己的尷尬。

這話倒是提醒了君昊宇，如果不是他硬要跟她鬧著玩，她也不會跌進別人懷裡。心中有些懊惱，他苦笑一下，坐回原位，並挪開幾步。

「這樣行了吧？」

若靈萱橫他一眼，見他歸位，才冷哼。「這還差不多！」

君昊煬一臉陰霾，拳頭緊握，鷹眸冷鷙。好妳個若靈萱，居然敢在本王面前，跟別的男人搞曖昧，完全無視我這個夫君在一旁，簡直可惡至極！

林詩詩越看他的表情，心就越往下沈，桌下的小手緊揣著絲絹，油然而生的怒氣不比君昊煬少，只是她極會掩飾罷了。

這時，一抹高大的身影翩然而至，清雅絕俊的容貌，脫俗出塵的氣質，頓時吸引了眾人的視線。

待看清來人竟是二皇子君奕楓時，全場瞬間沸騰起來——

「俠王來了！」

「俠王殿下！」

「真的？他就是俠王嗎？」

一些認出君奕楓的官家千金們，均興高采烈地喊起來，至於那些只聞其名的，則是好奇與仰慕地議論紛紛。

若靈萱見到他，也是驚喜異常，雙眸目不轉睛地凝望著前方那抹淡雅的身影。剛好，君奕楓亦看向這邊，發現了她後，微笑著點頭示意，隨後走向一旁坐下。

若靈萱這時才發現，他坐的那個位置，還有一位綠衣宮裝的女孩，容貌精緻、明豔照人。心微微一縮，眸底也有著疑惑，她是誰？看兩人有說有笑、親密無間，彷彿是一對戀人……

忍不住了，她輕問君昊宇。「噯，那個女孩，她是誰呀？」

見她肯和自己說話了，君昊宇很高興，順著她手指的方向看去。「噢，她呀，是二哥未婚妻的妹妹，叫夏芸惜。」

未婚妻？若靈萱頓時呆怔住，臉色難看得很，原來他有未婚妻了呀！明亮的眸子黯淡了下來，心中有點不是滋味。

「怎麼了妳？」君昊宇奇怪地看著她略顯黯然的神色，不解地問。

「……沒事。」若靈萱迅速斂下情緒，若無其事地淡笑道。

君狩霆靠在椅背上，有一下沒一下地輕搖著金扇，靜靜地看著、聽著，深邃的眼眸讓人讀不出任何訊息。

這時，其他皇室人員也陸續入席，還有不少高官也相繼而至，場面越來越熱鬧，人聲沸騰。

驀地，宮裡的太監一聲高喊——

「皇上駕到！」

所有人立即站起身，抬頭望去，只見一抹明黃色的身影和一抹紅色的身影並肩而來，走向最高位。

「吾皇萬歲萬歲萬萬歲！皇后娘娘千歲千歲千千歲！」在場的人全部跪拜在地，恭敬地行著禮。

「平身！眾卿請坐。」

順武帝很有氣勢地一揮袖袍，隨後與明孝皇后一同落坐。

眾人齊聲道謝，便坐回自己的座位上。

順武帝看著御花園的佈置，還有精彩的歌舞表演，甚是滿意。「今年御花園的佈置，甚得朕意。」

身後的嚴公公稟道：「皇上，這是燕王殿下的意思，他親自監督奴才們佈置的。」

「喔？」順武帝聽後龍顏大悅，不禁看向最為喜愛的兒子。「楓兒，你這心思花得巧妙，朕十分喜歡。」

君奕楓站起身，微笑拱手道：「父皇喜歡就好。」

順武帝呵呵大笑，又轉向旁邊的明孝皇后。「皇后，妳真是教子有方，為朕育出這麼優秀的兒子。」

皇帝每次只要說到愛子君奕楓，話題就多起來，明孝皇后掩唇輕笑，謙虛道：「謝皇上誇獎，楓兒是天生的聰慧，臣妾可不敢居功。」

「皇后太謙虛了。」順武帝讚賞一笑。

「靈萱，妳怎麼還不出手？」旁邊的君昊宇催促道，他真是迫不及待想看她的驚喜。

「稍安勿躁。」若靈萱白了他一眼，她都不急了，他急什麼？

君昊宇不解地看著她，有點抱怨地道：「那要等到啥時啊？」

「囉嗦，我自有主張。」隨口丟了句話給他，這人真煩耶！

這時，君昊煬與林詩詩交換了眼神，兩人起身上前，踏過金絲紅毯，走到高座前，屈身道：「兒臣參見父皇，祝父皇福如東海，壽比南山，萬歲萬歲萬萬歲！」

「好、好！」順武帝笑著撫了撫鬍鬚，繼而接過兒子遞上的賀禮。

跟著，林詩詩高舉著手上的錦盤，恭敬跪下，柔聲道：「皇上，這是妾身親手折的紙鶴，共有千隻。雖不是價值千金，但妾身在折它們的時候，邊祝願皇上福如東海長流水，壽比南山不老松。」

順武帝看了看錦盤裡的千紙鶴，撫著鬍子欣慰一笑。「好！詩詩，難得妳有這份孝心，朕很喜歡！」

君昊煬在一旁微笑著，目光也讚許地看向林詩詩。

林詩詩喜不自勝，也回他一個燦爛的笑顏。

接下來，其他貴族子弟和高官大臣，也陸續朝順武帝祝賀、獻禮品。還有獅舞、歌妓舞女演出，戲團雜耍層出不窮。

為了哄得皇上開心，各人都下足了功夫。

順武帝看了這些演出，自是欣慰無比，神情十分愉悅。

這時，多多、草草從後方進入會場，走到若靈萱身邊低語。「小姐，一切都準備好了，隨時可以開始。」

「好，我知道了。」若靈萱點了點頭。

君昊宇見狀，百無聊賴的他，立馬來了精神，諂媚道：「怎麼樣怎麼樣？是不是要開始了？」天啊，他等到都要打瞌睡了。

「快了，再等等！」橫他一眼，不冷不熱地回了句。

興許是因為他們的談話，君狩霆放下摺扇，坐直身子，好奇地看向若靈萱。到底她要做什麼，讓君昊宇這般激動？

正在這時，順武帝看完了表演，像想起什麼似的，興味盎然地瞥向若靈萱。「靈兒，妳不是說要給朕一個特別的驚喜嗎，怎麼還不出手？」

對於她昨天的話，他可是很期待。

若靈萱微笑著站起身，向皇帝行了個禮後，笑容滿面地道：「父皇請稍等，臣媳這就去為父皇準備。」

「好，朕等著！」順武帝呵呵笑道。

在座的眾人則是十分疑惑，到底她要獻什麼禮為皇上祝壽，要這般神秘的？

一刻鐘後，兩名宮女抬著編鐘上了戲臺，這個編鐘屬於變音打擊樂器，發音清脆悅耳，而且延音持久。然後兩個丫鬟拿著琵琶及七弦琴交給她，就走下臺去。剩下八名宮女則按多多的指揮，各自分散坐於大臣座椅後的某處，個個手上拿著大鼓，還有大大小小的喇叭。

最後，多多走上戲臺將宮燈摘下一些，讓光線沒那麼明亮，這樣才更富意境。

御花園的眾人，不明所以地看著來回忙碌的多多、草草，還有宮女丫鬟們，疑惑至極，到底睿王妃要給皇上什麼驚喜，要搞那麼多的花樣？

「咚咚咚……砰砰砰……」

幾聲震耳欲聾的鼓聲驟然響起，嚇了皇帝和在場眾人一大跳，還未等他們反應過來，一陣帶著強烈節奏感的樂音再次響起，一群身穿黑衣的女子迅速入場。

「這……好特別的樂聲……」四周一片譁然，心情也跟著勁爆的樂音而沸騰著。

同一時間，若靈萱緩緩走上戲臺，衣著換成唐朝裝束，不鬆不緊，剛好能讓身材只顯豐腴；臉蒙黑色紗巾，突顯出一雙水靈靈的雙眸，宛如黑夜中的星辰；一頭金色鬈髮，全撥向左肩，長度剛好到胸口；濃密纖長的睫毛下，畫著細細的眼線，讓她的笑眼更顯迷人，電力十足。

第一次看她如此穿著的君昊煬，不禁怔愣住。「若靈萱……」他愣愣地出聲。

「什麼？她是睿王妃……」

四周頓時一片譁然，個個臉上都是不敢置信。

「不是吧？」

「簡直是判若兩人啊……」

君昊宇更是被她的新形象給驚豔到了，久久移不開目光。

若靈萱朝著他們眨了眨眼，眼神嬌嬈又媚態十足。

「Let's go!」她取過宮女手上的喇叭，大聲喊道。

「砰砰啪砰砰啪……」

所有樂手紛紛出動，臺上的黑衣女子們更是勁舞飛揚。

「喔耶～～姊妹們，讓咱們來嗨爆全場！GO GO GO！」若靈萱舉著喇叭，揮舞著手，興奮地叫嚷起來。

「砰砰啪砰砰啪……」

音樂同時響起，若靈萱身形一動，勁力十足的歌聲隨之而來。清脆甜美的聲音激昂而輕快地傳到了每一個人的耳裡——

「愛的是非對錯已太多

來到眉飛色舞的舞場合

混合他的衝動她的寂寞不計較後果

理由一百萬個有漏洞快說破說破以後最赤裸

事後愛不愛我理不理我關係著結果……」

她的聲音激昂中帶著淘氣的節奏感，伴隨著黑衣女子們擺動的細腰，舞姿奔放，熱情四射，在所有人的眼中，如一道火焰，燃燒著無盡的熱情。

這史無前例的表演、新奇的音樂、新奇的舞蹈、新奇的歌聲，當真讓觀眾大開眼界。所有人震住了、愣住了，眼睛直直盯著臺上，看得渾然忘我。

若靈萱激昂的歌曲，配上超強的節奏樂音，黑衣女子們熱情的舞蹈，瞬間令全場都沸騰了起來，有的人甚至跟著她而起舞，更多的是為她拍掌助興。

就連順武帝和君狩霆，也是驚奇連連，興致十足。

驀地，一聲聲低啞銷魂的叫聲自若靈萱唇中吐出，她閉眼一仰頭，優美的歌聲瞬間變得粗野，最後瘋狂尖叫了出來，聲音落下後，黑衣女子們也越舞越快，越舞越狂野，歌聲更是充滿了無限激情，帶動所有人進入了瘋狂的境界。

當下，個個情緒高漲，掌聲此起彼落，有的還叫了起來。

君昊宇邪魅的鳳眸眨了又眨，驚嘆之際，胸膛翻滾著激動的情緒，不知不覺被她散發出的特殊氣質吸引住，不禁呆呆地看著她，出了神。

明孝后看得驚喜之際，不由得激動地捉住了順武帝的手。「皇上，她唱的歌真棒啊，還有那些舞蹈，多特別呀……臣妾看著聽著，都覺得自己年輕起來了。」

順武帝也撼動了，連連稱讚。「不錯，靈兒這創意實在是新鮮，這歌這舞，都好像有一種魔力，讓人情不自禁地跟著歡樂起來。」

君狩霆依然維持著淡淡的笑容，伸手拿起酒杯，喝了一口，眸光轉到若靈萱身上，神情高深莫測，沒有人知道他心裡在想些什麼。

君奕楓和宮裝女孩夏芸惜，則是欣喜之極地看著。

如此勁歌熱舞，震撼全場。

君昊煬也看得欲罷不能，心潮波濤洶湧。他沒想到若靈萱給父皇的驚喜，竟是如此震撼和不可思議。她，怎麼會有這等本事？

林詩詩雖然看著臺上，但眼角餘光一直留意著君昊煬，突見他一臉失神，視線依舊停留在若靈萱身上，狹長的俊眸泛著若隱若現的幽光，心中頓時驚顫了下。難不成，他對她有了意思？

許久，熱情洋溢的歌舞終於停了下來，樂音也徐徐結束。

全場寂靜一片，在場的人還沉迷於剛才的歌舞中，久久無法回神。

隨即，一個聲音打破了沈寂。

「美啊！表演得太好，太有感覺了！」

聲音的主人正是君昊宇，只見他拍手叫喝著，神情極為愉悅。

君狩霆也稍稍拍了拍手，唇邊依舊掛著淺淺的漣漪。

在場的人，頓時回過神，隨即瘋狂鼓掌。

若靈萱朝大家行了個禮，算是感謝，月亮般的彎彎笑眼閃著光芒，神情十分驕傲。

順武帝這時恍然回神，也拍了拍掌，伴隨著沈沈的笑聲道：「靈兒，妳這份禮物真是讓朕太震撼了！朕從來都不知道，原來唱歌和舞蹈還能這樣表演的！」

「皇上喜歡就好！」若靈萱笑意不改。

「沒想到妳竟有如此天賦，能唱出如此的妙曲，還能教得她們跳如此奇特的舞蹈，奏出振奮人心的音樂，朕真是太高興了！」說到這裡，順武帝眼裡對她的欣賞又多了幾分。

如今他這媳婦，真是越來越讓人刮目相看了，不但聰明能幹，性格率真，還學得這等絕活，做出如此驚人的美麗東西，實在是讓人在意外之餘，不免更增添了幾分喜愛。

「父皇如此誇獎，臣媳實在不敢當。這只是雕蟲小技，如果父皇喜歡，日後臣媳可以再為父皇表演的。」若靈萱臉上很謙虛，心中卻是長了一雙小翅膀，啪啪地舞個不停。

金子，怕是快要落袋了呀！

一聽到以後還能看到這樣精彩的表演，順武帝更是樂得合不攏嘴，連連點頭道：「好好……真是個有孝心的孩子，以後朕可有眼福了！哈哈……」

聽著皇帝如此好的誇耀，多多、草草也深為主子感到高興。君昊宇更是笑盈盈地望向她，目光滿含讚賞。

她如此奇特的才能，讓君昊煬也起了些興趣。但看了看君昊宇望向若靈萱的眼神，又憶起平時他們也走得很近，不知藏了多少他不知道的秘密，而且從七弟的眼中，更是讀出了一絲異樣的情愫，他對她絕對不一般……想到這兒，內心不禁劃過一絲煩躁，甚至泛起隱約的醋意，酸溜溜的。

「朕重重有賞！」順武帝龍心大悅地笑道。這次的新奇表演讓他大開眼界，他決定要好好嘉賞一番。

話畢，若靈萱眸中的欣喜之意更濃，但表面上還是得裝裝樣子。「為父皇慶祝，是臣媳該做的，臣媳不敢要賞賜。」

「別推辭，妳讓朕高興，朕當然要嘉獎妳。」

這話正中若靈萱下懷，她眼睛輕垂，掩飾住自己歡喜的笑臉，輕聲道：「是，臣媳謝過父皇了。」

「好！」

順武帝開懷一笑，眼神向身後的嚴公公示意了下，嚴公公立即點了點頭，會意地捧起桌上的錦盒，走下高座，來到若靈萱跟前。

同時，順武帝笑道：「靈兒，朕賞妳黃金百兩，收下吧！」

若靈萱當即喜上眉梢，跪拜謝恩，山呼萬歲。

林詩詩好不甘心，千隻紙鶴可是她花了不少心思弄的，目的就是要討皇上歡心，能有機會提升平妻，現在被若靈萱這麼一攪和，全都白費了！看得出，相比於千隻紙鶴，皇上更喜歡那些歌舞什麼的！

越想越氣，桌下的小手緊緊揣著衣裙，彷彿要把它撕裂一樣……

壽宴過後，人潮漸漸散席。

若靈萱捧著錦盒，興高采烈地離開座位，君昊宇和君狩霆也站了起來，三人相偕走出了御花園。

多多、草草跟在其後。

「靈萱，妳現在有了黃金，那開館——」

君昊宇話未完，就被若靈萱伸手捂住了嘴巴，後面的話硬生生吞回肚子裡。

薄唇緊貼著她的手，他頓時一怔，原來這雙手竟是這麼柔軟……隨後，耳邊響起一個極細的聲音。「不要多嘴！」

若靈萱瞪他，這傢伙，差點把她的秘密當眾宣揚，她還不想讓其他人知道呢，尤其是君昊煬。

君昊宇邪魅的雙眸朝她眨了眨，頓悟般點點頭，心下卻生出一個歪主意。到了這時候，還不忘對她放電，真是服了他！不過他還算聽話，適時閉嘴，於是她便放開了手。

咦？不對，捂住他的那隻手怎麼濕濕的？若靈萱愣了愣，隨後抬眸，見他臉上得逞的笑意，心中惱極，該死的傢伙，竟乘機占她便宜！

她緊抿著嘴唇，怒目瞪他，卻沒有說話。

旁邊的君狩霆看她如此，鳳眸微垂，掩去眼裡的光芒，唇角勾起一抹若有似無的詭秘笑意。

若靈萱暗暗咬牙，捏緊拳頭以防自己忍不住上前揍他一頓。鎮定、鎮定，不能因他而毀了自己的形象。

跟在他們身後的君昊煬，當然也將這一切看在眼裡，盛怒的火焰再次從心中升起。該死的女人，剛才和君狩霆曖昧不清，現在又和昊宇這般舉動，難道真的當他不存在了？

「若靈萱，妳給我過來！」忍無可忍的他，終於怒喝出聲。反正現在四周沒什麼人，就算有，他也顧不得了，滿心只想好好教訓這個由頭到尾無視他的女人。

這一聲吼，讓在場沒有散去的人，目光全都集中到他們身上。

若靈萱像是現在才注意到某人的存在似的，轉眸看向他，用著十分驚訝的口吻道：「咦？王爺，原來您也在啊？」

這女人！君昊煬聽罷，怒火更盛，冰水寒眸散發著陣陣冷意。「若靈萱，本王再說一次，過來！」

冷睨了他一眼，眉心不悅地擰起，她最討厭別人對她呼呼喝喝了，當即冷哼一聲。「王爺，臣妾還有事要處理，王爺自便吧！」

她怎麼樣，輪不到他來指手畫腳。

「妳——」君昊煬黑著臉，這女人居然敢當眾忤逆他，忤逆他這個夫君、他這個天之驕子！

「我怎麼了？王爺有話就快說，臣妾的時間很寶貴，浪費不得。」瞧他快氣炸的樣子，她心裡真是爽歪了。現在已經有本錢在手，她也無須再看他的臉色，做回自己就好。要是他看不順眼，大可休了她，她還樂得清閒。

這時四周的人，紛紛以不可思議的眼神看向她，敢頂撞睿王爺，她可是第一人。

君昊煬看著一直都一臉平靜的若靈萱，心裡的那股鬱結之氣散不出來，只能不停地捏緊雙拳，害怕自己真的會因為失控而掐死眼前這個膽大包天的女人！

眼看氣氛有些僵，君昊宇忙站出來打圓場。「昊煬，嫂子的確是有要事在身，因為她還要給父皇生辰蛋糕呢，所以今天不能隨你回府了。」邊說邊朝若靈萱使眼色，示意她配合。

若靈萱撇撇嘴，沒有附和也沒有反對，站在那裡不出聲。

聞言，君昊煬本是怒不可遏的臉上蒙上了一層懷疑，寒冽的眸子掃向他，冷冷地道：「蛋糕？什麼蛋糕？」他第一次聽到這個奇怪的詞。

「這又是嫂子要給父皇的另一個驚喜，說了你也不懂。今天父皇生辰，我們做子女的，當然是要盡所能地讓他老人家開心嘍，你說是吧？」君昊宇說得頭頭是道。

君昊煬陰鬱著臉，沈思著，沒有說話。

倏地，衣袖被扯了一下，他下意識地轉頭，看到林詩詩那張依然溫婉嫻雅的麗顏，只聽她柔柔開口——

「王爺，既然姊姊有事，那不如我們先回去吧？」

話落，君昊煬頓時驚覺，今天一直在想那個女人的事，結果竟疏忽了詩詩。心底由然而生一絲內疚，臉色也緩和了下來，語氣低沈卻不失溫柔地道：「好。」

不過，他不追究並不代表他放過那女人了，今天的事，他一定要跟她算帳！待她回府後，他就要讓她知道，什麼是三從四德、以夫為天！

回頭，那冷凜的眸子，給了若靈萱警告性的一眼後，便擁著林詩詩離開了。

這時，君奕楓和夏芸惜正向他們走來。

若靈萱月亮般的笑眼，轉眸望去。

「大嫂，妳剛才的表演，真是精彩極了。」君奕楓笑看向她，剛才的一幕真是讓他大開眼界。

旁邊的夏芸惜，則是靜靜地打量著她，美麗的杏核眼，閃著意味不明的光芒。

看著自己初次仰慕的男子，卻已是別人的未婚夫，若靈萱心中有些失落，但她掩飾得極好，若無其事地笑道：「沒什麼啦，只是雕蟲小技而已，二殿下的御花園佈景，才是鬼斧神工呢！」

「哪裡，讓大嫂見笑了。」君奕楓呵呵一笑，轉而看向旁邊的女孩。「芸惜，這就是我跟妳說過的大嫂，睿王妃。」

夏芸惜笑靨如花地點點頭，小手朝若靈萱伸出。「睿王妃，初次見面，妳好。」

若靈萱頓時一怔，有點愣然疑惑地看著她。這個動作，怎麼像是……

「睿王妃？」夏芸惜對她眨眨眼，臉上的笑容越發別具深意。

「呃？是……夏姑娘，妳好。」呆了半晌後，若靈萱立刻反應過來，也跟著伸出手回握一下。

夏芸惜噙著笑意，突然湊近她耳邊，聲音輕得只有兩個人聽得見。「睿王妃，妳表演得真好看，比我在現代看過的演唱會還要好看！」

這下子，若靈萱睜大了眼睛，直愣愣地看著她。「妳……」

「睿王妃，我們還有事，先告辭了，後會有期。」說著，還未待她反應過來，就拉起君奕楓，相偕而去，很快便消失在眾人的視線裡。

若靈萱恍然回神，想起剛才的話，內心已知曉幾分，不禁雙眼發亮，嘴角也微微彎起。

「原來……她也是耶！」

話音剛落，君狩霆幽深的鳳眸，霎時閃過一絲疑惑與興味，覺得現在的她隱約透著神秘感，這種發現讓他對她興趣更濃。

君昊宇也有點好奇，怎麼覺得她跟那個夏芸惜，好像認識一樣？可夏芸惜遠在盛州，這個月才跟著二哥來到皇宮，兩人應該是第一次見面吧？奇怪了……

「靈萱，妳見過夏姑娘嗎？」他還是忍不住問了。

若靈萱清水明眸轉向他，笑回。「第一次見面。」真是太好了，他鄉遇故知！見他似乎還要再問，便揮手截斷道：「好了，我還要去見皇上呢，別耽擱了，走吧！」

原本是想直接回府的，但看剛才君昊煬怒氣沖天的樣子，想想今天還是留在宮中為妙。

倏地，一直不出聲的君狩霆笑著上前，道：「靈萱，我也有事要找皇兄，不如一起走吧！」

「好呀！」若靈萱回他一笑，宮中她不熟悉，有人作伴，再好不過。

君昊宇皺著眉，不喜歡他們太過親密，於是便接著道：「我也順路，咱們一起走吧！」

於是，三人便向宸佑宮走去。

第九章

惜梅苑。

林詩詩見若靈萱仍沒有回來，而午膳也快到了，便吩咐紅棉讓廚房準備一些若靈萱喜愛的菜餚，等她回來吃。

紅棉卻不滿地道：「側妃，我真不明白，她跟您爭管事權，您為什麼還對她這麼好？」

聞言，林詩詩溫婉一笑。「紅棉，話不能這樣說，王妃是主母，管理府中之事，也是應該的。」

「可是奴婢替您不值啊！側妃為了不讓王爺煩憂府中瑣事，幾年來傾盡心思將府裡的下人們管教好，偏偏王妃這個時候硬插一腳橫加干涉！」紅棉憤憤不平地說道。

林詩詩低頭不語，眸底閃現的不甘掩飾得極好。

「側妃您身為國公之女，身分高貴，才貌雙全，理應是正妃，而德行皆缺的王妃根本無法勝任主母之位，卻因為有太后做姨奶，讓您不得不屈居於人下……」紅棉自言自語地說著，絲毫不覺林詩詩已然鐵青的臉色。

林詩詩咬著紅唇，緊握拳頭。說的沒錯，論才德，若靈萱連提鞋的資格都沒有，就因為有太后撐腰，才能下嫁王爺當正室。

不過，令她覺得欣慰的是，四年來王爺一直對她十分寵愛，一個月就有二十多天在惜梅苑過夜，而若靈萱，王爺連正眼也沒瞧她一眼。如今府中大小事盡在她掌握之中，王爺的心也在她這兒。

但，若靈萱最近的改變讓她的心為之一慌，她總覺得若靈萱似乎沒那麼醜了，而王爺的目光經常不自覺的被她吸引，甚至連自己都忽略了。

林詩詩有一種不好的預感，覺得現在屬於她的這一切，將會漸漸被若靈萱所取代……

衣袖下的一雙纖纖玉手緊握，指甲陷入掌心的嫩肉。她不能失寵，更不能失勢，否則於她，還是於整個家族而言，都是極為不利的。

就算飛蛾撲火化成灰，她也要打敗若靈萱！

皇宮，睿華宮。

陽光漸漸的露出臉來，鵲兒躲在枝頭歡唱，柔和的清風緩緩吹拂，鼻間盡是好聞的青草香味。

若靈萱深深吸了一口氣，清新自然的氣息竄入鼻間，頓覺心曠神怡。

古代的好處，就是空氣夠自然，那是現代根本無法比的。

「靈萱！」一道清幽低醇的嗓音在後方響起，帶著熟悉的香氣靠近。

若靈萱轉過身，看到出現在眼前的俊挺身影，微微一愣。「皇叔？你怎麼會來的？」不過說真的，見到他，她還是有些欣喜，畢竟知音難求，在心裡，她已經將他當成了自己的朋友般看待了。

他當然不會無緣無故的來這裡。「我來給妳送這個，我想，妳應該會有用處。」君狩霆揚起淡笑，從懷中掏出一個瓷瓶。

「喔？這是什麼？」若靈萱好奇地接過。

君狩霆沒答，只是凝睇著她，明亮的鳳眸泛著一陣幽光，突然道：「靈萱，如果我說，有把握替妳恢復容顏，妳信不信？」

「啊？」若靈萱愣住。恢復容顏？這是什麼意思？

「這樣說吧，妳臉上的紅印，並不是胎記，而是出生的時候，被人用一種東西燙過所留下的疤痕。」君狩霆解說道。

頓時，若靈萱雙眸一斂，目光閃過一絲詫異。「皇叔的意思是……」

「既然是疤痕，就能去得掉。」君狩霆微笑地接下話，跟著，指了指她手中的瓷瓶。

「這是藥王谷谷主贈送給我的，只要妳每天按時塗抹，不出一個月，就能恢復本來面貌了。」

「真的嗎?!這麼神奇?」若靈萱驚喜地看著手中的瓷瓶，再看看他，幾乎不敢相信。

「藥王是天下第一神醫，我想應該不會是假的。」君狩霆笑著搖搖扇子，對這一點他倒是非常肯定。

聞言，若靈萱喜形於色，不禁伸手輕觸自己的臉頰。要是臉上的紅印真能除去，那實在是太棒了，就算自己胖一些，起碼看上去也不醜。

「謝謝你，皇叔！」她真是遇貴人呀！

君狩霆淡淡一笑，凝住她閃閃發亮的靈眸，幽深的暗仁瀲出淡淡的詭光。

夜深人靜，萬籟俱寂的秋夜。

月光如流水一般，穿過幢幢的樹影，靜靜地灑落在君狩霆身上，落下長長的影子。他面無表情地緩緩行走，明亮的鳳眸此時如一汪深潭，深不見底。

這時，兩條人影快速穿梭在樹林之間，引得枝葉沙沙作響，劃破了靜寂的夜空。

終於，君狩霆止住了腳步，慢慢地在一處乾淨的岩石上坐了下來，眼神漠然地看著遠方。微風拂過，絕俊的面容在月光的映照下顯得嬌嬈魅惑，深瞳流光波轉，越發晶瑩冷酷。

兩名女子輕飄而至，一黑一白，悄然無聲地落在他不遠處站定。

「咻」的一聲，黑衣女子手中的信箋如箭般飛出，君狩霆輕抬手臂，接個正著。

「這是赫連元帥給王爺的信，請王爺過目。」

君狩霆緩緩地打開信，仔細地看過一遍後，再暗運內功，將信焚毀得乾乾淨淨。「妳去回覆赫連元帥，按計劃行事，等到最佳時機，本王自會通知他動手。」

「是！」黑衣女子應道。

「還有，派人密切監視君昊煬還有君昊宇，我要他們的一切行動，都在本王的掌握之中。」君狩霆冷冷地吩咐。

「是！」

「王爺，那個睿王妃，現在似乎也不簡單，是不是連她也一併監視？」黑衣女子問。

君狩霆微斂鳳目，沈默半晌，才緩緩開口。「若靈萱這方面，由本王來處理就行。」

黑衣女子與白衣女子相視一眼，心中疑惑不解，黑衣女子忍不住問了。「王爺，難道您真的打算親近若靈萱？」這麼個醜女人……

聞言，君狩霆掃了她一眼，目光蘊含警告，似乎在怪她多嘴。

「是，王爺！」察覺到主子的不滿，黑衣女子連忙低頭應聲。

「王爺，我們是不是要解決掉睿王？」一直不語的白衣女子開口問。

君狩霆冷冷勾唇，燦然一笑。「自會有人想要解決他，只是一直找不到機會罷了。不過，本王現在有了另一個想法，就是尋找君昊煬的弱點，從而一舉擊中，讓他再無翻身之日。」

「那麼，主子是找到君昊煬的弱點了？」白衣女子眼睛一亮。

君狩霆卻沒有出聲，只是淡扯唇角，縝密詭譎的心思，都隱藏在幽深的瞳仁中……

王府，瓏月園。

「氣死人了！本來以為叫若靈萱進宮，讓貴妃娘娘教訓一下她，誰知還是無果。」落茗雪走在瓏月園的長廊上，憤憤不平地道。

「主子放心吧，貴妃娘娘一定會想辦法幫林側妃的。」翠玉只能這樣安慰她。

這時，坐在假山邊賞景的殷素蓮，正舒心地感受著四周的美好氣息，倏地，身邊的婢女青兒突然拉了拉她的衣角，目光不安地朝前望去。

她疑惑地抬眸，當見到迎面而來的粉衣女子後，眼裡閃過一絲不安，但仍硬著頭皮起身，上前幾步，微微福身。「素蓮給落姊姊請安。」

「是妳?!」落茗雪瞪著杏眼，一見她，怒氣就來了，粉拳握了又鬆，好半晌，才冷冷開口。「昨晚，王爺是不是去妳那兒了？」

被這麼一問，殷素蓮心中有些驚慌，但仍點點頭，輕聲回道：「嗯，是的。」其實，王爺只是來找她下棋而已。

雖然已經知道，但是經她這般親口說出來，落茗雪不由得醋意大發，想起這女人是若靈萱的人，當下，新仇舊恨湧上心頭，咬牙切齒地道：「不要臉的女人，不知道從哪裡學來的賤招勾引王爺，以為這樣就能永遠得寵了嗎？」說著揚起手，一巴掌狠狠地搧過去！

「啪」的一聲，殷素蓮的粉頰頓時紅腫起來，她捂著臉，驚喘地瞪向落茗雪，青兒和翠玉也看得驚住。

「妳不要以為憑一些低三下四的手段，就可以迷惑王爺，有我和表姊在，妳休想！」她惡狠狠地道。

見主子被這樣打罵，青兒可生氣了，義憤填膺地瞪著落茗雪。

殷素蓮雖然很氣，卻不想多生事端，只能忍著氣，恭謹地回答。「姊姊言重了，素蓮只是聽從王爺的意思而已，並沒有做什麼。」

落茗雪一聽更怒。

「妳少在這裡砌詞狡賴！王爺已經好一陣子沒找妳了，怎麼突然又去了浮月居？八成是妳下賤，不知耍了什麼手段！」

「落小妃怎麼可以這樣說話？別忘了，我家小姐也是小妃，妳們的身分是不分上下的，妳沒資格教訓我家小姐！」聽著那些污穢與諷刺的話語，青兒忍不住了，終於開口替主子說起話來。

殷素蓮恨得要命，但在這王府深院，明哲保身已經耗盡了她全部的力氣，落茗雪家世好，不是她能鬥得過的，因此在這當下，她只能以退為進，假意苛責自家婢女了。

「青兒，不得無禮！」

見一個小小的婢女竟敢頂撞自己，落茗雪更是怒火沖天。她跨前幾步，走到青兒面前道：「好啊，現在仗著王爺寵愛，連個下人都開始放肆了，本小主妳也敢頂撞？」

「落姊姊，青兒小不懂事，望落姊姊大人有大量，放過她吧！」殷素蓮深知此女的惡劣秉性，只能低聲乞求。

然而，落茗雪本就對她恨之入骨，當然不會放過她身邊的任何人，當下，她冷冷地笑道：「不懂事？那本小主就替妳好好管教她，讓她知道以下犯上、不懂尊卑的下場。來人啊，給我狠狠的掌嘴！」嬌聲一喝，身後頓時竄出兩位壯實的婆子，她們兩人一齊上前來，一人制住青兒，另一人直接用力地摑了起來。

「住手！」

冰兒剛好趕到，見狀連忙出聲阻止。「落小妃，就算青兒做錯什麼，殷小妃也向妳賠罪了，落小妃又何必咄咄逼人？」冰兒本是若靈萱的丫鬟之一，此刻剛從茅房出來，就看到了這一幕。

落茗雪媚目一抬，見是清漪苑的人出來幫襯，當下氣恨道：「妳這個賤丫頭算什麼東西，竟敢強出頭？當心我連妳一起打！」

「妳敢！」冰兒厭惡地瞪著她，隨即走上前用力推開兩個婆子，救下青兒。自己的威嚴遭到挑釁，落茗雪怒不可遏。「死丫頭，妳是不是活得不耐煩了！」

冰兒不屑地望著她，語氣也嚴厲起來。「落小妃，打狗也要看主人，我可是王妃娘娘的婢女，妳要是敢動我，王妃娘娘一定不會放過妳，到時鬧到王爺那裡去，落小妃怕是不好交代！」

「妳——」落茗雪頓時氣結。

沒錯，若靈萱那個醜八怪今時不同往日，自己已幾次栽在她手裡了，如果再將事情鬧大，恐怕會引起王爺對自己的不滿。思及此，落茗雪的神情越發陰鷙，目光狠辣。

「好、好……果然有什麼樣的主子就有什麼樣的奴婢，本小主今天就大發善心饒過妳們，但總有一天，庇護妳們的那棵大樹倒了，我看妳們還怎樣囂張！」

「哼，這就不勞落小妃操心了！」

冰兒丟下這句話後，就和殷素蓮、青兒往回走，沒再理會落茗雪。

被一個下賤的奴婢漠視，落茗雪氣得七竅生煙，她咬牙切齒，手中絹帕緊握，眼裡的陰毒非常明顯。

「清漪苑的人，給我等著瞧！」

申時初，若靈萱與多多回到府中，就直接向內宅而去。剛踏進清漪苑，就看到殷素蓮坐在玫瑰椅上，冰兒坐在旁邊給她敷臉。

「怎麼回事，素蓮？」若靈萱迅速上前，關心地問道。

「姊姊，妳回來了……」她抬起清麗秀美的臉蛋，微紅的眼眶還含著淚水，楚楚可憐的模樣讓人不禁憐惜。

「妳……」若靈萱一眼就看到她臉上的巴掌印，不禁瞪大了眼睛。「妳被打了是不是？誰那麼大膽，敢這樣對妳？」

殷素蓮哽咽著，搖搖頭沒有說話。

冰兒就忍不住了。「王妃，是那個落小妃！她真的很過分，一見面就對殷小妃又打又罵，幸虧我趕到，要不然，她還不知要用什麼手段對付殷小妃呢！」

「什麼？居然有這種事？」聽完之後，若靈萱氣憤不已。

殷素蓮抽泣得更厲害了，眼裡全是委屈。

多多也很生氣。「小姐，那個落小妃真是一天都不得安分，偏偏我們又治不了她，真是氣死人了！」

若靈萱沈吟不語，眉頭皺得緊緊的。這落茗雪能在王府橫行霸道，還不是因為有林詩詩在背後撐著，要想治得了她，並非一件易事。

而且，林詩詩被自己奪去了權，又進宮找林貴妃幫忙未果，是絕對不會善罷甘休的，若她猜得沒錯，林詩詩和落茗雪很有可能會去找柳曼君……

多多和草草見主子怔住不出聲，不禁問：「小姐，現在怎麼辦？難道任由落小妃這樣橫行下去嗎？」

若靈萱沒答，只是望瞭望外面，眼底透出一絲精銳的凜意。「最近這一陣子，南院那邊都很安靜，不過我想，很快就要隨風起浪了。」

多多、草草和殷素蓮皆面面相覷，不明白她在說什麼。

「放心，船到橋頭自然直，只要她繼續鬧下去，我一定會想到辦法治她的。」瞧見她們擔憂的神情，若靈萱笑笑地安撫道。

接下來的幾天，府裡風平浪靜，若靈萱的日子過得也是清閒自在，可是無風不起浪，平靜中總有危險暗藏，她可不認為，林詩詩和落茗雪會安分守己下去。

不過，若靈萱卻沒有為此而傷腦筋，因為她的心思，都花在開館子上了。

用了半天的時間，計劃好開館的流程，然後又派人去找長工，讓他挑選五十隻優質的雞禽，送到晉王府去，到時君昊宇自然會讓人處理。

十天過後，若靈萱正窩在榻上作著美夢，夢見自己當了晉陵第一富商，金子銀子堆得滿滿的，名副其實的金山銀山……卻在這時，一陣輕微的聲音，將她從夢中吵醒。

微微有些惱怒的她，還來不及發作，就見多多走了進來。

「小姐，晉王爺派人來說，妳要的館子已經幫妳找好了，在城南位置，回春堂對面的那棟樓閣，他說妳隨時都可以去看看。」多多說道。

「真的呀?!」若靈萱眼睛一亮，簡直快樂歪了。「沒想到他的辦事效率還挺快的嘛！」

看來自己綢繆已久的計劃，就快實現了。

「多多，收拾東西，我要出府。」她迫不及待地說。

多多歪著頭，一臉不解。「小姐，妳要去哪兒呀？」

「去看看那棟樓閣。」

「可是，小姐妳的早膳剛準備好啊！」

「不用了，今天不吃了。」當作減肥。

「還是不行，王爺今天在家，妳要出去得經他同意，不如先吃早膳吧。」這回是草草在說。她來的時候就聽說了，王爺今天沒上早朝。

「什麼?他也在？」若靈萱一聽就垮下臉，怎麼這麼巧呀?

那瘟神，一見他就沒好事，這次出府，恐怕不會太順利了。唉，算了，這次出不了，就等下次吧。

山不轉路轉，該做的事還是得做。想了想，就朝多多吩咐道：「妳等一下拿些銀兩，出去找工匠，弄個牌匾。」名字要叫什麼呢？思索了一會兒後，便接著道：「名字就叫『肯得基』。」她拿來紙筆，寫給多多看。嘻嘻，肯「得」基和肯「德」基差一字，她應該不算侵權吧？

肯得基？多多愣愣地點了點頭，從來沒聽過這種名字，不過倒滿有意思的，她現在也開始期待了。

牌匾想好了，至於傢俱嘛……她現在對這裡還不熟，要到哪裡弄呢？

「多多，妳知道城內有哪間店在賣桌椅之類的家具嗎？」她看向多多詢問道，說不定她知道。

聽罷，多多撓了撓腦袋，在腦子裡搜索了一下，突然間拍了下手。

「對了，京都就有一家很出名的老店，不過有點遠，在城西。」

「遠點沒關係。」若靈萱笑道。如果可以的話，她早就飛奔到那裡去了，唉……

「那小姐，現在我先去幫妳辦事了！」多多說著，轉身就走了出去。

「草草，快幫我梳洗，然後去找王爺。」若靈萱興致高昂，坐在梳妝檯前，唇邊的笑意一直沒停過。

她的大業，已經展望在即啊！

錦翊樓的院子裡沒有姹紫嫣紅，只有蒼柏勁松，較別的院落顯得清靜肅穆。

「請王妃稍等，容屬下進去通報一聲。」駐守在門外的侍衛張沖，是王府的侍衛隊隊長，也是君昊煬的貼身近侍，得知若靈萱的來意後，便進屋稟告。

沒多久，張沖就走了出來，對著若靈萱躬身道：「王妃請。」

「有勞張隊長了。」若靈萱笑著點了點頭，便與草草走了進去。

入目先是幾幅潑墨的山水畫、一些檀香木雕刻的桌椅，以及偌大的書櫃，整體而言簡單大方。

而房裡，除了君昊煬之外，還有林詩詩。

「王爺，這身披風是臣妾親手縫製的，王爺您看喜歡不？」林詩詩溫雅的聲音柔柔響起，美眸含情地望著夫君，似乎並未發現若靈萱的到來。

君昊煬看了她一眼，又看了看披風，漠然的黑眸有了一絲溫情，點頭道：「不錯，詩詩的手藝越來越好了。」

林詩詩一聽他的誇讚，立即笑顏如花，心中十分高興。

「臣妾向王爺請安。」若靈萱萬分不甘願地朝君昊煬福了福身。

君昊煬掃了她一眼，面無表情，沒有答腔。

反倒是林詩詩向她行了一禮。「妹妹見過姊姊。」

若靈萱微微一笑，頷首算是回應。清眸凝向林詩詩為君昊煬縫製的披風，不錯，的確是做工精細，看得出林詩詩有一雙極巧的手，相比之下，自己對女紅一竅不通，這在古代，還真是令人汗顏。

林詩詩暗自皺了皺眉，心忖：這若靈萱無端端怎麼來了錦翊樓？到底打什麼主意？

君昊煬心中也有些奇怪，畢竟這段時間，若靈萱可從未主動找過他。

「王爺，臣妾有事要出府一趟。」若靈萱望向他，直截了當地說道。

君昊煬微蹙眉，漆黑如墨的眸子一暗，冷冷地問：「出府做什麼？本王記得，妳在外面好像沒有親人了。」

嘖，我出府做啥幹你啥事？點個頭就行啦，廢話那麼多！若靈萱暗罵了數遍，才淡聲道：「回王爺，臣妾聽聞大慈恩寺很靈，所以想著前去拜祭，為王爺和府中的姊妹們祈福。」

「喔？為本王祈福？王妃還真是賢慧呢！」君昊煬唇角勾起一抹嘲弄的弧度，並不相信她的蹩腳謊言。

「王爺見笑了，這是臣妾該做的，畢竟王爺福壽安康，臣妾也很高興。」說得還真是臉不紅氣不喘的。

君昊煬冷哼，這女人當他是傻子不成？既然她不說實話，那他也沒必要跟她囉嗦，當即冷言道：「本王對於不誠實的女人，絕不寬貸。回房好好待著，想清楚要做什麼，再來跟本王提要求。」

我靠！這算什麼？變相的軟禁？出個府也不准，她又不是犯人！

「王爺，臣妾只是來跟你通報一聲，你若同意便好，若不同意，臣妾也不在乎。腳長在臣妾身上，愛去哪裡，還輪不到王爺來批准。」若靈萱冷冷地拋下這話，轉身就拉著草草離開。

「妳給本王站住！」君昊煬倏地怒喝出聲。該死的女人，居然敢一而再地在他面前如此囂張，她就這麼喜歡激怒他是不是？

草草緊張極了，暗暗希望小姐不要再對王爺出言不遜。

林詩詩雖然一臉擔憂，唇邊卻漾著若有似無的笑，像是在看戲。

「王爺還有什麼話要說？」若靈萱清水明眸毫不畏懼地看向他。

「若靈萱，妳別以為自己是御賜王妃，本王就奈何妳不得！公然違抗本王的命令，妳可知道下場如何？」君昊煬的黑眸閃爍著兩道冷冽的寒光，朝著她直射而去。

「王爺請息怒，姊姊她不是有心的。」林詩詩覺得自己該出來說句話了，便握住他的手軟聲央求。

若靈萱睨了她一眼，這女人還真會裝，相處了這麼久，林詩詩是什麼人，她早就摸得一清二楚了。

「詩詩，妳先出去。」君昊煬壓抑著怒氣，不失溫和地對她道。今天，他一定要好好教訓這個不將他放在眼裡的女人。

林詩詩心中詫異，以往他就算要做什麼，也不會讓自己離開的，為何……暗自咬了咬牙，她還是溫馴地應道：「是，王爺。」

對於君昊煬的吩咐，她向來不會拒絕，就算她多麼想留在這裡，也絕不能為此招來君昊煬的厭煩，因此只能悻悻地離去。

若靈萱完全將林詩詩當成了隱形人，直至她走出了書房，才冷冷地道：「王爺，你說的下場，可是休了臣妾？」

君昊煬溫和的神情立即轉換，輕哼一聲。「算妳識相。」王妃的寶座對她來說有多重要，他可是很清楚的，就不信她還敢頂撞自己。

誰知，若靈萱卻是唇角微彎，淡笑道：「那王爺就不必麻煩了，臣妾自求下堂就是。」

嘖，她從來就不留戀這個虛位，現在更不會在乎。跟林側妃暗鬥，也只是不爽她老是自以為是地算計自己而已。

看著她淡定從容的眼神，聽著那毫不在意的語氣，君昊煬氣怒的眸子有些怔然，幾乎不敢相信自己聽到的。這女人……這女人居然如此輕易地說出這種話？她不是很愛自己、很愛這個王妃之位嗎？她曾為了嫁給自己而用盡心機手段，現在竟說下堂就下堂？

「王爺，這下您可滿意了？」若靈萱刻意加大聲調，再次詢問。

君昊煬盯著她，眸色深如古潭，眉心輕蹙，似乎在思考著什麼。

咦？不出聲就是默許咯！也好，反正她也不需要留在這裡了，天天被那些女人煩，很累人的。於是，她轉頭吩咐道：「草草，去拿筆墨紙硯！」

草草驚詫地看著小姐，呆了片刻後才反應過來。雖然極不解，但還是照辦。沒多久，就把若靈萱要的東西放在了桌子上。

「王爺，您是要自己動手，還是由臣妾代筆？」若靈萱揚揚毛筆，淡聲詢問道。

聽到她的聲音，君昊煬方才回過神，目光從她手中的筆一直看到她臉上。「妳這是幹什麼？」

「寫休書啊！」若靈萱橫了他一眼。真是遲鈍的人，沒聽到她剛才的話嗎？

君昊煬看她一臉認真的模樣，知道這女人並不是在開玩笑的。她真的不在乎嗎？倏地，腦中浮現她與君狩霆曖昧的一幕，還有與君昊宇相談甚歡的景象，心中似明瞭了什麼，頓時怒氣上湧，眼底跳動著暴烈的火焰。

難怪她的變化如此大，原來是有了靠山，所以不需要他了是嗎？冷冷一笑，伸手抓起桌上的一疊紙，狠狠撕得粉碎。

「妳以為睿王府是妳說來就來、說走就走的地方嗎？要休書？要下堂？本王偏不讓妳如願！」君昊煬冷冽的眸子瞪視著她，咬牙切齒地說道。

想過河就拆橋？哪有這麼便宜的事情！

「你——」若靈萱皺起眉。怎麼回事？他不是一直千方百計想要休了自己嗎？如今成全他了，他竟然拒絕？「怪人！」不解地嘀咕了句。

「還有，本王提醒妳，最好記住自己睿王妃的身分，要是敢行差踏錯，做出有辱睿王府顏面的事，休怪本王以家規處置妳。」君昊煬冷言放話。

「王爺既然這麼厭惡臣妾，那就給張休書好了，還在蘑菇什麼？莫非王爺留下臣妾只是想找臣妾的碴？那麼王爺，你也太無聊了吧！」若靈萱譏諷地看向他，一點兒也沒因他的氣勢而嚇到。

君昊煬眉一挑，唇角微勾起一抹笑意，卻是冰冷無比。「女人，要想日子過得平靜，就識相點，若以為激怒本王，就可以讓本王休了妳，趕妳出府，那妳就大錯特錯了。告訴妳，這輩子除了睿王府，妳哪兒也別想去，這就是妳當初擅作主張嫁給本王的懲罰！」

「你——卑鄙！」她脫口罵道，心中卻是無比恐慌。他該不會是說真的吧？那她豈不是永遠失去自由了？

不，不可以！

看著若靈萱臉上一閃而過的驚愕，君昊煬突然心情大好，臉上有著扳回一城的快意。他轉身邁開步伐走到門口，停了一下後，大聲說道：「這樣吧，為了不讓人說本王刻薄，只要妳在三天之內抄《女誡》一百遍，本王就不追究妳的頂撞之罪，同時也允許妳出府一趟。」

語氣像是施了多大的恩惠一樣，讓若靈萱為之氣結。

直到君昊煬的身影消失在門口，她才憤怒地一拳擊在幾上，咒罵出聲。「該死的君昊煬！混蛋、王八蛋……」她問候了他家祖宗數十遍才終止。

氣死她了！她從來沒有這麼生氣過，世上怎麼會有如此蠻不講理的人？

「小姐，嚇死我了，我真擔心王爺一怒之下休了妳，幸好幸好！」草草拍拍胸口，一臉驚魂未定的樣子。

聞言，若靈萱哭笑不得地睨了婢女一眼。這丫頭真是的，她要不了休書才擔心好不好？

本來今天沒想著要跟君昊煬鬧翻的，只是想出府，後來被他的蠻橫挑起了怒氣，衝動之下脫口要休書，雖只是為了爭一口氣，但也有幾分不想再留在王府的意思。只是萬萬沒料到，君昊煬竟然不讓！

頭疼地揉揉額際，看來她要離開王府，不是想像中那麼容易。但是，她不會放棄的，等館子開張，生意上了軌道後，一定要想辦法跟他要來休書。

翌日，清芷苑暖閣裡。

柳曼君伸出蘭花指，撚起一顆晶瑩剔透的葡萄放進了殷紅的小嘴，臉上全是愉悅的笑容。

「側妃今天這麼開心，是否有喜事？」寧夏替她捶著肩膀，小聲問道。

「現在王妃的風頭越來越盛，幾乎已超越了林詩詩，所以呀，她這幾天內一定會來找本宮，商議對付若靈萱的事。而且瞧這事態發展，今天應該就會來了。」柳曼君笑眸中有著掩飾不住的得意。

難得這女人親自上門，這次，她必要把握機會，好好挫挫她的銳氣才解恨。

「原來如此，怪不得側妃一起來就坐在了這裡。」寧夏這才恍然大悟。

「我與林詩詩同為側妃，偏偏卻低她一級，她仗著王爺寵愛，在府裡掌權管事，還管到我頭上來了。還有那個落茗雪，老是跟我作對。哼，今天，我一定要好好討回來！」柳曼君冷冷一笑，眸裡盡是得意之色。

「寧夏，妳吩咐下去，若是林側妃來了，不用迎接，全都給我站直。」說著，她斜靠在軟榻上，繼續吃著葡萄，動作極為慵懶，也相當的誘人。

林詩詩和落茗雪破天荒地拜訪清芷苑。

一路上，林詩詩怕表妹嬌蠻的脾氣會與柳曼君起衝突，便再三叮囑她，一定要心平氣和。

「哼，一個庶女攀上來的賤人，我們願意親自來訪，她還不開心得眼淚鼻涕一大把？」落茗雪滿臉傲氣，彷彿她去見柳側妃是一件天大的恩賜一般，美麗的小臉上全是不屑。

想起來她就氣憤，柳曼君只是小妾生的，只是主母死了才升級，說到底還是庶女，憑什麼進門不久就當上側妃，躍到她頭上去了？就因為她的父親是一品提督？哼，她怎麼想就怎麼不服氣！

清芷苑前，林詩詩冷眼看著那幾個丫鬟，就這樣站在那裡盯著她們看，也不說話。

「狗奴才，瞎了眼啊？見到林側妃和本小主，為什麼還不行禮？」落茗雪一見怒極，火大地吼道。

幾個丫鬟嚇得瑟瑟發抖，可是柳側妃吩咐過，不得行禮迎接，她們也只能聽從主子的話。

「紅棉，給本小主教訓教訓這幾個不懂尊卑的賤婢！」落茗雪伸出右手，指著那些丫鬟們怒罵。

「雪兒，別亂來。」林詩詩淡淡地出聲制止。她知道，這必是柳曼君吩咐的，不然，這些丫鬟哪敢這麼大膽？

「姊，可是……」

「別忘了我們今天來的目的。」橫了她一眼，這丫頭就是容易衝動。

落茗雪這才悻悻然地住了口，小手卻緊捏成拳，不斷的吸氣來壓下心中的怒火。只是，在踏步向屋子裡走去時，一路上都沒有人行禮，全都像沒看到她們般無視，她的怒氣不禁又升了上來。這個該死的賤人！想當初這賤人也跟自己一樣，只是個小妃，自己還先進門呢，但就不知她父親在皇上面前說了什麼，王爺就提升她為側妃了。如今竟還在她們姊妹倆面前擺架子，心裡氣得真想一巴掌拍死她！

林詩詩心中也極惱，但為了自己在下人面前的形象，只能將惱意壓下，維持著溫婉的笑容。

進了暖閣後，就看到柳曼君正舒適地躺在百年烏木做的軟榻上，纖手拿起葡萄放進嘴裡，美眸輕閉，一臉享受。

寧夏和錦兒抬頭看了看林詩詩和落茗雪，輕聲在柳曼君耳邊道：「側妃，林側妃和落小妃求見。」

「狗奴才！居然敢在本小主和林側妃身上用『求』字，我們用得著求嗎？」落茗雪厲聲一喝，臉上的表情猙獰至極。

林詩詩用肘頂了頂她，搖頭示意她冷靜點，繼而看向雙眼緊合、無動於衷的柳曼君。

「柳妹妹，姊姊來探望妳了。」

柳曼君這才緩緩睜開眼睛，當看到林詩詩時，眼裡滿是欣喜。「姊姊大駕光臨，妹妹貪睡，有失遠迎了。寧夏、錦兒，還不快去沏茶！姊姊請坐，妹妹怠慢了，待會兒妹妹一定要好好教訓教訓這些不懂規矩的狗奴才。」

林詩詩心中的怒氣這才緩和了些。

落茗雪則冷哼一聲，並不買帳。「是呀，柳側妃，您這些『狗』奴才真該教訓了，不然您的臉面往哪兒擱呀？您好歹是這些『狗』奴才的頭兒呀！」

柳曼君臉色一沈，給她三分顏色，倒開起染房來了。落茗雪這不是在暗諷她是狗奴才的狗頭子？不過，她沒有生氣，很快又換上了一副笑臉。「茗雪妹妹，說到狗奴才，妳們這些頭兒也該管教管教了，見到本妃也不行禮。」

說著，故意看向紅棉，紅棉一慌，不知所措。

「妳——」落茗雪剛想開口罵賤人，卻被林詩詩拉著，用眼神示意她閉嘴。

然後，林詩詩轉向柳曼君。「柳妹妹，今日姊姊來，是有要緊的事跟妳商量，這些下人可否讓她們退下？」

柳曼君暗自冷笑，這女人今天倒是客氣了，平時要是自己和自己的奴才這樣沒規矩，就算沒處罰，也會明裡暗裡警告她們一番的。

「既然姊姊這樣說，妹妹自然聽從。寧夏、錦兒，妳們都下去吧。」臉上同樣掛著虛偽的笑，對丫鬟吩咐道。

「妳也下去。」林詩詩轉頭對紅棉說道。

「是，奴婢告退。」紅棉給三位主子行完禮就走了出去，還不忘把門關上。

突然，柳曼君站起身，快步走到林詩詩身邊。

林詩詩皺眉問道：「妳幹什麼？」

「唉呀，姊姊，剛才妹妹多有冒犯，姊姊莫要往心裡去，妹妹給妳賠不是了。」她說著就要跪下。

林詩詩一臉不解，落茗雪更是雲裡霧裡，兩人相視一眼後，林詩詩還是伸手拉住了她，語氣不冷不熱。「妹妹這是幹什麼？快起來，要是讓別人看去，還以為姊姊欺負於妳呢！」

「姊姊、落妹妹，妳們莫要生氣，剛才我是故意讓她們這樣做的，唯有這麼做，別人才會認為我們並沒有合作，只要別人這樣想，王妃也會這樣想，那不是更好對付她嗎？」柳曼君柔聲細氣地道，起身後，坐在了林詩詩旁邊。

聞言，落茗雪這才緩和了臉色，睨了她一眼。「妳知道我們是來找妳合作的？」

林詩詩卻微瞇了下眸子，沒有出聲，只是靜靜地聽著。

「那是當然，因為我也想去找落妹妹和姊姊的，沒想到妳們先來一步了。這王妃呀，如今城府極深，手段也狠，趙妹妹和孫妹妹已經栽了，落妹妹妳也因她而吃了幾次虧，就連姊姊也被算計，所以我想，下一個恐怕就輪到我了，我怎能坐以待斃呢？」柳曼君憂眉嘆息，說得頭頭是道。

落茗雪聽了後憤恨至極，拳頭緊捏，指甲都陷進肉裡了。「妳說得對，那賤人的確是今時不同往日了，我們不可小覷。」

「原來妹妹想讓別人誤會妳我不和，這樣就算有心人知道我來找妳，也不會亂嚼舌根了。」林詩詩總算明白了她的意思。

柳曼君笑道：「姊姊真聰明！王爺最恨的就是耍心機、結黨營私的女人了，清芷苑雖然是妹妹的地方，但畢竟眼睛太多，總有那麼一、兩雙是不屬於清芷苑的，姊姊說是吧？」

林詩詩不禁點點頭，這柳側妃的確是心思縝密，自己想不到的讓她想到了。

而落茗雪聽了，也不禁佩服起柳曼君，心裡直怪自己剛才太衝動了，有些歉意地看向她。「柳側妃，那妳可有什麼好的良策？這若靈萱無論怎麼對付她，到最後吃虧的都是我們自己。」

「所以我覺得，這其中一定有古怪。」柳曼君擰眉，一臉認真地思索。「以前王妃是什麼樣的人，我們大家都知道，可是自從上次她掉進湖中醒來後，卻像變了一個人似的，妳們說，這奇不奇怪？」

林詩詩神色冷然。沒錯，若靈萱如果真有此心機，那麼以前就不會被雪兒和幾個夫人算計了，這其中，必定有詭詐！

「難道她以前是故意裝的，讓我們以為她愚笨，然後對她掉以輕心？」落茗雪猜測道。

柳曼君像想到什麼似的，咬牙道：「哼，裝笨倒不像，我猜呀，根本就是鬼神附身！」

「鬼神附身？」落茗雪瞪大美眸，異常驚訝，隨後搖頭道：「妳說笑了吧？這怎麼可能是鬼神作怪呢？」

「不……也許真的是鬼神作怪。」林詩詩雙目一閃，一絲精光劃過眼底。

柳曼君對著她點點頭，朱唇勾起一抹別有深意的笑。「還是姊姊瞭解我的想法。鬼神之說，本就信則有，不信則無，反正天下間的人，大多數都相信鬼神的存在。這個王妃是真是假，以前是真蠢還是假裝，那也無所謂，只要我們相信她是被鬼神附身，那一切就好辦了。」

落茗雪這時也聽明白了，不禁眼睛一亮。「好，我爹正好認識一位法師，每隔半年就會去尚書府作法一次，等我跟我爹說過後，便請他過來！」

「那，這事就交給落妹妹了。」柳曼君勾唇冷笑，立即附和道。

林詩詩不出聲，眼神卻也表贊同。

次日，晨空一碧如洗。

八月天的氣候還是熱得讓人難受，用過早膳後，若靈萱只穿著一件薄薄的單衣，正在屋內埋頭苦幹。

沒辦法，那該死的君昊煬非要讓她抄《女誡》一百遍，才允許她出府。她試過想偷溜，可還沒出清漪苑就被侍衛攔了下來，還警告她，再有下次就直接軟禁一個月，氣得她差點當場發飆，幸好理智戰勝了衝動，最終只能憤然返回。

忍、忍、忍！

若靈萱不斷地提醒著自己，小不忍則亂大謀，一定要忍，不能跟他硬碰硬，現在出府實現心裡的計劃才是最重要的，意氣用事對自己沒有好處，只會給那個自大狂有藉口處罰自己。

所以，她只能默默地在此抄這該死的《女誡》，為的就是可以出府。

這時，多多打來清水，好心地說道：「小姐，這是古井裡打出來的水，可涼快了，妳來洗把臉解解熱吧！」

若靈萱應了她一聲，踏著懶懶的步子走了過去。這不愧是井水，潑在臉上冰冰涼涼的，絲絲沁透，舒服極了，她頓覺精神百倍。

「小姐，林側妃、柳側妃、落小妃還有兩位夫人正在小廳等著小姐呢！」草草走進來稟告道。

「她們怎麼一起來了？」若靈萱擰眉，這幫女人又在搞什麼鬼？難得過了幾天清靜的日子，正打算好好處理開館子的事呢，沒想到麻煩又來了。

草草回道：「聽說林側妃得了王爺恩准，請來了尚書府中的法師到王府作法保平安，所以他們現在來到清漪苑，要為我們作法驅鬼。」

「喔？」若靈萱揚了揚眉，唇角彎起一抹笑。這幫女人一天不找她碴就不舒服是不是？作法保平安？虧她們想得出來！不過這林詩詩還挺有先見之明的，懂得先徵求君昊煬的同意，這下子，她就算想拒絕也無法了。

唉，看來今天《女誡》是抄不完了，只能等到明天惡補。悲劇啊，她只剩一天的時間耶！

小廳裡，傳來女人的歡笑聲，似乎談得很投契的樣子，林詩詩和柳曼君更是姊姊長、妹妹短，和樂得不得了，偶爾幾句俏皮話，還逗得旁邊的丫鬟嬌笑不停。

落茗雪也不甘落後，不時地插上幾句。

反倒是麗蓉和玉珍，卻是笑意不達眼底，反應也極為冷淡，似乎刻意想與她們保持距離。

若靈萱走進來後，四個女人立刻起身行禮。「妹妹見過王妃！」

林詩詩依然是那溫柔嫻淑的神情；柳側妃禮數也十分周到；落茗雪對若靈萱的恨意似乎沒存在過一般，居然笑臉相迎；麗蓉和玉珍的態度也很恭敬。五人尋不到任何怠慢之處。

「妹妹們不用多禮，全都坐吧。」若靈萱淡笑點頭，從她們身邊經過，走到主位上落坐。

五人道了聲謝，就齊齊坐下。多多、草草端上香茗，然後退到一旁站著。

若靈萱輕抿了口茶，掃視五人一眼，沒有出聲。她們今天倒是個個低眉順眼，就連落茗雪也沒有了平時的張狂。可在她看來，如此模樣不是有自知之明就是包藏禍心。對於這些女人，她真的很無語，整天閒著沒事幹了嗎？不出來禍害禍害人，心裡就會憋屈嗎？

想著，她不耐地蹙了蹙眉，煩哪！

這時，林側妃柔柔的聲音響起。「姊姊，今日雪兒請到一位得道法師，為睿王府作法事，才剛剛到呢，妹妹就立刻讓他來東院，為姊姊驅鬼保平安了。」

「這法師是落尚書大人家請的，經常到尚書府作法，道行可高了，落妹妹好不容易才請到他，也是今日，他才擠出時間來到王府。」柳曼君接著說道。

「是呀，王妃姊姊，您還是快請法師進院子作法吧，過了時辰可不好！」落茗雪也嬌聲說道，三人的目光緊盯著若靈萱。

若靈萱靜靜地聽著她們說完，才慢條斯理地放下茶杯，含笑看向三人。「妹妹們的好意，本宮心領了，只是這清漪苑是本宮的寢居，怎能讓陌生男子進入呢？哪怕就是在院子裡作法，恐怕也是於禮不合吧？」

林詩詩和柳曼君同時皺眉，相視一眼，沒想到若靈萱還有這麼個說法。

「王妃，這法師是修行之人，自然與其他男子不能相提並論。這陣子府裡發生那麼多事，王妃也老是被捲入是非之中，臣妾覺得呀，定是有些髒東西在府中作怪，要是法師真能作法驅散它們，對王妃來說也是一樁好事。」柳曼君討好一笑，嫵媚的麗顏上盡是關懷之情。

「喔？」若靈萱睨她一眼，眉梢輕挑，又將目光落在林詩詩身上，微笑問道：「那麼法師也去過林妹妹的惜梅苑了？」

林詩詩微愣，隨後搖頭道：「還沒有。姊姊是王妃，自然是讓姊姊先作法。」本來就是為她而來的，要進，也只是進清漪苑。

「妹妹真有心，把好的東西都獻給姊姊了，就只為了姊姊能歲歲平安。可妹妹這樣為姊姊，姊姊又怎能自私呢？」若靈萱一臉感動地對著林詩詩搖頭嘆息。「所以這等好事還是留給妹妹吧，姊姊不急，讓法師先到惜梅苑作法，然後再到清芷苑、雪晗居和北院，最後才來本宮這兒吧，本宮還有事要做，就不奉陪了。」又看向其他三人說道。

跟著，拍拍衣裙站起身，正待離去。

柳曼君和落茗雪一聽，急了，現在已經接近申時，再讓法師到她們的院子作法，不都天黑了？而且她們也不能真的讓男子進院子啊！這若靈萱真是難纏！「王妃……」

麗蓉和玉珍卻是冷眼旁觀，她們雖不明白這兩人想做什麼，可也猜得到，八成是想乘機找王妃的麻煩。本來她們是不願來的，但林側妃喊了，她們只能硬著頭皮前來。現下，能置身事外就盡量置身事外吧，反正自己是問心無愧的。

若靈萱聞言挑挑眉。「兩位妹妹怎麼了？有話就說。」

「王妃，既然法師已經來了清漪苑，不如先在清漪苑作法，然後再去妹妹們的院子吧，無謂讓法師走來走去了。」柳曼君心中有些忐忑，臉上卻是笑靨如花。

「柳妹妹說得對，既然法師都到這裡了，不如就先在這裡做吧。反正是自己人，誰先誰後都一樣，姊姊就別再推辭了，大不了讓法師在院子外面作法吧！」林詩詩說得有條有理，讓人無法找出拒絕的理由。

若靈萱聽了，似乎也是盛情難卻，只好無奈地點點頭。「好吧，那就讓法師到院子外面好了。」

林詩詩幾人立刻鬆了口氣。

於是，她們齊齊走出清漪苑，就看到法師站在那裡。此人一身廣袖白衣，頭髮束成冠，手拿拂塵，一副術者模樣，年齡大概四十歲左右，臉上帶著些許傲氣，就不知有沒有真本事了。

「本座見過幾位夫人。」法師拱拱手，算是行禮。

「法師有禮了。」林詩詩等人趕緊回道。

若靈萱沒有發話，只是抱臂站在那裡，她倒要看看，這幾個人究竟在玩什麼把戲？

落茗雪上前，對著法師低語了一些話後，法師就點點頭，開始在清漪苑門前貼符紙，然後布陣。只見他右手拿著拂塵，手舞足蹈地對著大門碎碎唸著一些大家都聽不懂的咒語，然後口含白酒，拿起一張點燃的符紙，酒一噴，火焰「轟」地變大，大門前頓時烏煙瘴氣……

第十章

那法師亂吼亂舞的，足足有大半個時辰才停止。

多多、草草以為結束了，誰知那法師卻皺著八字眉，不停地在門前轉悠，一雙老鼠眼緊盯著裡面，一副若有所思的樣子。

柳曼君跟落茗雪交換了一個眼神，落茗雪隨即上前問道：「法師，是不是有什麼不對勁呢？」

法師點點頭，八字眉皺得更深了，煞有介事地道：「實不相瞞，此院子裡有污穢之物，必須得盡快施法消滅，不然睿王府將會有滅頂之災。」

「什麼?!」林詩詩等人驚呼了一聲，面色大變。

多多就不信了，附耳向著主子低語。「小姐，這個法師很可疑，居然說我們清漪苑有污穢之物，簡直是無端造謠，危言聳聽嘛！」

草草也壓低聲音道：「沒錯，這法師一來就說三道四的，一定不安好心。」

若靈萱淡淡地掃了眼那個法師，再睨了幾眼林詩詩幾人，唇邊勾起一抹意味不明的淺笑。「別急，先看看吧。」

這時，只聽柳曼君焦急地道：「法師，那就請您快快作法，將這污穢之物除去吧！」

法師掃視了院子一圈後，斂眉沈思，半晌後搖頭道：「夫人，不是本座不肯作法，而是這污穢之物實在厲害，為免傷及無辜，本座必須要到院子裡面去與之抗衡。」

林詩詩回頭看見若靈萱平靜的神情，立即緊張地說：「姊姊，污穢之物一日不除，不但王府，就連姊姊都會有性命之憂啊！」

這話，分明是要讓她不能拒絕呢！

若靈萱的眸光閃了閃，不動聲色地笑道：「妹妹真是關心王府、關心姊姊呀！可是讓一個陌生男子進入院裡會遭人話柄，也會壞了王府的聲譽……這樣吧，姊姊派人請王爺過來一趟，讓王爺親自定奪。」

「別！」林詩詩立即出聲制止。「王爺日理萬機，姊姊何必為了這點小事去打擾王爺呢？咱姊妹都在這兒，根本不用懼怕。」

「妹妹說得極是，是姊姊疏忽了。」若靈萱一笑，並沒有堅持，然後轉向法師。「法師，你能否說清楚，這到底是怎麼回事？」

法師微微躬身，神色凝重。「回王妃的話，此污穢之物潛伏在院子已有三月之久，若不盡快除去，王妃還有整個王府……唉，後果不堪設想啊！」

「是嗎？」若靈萱挑挑眉。「那本宮就不明白了，既然它潛伏在院子裡有三月之久，怎麼不見本宮發生法師口中的『不堪設想』呢？還有，本宮從來沒有見過院子裡有什麼污穢之物出現。」

「回王妃，此污穢之物會日漸蠶食人心而人不自知，至於看不見，是因為它沒有實體，常人的肉眼是無法看到的。白天是它最弱的時候，只要讓本座進入院子，不消一刻，便可拿下。」法師沈聲回答。

若靈萱雙手抱臂，似笑非笑地睨著他。「喔？常人的肉眼無法看到，那法師又是如何看到的？莫非法師……不是人？」

法師聽出她語氣裡的不屑，當即拉下臉。「本座降妖除魔數十年，自認道行高深，無人能及，王妃這樣說，是懷疑本座了？既然這樣，本座也無須留在這裡，就此告辭！」

話落，法師就收拾東西，準備走人。

落茗雪暗罵了若靈萱一番，連忙陪笑道：「法師莫要生氣，我們當然相信您了！此事除了您，怕是無人能做得到。」

「這當然！不是本座自誇，在這京都城，除了本座，無人能消滅這污穢之物。」法師抬頭挺胸，頗為自負地說著。

若靈萱饒有趣味地看著各人你一言、我一語的唱雙簧，心裡直呼精彩。

「法師，真的只有進院子才能作法嗎？」柳曼君問道。

法師點頭。「此乃唯一辦法。」

林詩詩面露擔憂之色，軟聲勸道：「姊姊，為了大局著想，請您讓法師進院作法吧！」

靈萱半眯著眼，不動聲色地在這些各懷鬼胎的人身上掃視了一圈，隨後淡淡地道：「妹妹們別急，據本宮所知，大慈恩寺有幾位得道高僧，在外面就能將污穢之物除去，既然如此，何不請他們前來？況且，依本宮所見，法師高深的道行似乎『有人能及』。這樣，既能不用讓陌生男人進入本宮的院子，又能消除污穢之物，一舉兩得，何樂而不為？」若靈萱眨了眨水靈靈的眼睛，望著眾人。

聞言，林詩詩幾人當下皺起眉頭。沒料到若靈萱會如此難唬弄，居然使出「請得道高僧」這一招！這怎麼可以，眼前的法師是收了她們的銀子，替她們辦事的。

其實，她們的目的很簡單，就是藉法師在若靈萱的院子裡作法的事，讓人在外面散播王府出現污穢之物是因為若靈萱不守婦道的謠言，好讓王爺震怒，從而將她休離，這樣，林詩詩和柳曼君就有望提升為平妻，坐上王妃的寶座。

一直靜觀其變的麗蓉和玉珍見形勢不對，立馬見風轉舵地附和道：「王妃說的對，既然大慈恩寺的高僧能在外面清除污穢之物，那就無須煩勞法師了，畢竟對於女人來說，清譽是很重要的。」

若靈萱各瞥了兩人一眼，她們倒是識時務者為俊傑，還算聰明。

「兩位夫人說得不錯，本宮的清譽不能有損。再者……」頓了頓，若靈萱冷冷瞅著法師。「妹妹不是說了嗎，這點小事不用打擾王爺，既然是『小事』，對於道行高深的法師來說，應該是手到擒來才對，然而法師卻一而再、再而三地執意進本宮的院子，難道……法師的高深道行是毀婦道人家的清譽得來的？那可要請法師到刑部大牢走一趟，說個清楚明白了。」

這番話幾乎讓法師臉面掛不住，他站在原地走也不是、留也不是。

「姊姊別惱怒，是妹妹們疏忽了。」相較於柳曼君和落茗雪，林詩詩反應得極快。「法師一心想盡快將這不祥的污穢之物除去，難免考慮得不夠周到，還請姊姊見諒。」

「是呀，法師也是一片好意。」落茗雪趕緊接話。「之前法師在尚書府降妖除魔，都是在前院作法的。」若是法師真被送進刑部大牢，到時恐怕會偷雞不成蝕把米。

林詩詩給了法師一個眼色，示意他在門外作法就好。

法師黑著臉，若靈萱的一番話若是傳了出去，自己怕是要名譽掃地，從此無人問津了。為了不自斷財路，法師只能硬著頭皮在門前作法。「王妃莫怪，本座也是除魔心急，才想著進院子作法，若要在門前作法也可以，只是需要些時間罷了。」

若靈萱眉梢輕挑。「喔？是嗎？」

「姊姊，既然法師這樣說，那就讓他在門前作法吧！」林詩詩笑道。

若靈萱不買帳地搖了搖頭，繼續說道：「這法師說話前言不搭後語，根本不可信任，本宮何必浪費時間在這裡聽他廢話呢？」

林詩詩三人一驚，若靈萱怎麼這樣難對付？

法師這下可生氣了，怎麼說自己也是有名的法師，什麼時候受過這樣的侮蔑了？一口氣嚥不下，不過他收了落茗雪不少金子，所以也不敢亂說話，否則得罪了尚書府，這一生就完了，為今之計，當然是走為上策了。他當即收拾東西，就要走人。

林詩詩和柳曼君面面相覷，心中千迴百轉，可也不知該說什麼，只能眼睜睜地看著自己計劃好的事付諸流水。

若靈萱看著三人吃癟的模樣，不由得一笑。「法師請慢。」

「王妃還有何貴幹？」法師皺眉問。

「張沖！」若靈萱一聲吆喝，張沖立即趕了過來。「把這個毀婦女清譽的騙子給本宮拿下，送去刑部大牢審理！」

張沖得令，立馬上前將法師擒住。

不能動彈的法師頓時心急如焚。「胡說！本座不是騙子，更沒有毀婦女清譽，本座只是──」

「閉嘴！」見法師還想再說，落茗雪連忙大聲喝住。「沒本事竟敢來睿王府招搖撞騙，張隊長，立刻把他給本小主攆出去！」

林詩詩擰著眉，眼下只有快快把法師趕出去，才能不作繭自縛了。

「慢著！本宮不是說了，法師要送交刑部大牢審理嗎？」若靈萱勾唇淡笑。

「姊姊，我們已知曉他是個騙子，把他趕走便好，何必送去刑部大牢那麼麻煩呢？」林詩詩笑容可掬地看著若靈萱，心裡卻在腹誹：這若靈萱真難纏！

「不麻煩，一點都不麻煩，本宮這是在為民除害呢！」若靈萱臉色一變，語氣凜然。「法師膽大包天到睿王府行騙，擺明了不將王爺看在眼裡，今天這事如果就這樣不了了之，那睿王府的威嚴何在？王爺的臉面何在？再者，這次若是輕饒這個騙子，讓他繼續行騙害人，豈不是給王爺、給自己造孽？柳側妃、麗蓉夫人、玉珍夫人，妳們覺得本宮說得有理不？」

柳曼君咬著唇，臉色難看極了。

麗蓉和玉珍忙低頭連連應是，如今明眼人一看就知道王妃占了上風，她們幾個根本就不是王妃的對手。

若靈萱將眾人的神情盡收眼底，狡黠一笑。「張隊長，讓刑部的裘大人親自審問，看這騙子是否吃了熊心豹子膽，敢騙到睿王府的頭上。」

話出，落茗雪渾身一顫，焦急地看向林詩詩，林詩詩用眼神示意她別輕舉妄動。

法師一聽，急了。「冤枉啊，本座沒有行騙！」接著看向落茗雪。「落小妃，您要替本座作主，您是最瞭解本座的，請落小主還本座一個公道啊！」

落茗雪此時也無計可施，只能安撫法師道：「法師請放心，清者自清，如果法師毫無過錯，何懼走一趟刑部呢？」

「好，本座問心無愧，去就去！」法師甩開張沖，抬頭挺胸，大搖大擺地往外走。

事情還沒完呢！

若靈萱對著張沖笑道：「張隊長，辛苦你走一趟了。還有，麻煩你到大慈恩寺請高僧前來與這騙子對質，讓裴大人好好審理此事。」

法師聞言，腳步一滯，僵在原地。

落茗雪的臉色也有些發白，為免法師出賣她，她再一次開口道：「法師，你該說什麼就說什麼，凡事三思而行，要是敢在刑部胡言，別說裴大人，尚書大人也不會輕饒你！」

若靈萱在心中冷笑，已經十分確定這假法師是落茗雪授意前來的，當然，林詩詩和柳曼君也逃不掉關係。

法師聽出落茗雪語氣裡的警告，不禁頹喪地垂下腦袋。張隊長便上前押著他，走出了王府。

「王妃，時候不早，賤妾還有事，先回去了。賤妾告退。」麗蓉尋了個理由，只想趕緊退場。

「賤妾也是。」玉珍也想早早離開。

「那去吧。」若靈萱點點頭。

麗蓉和玉珍就福身行了個禮，然後轉身離去。

事情是她起的頭，林詩詩覺得自己有必要跟若靈萱解釋一下。「沒想到這法師竟然是個騙子，都怪妹妹不謹慎，還差點連累了姊姊，妹妹在這兒向姊姊賠個不是了。」

「就是！這個可惡的騙子膽子真大，不僅騙了尚書府，還敢來睿王府行騙，真是可恨！」落茗雪一臉悔不當初的表情。

柳曼君更是咬牙切齒地怒罵。「幸虧王妃聰明，發現他是騙子，不然臣妾也差點被他騙了。一定要將他嚴懲才行！」

看著三人精湛的演技，若靈萱在心裡拍手叫好，直呼她們不去當戲子真是浪費。

「三位妹妹無須太過自責，妹妹們被騙，也只是為本宮著想，本宮又怎麼會怪罪呢？」若靈萱唇角微勾，笑帶譏諷。「而且本宮相信裴大人一定會將此事查個水落石出，不消幾個酷刑，這個騙子定會鬆口說出誰是幕後主使的，妹妹們覺得呢？」

三人的臉色更加難看了，唇邊的笑容僵硬無比，只能強忍著點頭。「姊姊說的對。」

若靈萱也不想跟她們多作閒扯，隨意找了個藉口後，便與多多、草草離去。

落茗雪瞪著她的背影，心中恨極，拳頭捏得死緊。該死的若靈萱，怎麼老是扳不倒她？不甘心，真的好不甘心，我一定要報仇！

「小姐，依我看，這事八成跟落小妃脫不了關係。」草草一回到清漪苑裡，就迫不及待地道。那法師既然是尚書府的，又是落茗雪所請，就不得不讓人起疑。

「說不定，林側妃和柳側妃也是同謀。」多多更是加了一句。

發生了這麼多事，多多已隱隱覺得林詩詩沒有表面上那麼簡單，只是以前的小姐沒有心機，林側妃也不太理會，才會讓她產生了錯覺。

「那就等刑部的消息吧。」若靈萱微瞇著眸子，淡然地說道。要是她猜得沒錯，林側妃不會坐以待斃，晚上一定會有所行動的。

果然，翌日早上，張沖就來到清漪苑稟告。

「王妃，那法師果然是假的，只是江湖上的三流道士，四處招搖撞騙混日子，今早裴大人一升堂，他就立刻認罪了，已經被判了三年苦刑。」

話落，若靈萱冷笑一聲。不愧是林詩詩，手腳真快，就不知昨天用了什麼方法讓那法師認了罪？只要一認罪，這事就與她們無關了。

法師斷然不敢得罪尚書府，何況尚書府以外，還有林貴妃和鄖國公呢，因此只能自己吞死貓了，判三年苦刑總好過丟了性命。

而她，也沒想過要置林詩詩三人於死地，畢竟三人都代表著一個大家族，尤其是林詩詩，身後的鄖國公是兩朝元老，連皇上都敬重幾分，一旦自己與她們的爭鬥擺在明面上，那對自己是相當不利的，而且現在的她也沒有那麼多心思跟她們糾纏，只想開館子後，生意能夠上軌道，然後想辦法要到休書，離開這個是非多多的王府。

不過，她還得給林詩詩等人一個警告，讓諸如此類的事件不再發生。

想到這裡，便對多多道：「多多，妳去惜梅苑和清芷苑，將那個法師的下場，原原本本地告訴林側妃和柳側妃。」

「好的。」多多應聲而去。

惜梅苑裡，林詩詩聽了多多的話後，臉色難看至極。她當然知道若靈萱已猜到了事情是她們弄出來的，但又能如何？沒證沒據的，也奈何不了她們，王爺更不會相信的。

而柳曼君聽了，則是怒得揮手掃掉一旁的古董花瓶。

該死的若靈萱，竟敢威脅她！以為自己真奈何她不得嗎？等著瞧吧，遲早有一天，我要讓妳知道我柳曼君的厲害！

嫵媚的杏眸中，盡是怨懟和凶狠。

今天，若靈萱決定閉關，躲在房內埋頭寫字，任天王老子來也別想讓她出門。因為這可是最後一天了，若是再完成不了任務，明天就沒法出府了。

就這樣，由早到晚，不吃不喝，苦戰了幾個時辰後，終於在酉時末，完成了一百遍《女誡》。

「喔耶——」

若靈萱歡呼一聲，手舞足蹈地站起身，一天的疲倦頓時一掃而空。

多多、草草在旁看了，也眉開眼笑起來。多多體貼地為主子斟了一杯茶，遞上前。「小姐，妳整天都沒怎麼喝水，渴了吧？快把它喝了。」

「好！」若靈萱笑呵呵地接過，一灌到底，她真的很渴呢！

「那我去吩咐廚房，準備晚膳。」草草說完，快樂地走了出去。

「今天困了我一天，悶死了！多多，去把冰兒也喊來，等一下吃過飯後，咱們來打馬吊。」若靈萱搓搓手，一臉興致勃勃地提議著。

沒想到這個朝代這麼快有打馬吊，真是太好了！自己從小就喜歡這玩意兒，今天一定得要玩個過癮才行。

「好的，我馬上就去！」提起打馬吊，多多也興奮起來，舉腳就朝外跑去。

夜空，繁星點點，清漪苑正沈浸在一片靜謐祥和中。

倏地，一陣匆匆的腳步聲在門外響起，跟著就是草草衝了進來，大喊：「小姐，不好了！小姐……不好了……」

若靈萱正在擺牌，聞聲轉頭，就見她慌慌張張的樣子，不禁蹙眉。「怎麼了？」

草草大口喘著氣，好半晌才道：「多多被落小妃帶走了！」

「什麼?!」若靈萱大驚，繼而怒道：「她憑什麼帶走多多？」

「小姐，是這樣的，方才我經過瓏月園時，就看到落小妃讓人捉住多多，說多多手腳不乾淨，偷了她的琉璃鐲子，要將她關進地牢審訊！我見事態嚴重，就趕緊回來告訴小姐。」

「簡直胡說八道！多多要鐲子，我大把大把的給她，用得著偷嗎？那女人八成是因為前天的事在借題發揮。」若靈萱根本就不相信。

「小姐，那咱們現在怎麼辦？」草草焦急地看著她。

若靈萱沈著臉，怒火中燒。這落茗雪擺明了就是衝著她而來的！昨天的事她沒追究了，這女人今天又不安分？

是不是她最近太仁慈，給人錯覺了？原本想著息事寧人，那些女人要鬧就鬧吧，反正自己也計劃著要離開了，只要別太過分就行，現在想來，她們既然要跟她對著幹，那她們也別想有好日子過了！

想往刀口上衝是吧？那就不要怪她不懂憐香惜玉了。她就趁著這次機會，好好地教訓一下這個專門惹是生非的女人，讓她再也翻不了身！

王府地牢裡——

多多第一次來到這種陰冷潮濕的地方，看見牆上掛著各式各樣折磨人的刑具，她難掩害怕顫抖。

「落小妃，放我出去！」多多深呼吸，昂起頭，毫不畏懼地怒視落茗雪。

落茗雪坐在椅子上，斜眼睨了睨地上披頭散髮的女子，眼裡閃過一抹狠戾。「賤婢！偷了本小主的東西還不知悔改？」

「妳冤枉我，我要見王妃！」

落茗雪冷笑。「妳以為抬那個賤人出來，本小主就怕了？我奈何不了若靈萱，但我奈何得了妳這個卑賤的丫鬟！」

多多氣得咬牙。「妳想怎麼樣？」

落茗雪水眸一瞪。「很簡單，只要妳跟我合作，我絕對不會為難妳。」

「妳作夢！」她瘋了才答應她。

「別敬酒不喝喝罰酒！」落茗雪冷冷一笑。「告訴妳，本小主這個琉璃鐲子，可是貴妃娘娘送的，如果我告訴貴妃娘娘，說妳偷了她送的琉璃鐲子，她猜後果會怎麼樣？」

多多臉色有點白，她曾在宮中生活過一些日子，自然多多少少聽說過林貴妃懲治人的手段，那是非常可怕的。

「怎麼，怕了是不？」落茗雪掩嘴輕笑。「其實妳我無怨無仇，我也不想這樣對妳，只要妳肯跟我合作，告訴王爺，這個王妃是假的，是溪蘭國的奸細，而殷賤人是她的同謀，兩人混進睿王府就是想趁機對王爺不利。」

「哼，妳想得還真周全！」多多冷冷一笑，為了除掉自己的眼中釘，這女人還真是無所不用其極。

「當然，誰讓她們得罪了我，我要讓所有人知道，跟我落茗雪作對的人，是沒好下場的！」她微瞇著眸，惡狠狠地道，臉龐也變得猙獰無比。

多多厭惡地看著她那副醜態的樣子，冷嘲道：「說大話也不怕閃了舌頭！妳有多厲害？還不是屢次敗在我家小姐手上！告訴妳，聰明的就快放了我，不然讓我家小姐知道了，妳的下場會更慘！」

啪！一記重重的耳光搧在多多的臉上，力道之大，讓多多的嘴角滲出了鮮血。

「妳個死丫頭，居然敢這樣跟我說話！不要命了是不？」落茗雪怒不可遏，殺氣騰騰的目光像要殺人一樣。

「妳打吧！就算打死我，我也不會答應幫妳做任何事情！」多多義憤填膺。「妳死了這條心吧！」

「臭丫頭！看來不給妳一點厲害，妳是不會聽話的了。」落茗雪大喝一聲。「來人啊，給我用刑！」她就不信這個臭丫頭在大刑的侍候下，還會不服軟！

若靈萱帶著草草匆匆來到關押犯人的地牢。

守在門外的獄卒一見是王妃，趕緊上前行禮，若靈萱則命令他們帶路。

地牢裡，一片陰森昏暗，壓抑的空間裡瀰漫著血腥的味道與死亡的氣息，若靈萱忽感一陣心驚，這就是古代的牢房嗎？

「多多關在哪裡？說！」若靈萱瞪向獄卒，厲喝一聲。

獄卒震懾於她的威嚴，二話不說就道：「是是，小的這就帶您去！」不敢怠慢地迅速奔到關押多多的那間牢房。

映入眼簾的，是一位衣衫褸襤的女孩，此刻正躺在地上，衣服都是血跡，頭髮胡亂地散在兩邊，整個身子蜷縮著，眸子緊閉著，彷彿受到了極大的痛苦。

「多多？」若靈萱不敢相信，眼前這看似只剩半條命的女孩，會是多多。

女孩聽到聲音，嗯哼了幾聲，便微睜雙目。那滿是血跡的臉上，沒有一處乾淨明亮。當下，她心中一陣憐惜，但更多的是怒火。該死的落茗雪，竟敢動她的人，她絕不輕饒她！

須臾，轉頭對著獄卒怒喝。「愣著幹什麼？還不快給本宮放人！」

「可……可是，落小妃她——」獄卒猶豫著，畢竟多多現在是落小妃的犯人。

若靈萱凝著一張冷容，頗有爆發的趨勢。「落小妃又怎樣？這是本宮的命令！立刻放人，否則本宮現在就將你治罪！」

獄卒這下不敢不聽了，畢竟王妃比較大。「王妃息怒，小的立刻就放！」

打開牢門後，多多艱難地站起身，步伐蹣跚地向著若靈萱走來，蒼白的小臉上有著無盡歡欣和希望，只是，身受重傷的她，沒走幾步就摔倒在地上。

若靈萱急忙上前，將她攙扶起身，看著那無血色的小臉，全身的血跡……只來一會兒就變成這樣了，真是可恨！心中猛然飆升的怒火，讓她靈動的眸子倏地浮現一絲血色的光芒。

「來人，快請御醫！」

她朝獄卒一吼，那人立刻應聲，連滾帶爬地奔出。

「小姐……我就知道妳會趕來的……」多多哽咽著。那恐怖的鞭刑，幾乎讓她差點暈死過去，但她仍是咬牙撐著，因為她相信，小姐很快就會來救她了。

草草見狀，也不禁熱淚盈眶，憤憤不平。「這落小妃實在太過分了，平白無故就將妳打成這樣，小姐，妳一定要替多多討回公道！」

若靈萱看著傷痕累累的多多，衣服破爛，幾乎可以看出全身都是被鞭打過後的慘狀，疼惜和憤恨更加飆升，她忍住洶湧的情緒，將多多抱進懷中，安撫道：「多多放心，我不會讓妳白白受苦的，加害妳的人，我定要讓她雙倍償還！」

一抹狠辣之色自眼中閃過，這次，她絕不放過落茗雪！

雪晗居。

「那個該死的賤丫頭，嘴巴怎麼那麼硬？氣死我了！翠兒，等一下給她施重刑，我就不信她還能這麼倔！」剛從牢裡回來沒多久的落茗雪，氣沖沖地拍桌怒聲道。

「小主莫氣，為了個賤丫頭，氣壞身子可不好！」翠兒討好地為她拍撫背部順氣，再遞上一杯溫茶。

落茗雪品了一口後，氣才稍解，然後冷笑道：「不過看到死丫頭那副殘樣，這陣子在醜八怪那裡受的氣，也是解了不少。」

「就是嘛！小主，等一下用重刑，那死丫頭一定熬不住的，到時還不是得乖乖跟我們合作嗎？王妃這回是栽定了！」翠兒繼續討好道，要是日後小主當上側妃，她這個丫鬟當然也跟著風光了。

「說的是，哈哈哈……」主僕兩人相視一笑，笑得詭異極了，讓旁邊的翠玉毛骨悚然的。

就在她們得意大笑時，若靈萱已無聲靠近，緊緊盯著她們，臉色陰寒得讓人心驚。

「小主……」翠玉輕聲喚著主子，想提醒她王妃來了，然而落茗雪卻不予理會，繼續笑著。

若靈萱站在她們身後，威嚴一喝：「笑夠了沒有?!」

突然其來的怒喝聲，讓落茗雪下意識地住了口，轉頭一看，竟見若靈萱正怒目瞪她，不禁心一顫，有些作賊心虛地別開目光。該死，這女人怎麼這麼快就來了？

若靈萱冷著臉，不想與她廢話，一開口就直截了當地道：「本宮剛才聽說，妳捉了多多，還能她使用重刑，有沒有這回事？」

「妾身見過王妃姊姊。回王妃的話，沒錯，是妾身捉的。」落茗雪冷靜下來後，迅速站起身，很有禮地福身道。

不待見歸不待見，但這該有的禮，表面上還是得裝裝，免得這醜女又乘機挑刺。

「妳承認便好！」若靈萱冷冷出聲，繼而揚聲下令。「來人，將落小妃給本宮拿下！」

霎時，幾名侍衛相繼而進，走向落茗雪。

「等等……」落茗雪驚瞪水眸，怒聲道：「王妃，妳這是什麼意思？憑什麼捉我？」

若靈萱睨了她一眼，冷嘲一笑。「憑什麼？就憑本宮是王府的主母，皇上御賜的王妃！現在妳犯了王府規法，本宮就有權將妳拿下。」

「我犯什麼規法了？」落茗雪瞪著她。

「去了刑房，妳自然會知道，帶走！」若靈萱懶得跟她多說，伸手一揚，獨自先行離開。

侍衛們接到命令，不再猶豫，一人一邊捉住了落茗雪，跟上王妃的腳步。

「放開我！放開我！來人啊——」

聽著落茗雪的呼喚，路過的下人正想靠近，不料卻被若靈萱凌厲的目光驚住，一時全噤聲退去。

翠兒一急，忙命翠玉去找王爺，自己則快步跟上。

刑房，差不多跟地牢一個樣，牆壁上掛著各種折磨人的工具，只是刑房是用來審訊的，而地牢則是直接關犯人。

「放開我……王妃，妳竟然這樣對我，王爺知道後不會放過妳的！」落茗雪很快就被押到這裡，她不停地掙扎叫喊，眸裡滿是狠意。

若靈萱充耳不聞，走到主位上坐下，草草站在她身旁。

「跪下！」侍衛按住落茗雪的身子。

肩上的壓力讓她不得不跪倒在地，她上拜父母、皇上皇后，連林貴妃和王爺都不曾讓她跪過，現在居然要向這個醜八怪下跪？她內心怒濤洶湧，眸光更是寒冽陰狠地瞪向若靈萱。

「妳到底想幹什麼？我警告妳，要是膽敢對我用刑，王爺怪罪下來，必定找妳算帳！」

若靈萱微斂眼眸，掃了她一眼，冷聲道：「那妳對本宮的婢女多多用刑，本宮又該找誰算帳？」

看著若靈萱如寒冰般的臉色，再想到那死丫頭在牢裡寧死不屈的表情，落茗雪更是怒從心生。「是那個丫頭手腳不乾淨，今天在我屋子裡盜竊貴妃娘娘送的琉璃鐲子，我若不教訓教訓她，豈不是讓人說王妃院裡的奴才沒規矩？」

「喔？是嗎？」若靈萱冷冷一笑，犀利的目光掃視了她一圈後，淡淡出聲。「那麼本宮想問問，妳是怎麼發現多多拿了妳的琉璃鐲子？本宮明明記得，是叫她去找人的，怎麼會去了妹妹妳的院子裡呢？」這女人還真是蠢得可以，要陷害嫁禍也要讓人找不到破綻才是，她這一說根本就是漏洞百出！

「還不是這丫頭路過長廊的時候，見到我就嚇得把藏在身上的琉璃鐲子給掉了出來。這鐲子我找了很久，原來是很早之前就被她偷了。」

落茗雪撒起謊來還真是臉不紅氣不喘，駕輕就熟。

「喔？妹妹確定自己沒有記錯？」若靈萱微微勾唇，似笑非笑地看著她。

「王妃這是什麼意思？難不成妾身為了為難一個丫鬟，故意撒謊騙人嗎？」若靈萱意味深長的笑容讓落茗雪慌了起來。難不成這醜女看出什麼了？不然怎麼會露出這般的笑容？

然而，若靈萱卻不再理會她，低耳吩咐草草幾句，草草點頭，立刻走出了刑房。

之後，若靈萱也沒有說話，只是輕靠在椅背上，端過茶壺，倒出了熱騰騰的茶水，輕吹幾口後，閒逸地品嚐著。

落茗雪不知她到底想幹什麼，幹麼突然不出聲了？不過這也好，拖延一下時間，待翠玉叫王爺來，自己就能脫身了！

君昊煬剛和林詩詩出遊回府，就聽翠玉通報，知道若靈萱捉了雪兒去刑房，因此渾身怒氣地趕來。這個女人居然不經他同意，就想擅自對雪兒用刑，還有將他放在眼裡嗎？

林詩詩擔心落茗雪，也緊跟而來。

「王爺，小主就在裡頭！」翠玉來到刑房外，指著裡面道。

正在忐忑等待的落茗雪，突然聽到外面傳來的聲音，不禁眼一亮，唇角上揚。果然，王爺來了！

若靈萱見到她唇邊的笑容，心中冷笑，突然將桌上還在冒煙的茶壺重重地摔在落茗雪身上，起身怒喝：「妳好大的膽，竟然敢頂撞本宮？」

「啊——痛……」突然其來的滾燙茶水痛得落茗雪慘叫出聲，那茶壺不偏不倚地砸在她的頭上，頓時滲出了血液。

「這就痛了？比起多多受的罪，根本不及十分之一！」若靈萱冰寒的眼神無半絲同情不忍之色。這狠毒的女人，今天一定要好好跟她算總帳，不再跟她留情面了。

「妳——」落茗雪狠瞪著她，怒得說不出話來。

君昊煬剛進來，就看到這一幕，頓時怒上心頭。「若靈萱！妳幹什麼？」

他大踏步走進刑房內，果然如翠玉所說的，這女人對雪兒用刑了。看見她額頭上的傷，還有地上的碎片，君昊煬怒火中燒。

救星來臨，落茗雪開始嚎啕大哭。「王爺，您要為妾身作主呀，王妃要對妾身用刑了！」

林詩詩看見表妹受傷了，眸裡閃過一絲惱怒，隨後咬牙看向君昊煬。

「若靈萱，妳膽敢私自用刑？」君昊煬眼中竄出兩道火苗，死盯著面前悠閒品茶的女子，她居然還能一臉若無其事的樣子？

「王爺，你來得正好，臣妾正在審問犯人，王爺若要知道發生什麼事，請坐在旁邊觀看，但請不要胡亂插嘴，干擾臣妾。」若靈萱冷冷一撇，唇邊勾起不屑的弧度，眼裡清冷的光芒讓在場所有人都震懾。

君昊煬話語一窒，陰鷙地瞪著她。「妳……若靈萱，就算雪兒做錯了什麼，也輪不到妳來管，難道以為自己掌了權，就能濫用私刑嗎？」

「臣妾身為王府的主母，府中的妃妾犯了罪，臣妾就有權管！」若靈萱回以怒言，毫不相讓。「而王爺現在要做的，就是坐在一旁，等臣妾問出個所以然來，而不是橫加干擾！」

這醜女，居然敢這樣跟他說話！君昊煬雙眸冒火，俊容冷凝，青筋暴突，與她對峙著。

「姊姊，我知道雪兒平時就是嘴快，可能頂撞了您，但她沒有惡意的，您就別跟她計較了。要不，妹妹在這兒代她向您賠罪吧！」林詩詩說著就要跪下。

「妹妹別急著說，待本宮審問完，妳再跪也不遲！」若靈萱瞧也不瞧她，冷冷地回道。

林詩詩咬牙暗恨。

「雪兒得罪了妳什麼？」君昊煬忍下怒火，沈冷啟言。

若靈萱站起身，緩緩踱步至他面前。「私自關押無辜婢女，嚴刑拷打，企圖用毒計陷害主母，你說這算不算犯罪？」

說到最後，聲音陡然凜冽，明亮的雙瞳中迸射出一絲凌厲的煞氣，直掃向落茗雪。

聽罷，君昊煬微微一震，有些不敢相信。「妳說什麼？」

「王爺，你別聽王妃信口開河，妾身是冤枉的……」落茗雪連忙裝出一副柔弱無依的可憐樣。「明明就是多多她偷了妾身的玉鐲，妾身才教訓教訓她而已。」

「哼，妳挺會裝的嘛，偷了妳的東西？在本宮面前，還敢撒謊騙人！」

啪！的一聲，若靈萱不管君昊煬在場，就重重地摑了她一巴掌。這女人簡直就是欠打！

她居然敢在王爺面前打她？落茗雪淚眼朦朧，心中恨極，手卻捂著臉，柔弱地哭斥道：「王爺你看，王妃動不動就欺凌妾身，妾身好委屈……」

「若靈萱，本王不許妳胡來！」君昊煬低喝，上前替落茗雪擦眼淚。

林詩詩也看不下去了，語氣頗重地道：「王妃姊姊，妳說了那麼多，證據呢？如果沒有證據，那就請王妃放人！」

若靈萱揚了揚眉，眼中未見怒火，只是點頭輕笑道：「好，你們要證據是吧？那本宮就給你們證據！」說著，她重新走回主位上坐下，又道：「王爺、側妃妹妹，你們也坐吧，本宮要審問了。」

君昊煬冷著臉，盯著她一會兒，才走到旁邊坐下。

林詩詩和落茗雪有些忐忑不安，不知若靈萱會拿出什麼證據？

「落小妃，妳剛才說多多今天在妳屋裡偷了東西，是吧？偷妳東西的事，再重新說一遍給王爺聽。」若靈萱淡淡開口，繼續剛才突然停下的話題。

落茗雪直瞪著她，心中怒意不改，但她極力隱忍。說就說，她就不信她能把自己怎麼樣！

「沒錯。」

「妳還說，多多今天路過長廊的時候，見到妳就嚇得把藏在身上的琉璃鐲子掉了出來，是吧？」若靈萱繼續確認著。

「對！這個鐲子我可是找了好多天的，原來以前就被她偷了！」落茗雪重新將話說了一遍，最後看向君昊煬，又一副梨花帶淚的可憐樣。「王爺，要說的妾身全說了，多多犯了罪，妾身也只是懲治她而已，有什麼不對呢？可王妃她卻……嗚……」

君昊煬卻是斂眸默然，沒有出聲。

若靈萱冷笑著，眼中譏諷意味甚濃。

「落小妃，妳怎麼前言不搭後語呀？一下子說多多今天在妳屋子裡盜竊，一下子又說東西已丟了好幾天，這到底是怎麼回事呢？」

真是個蠢貨！說話不經大腦，自打嘴巴！

「這……這個……這個可能是妾身記錯了。翠兒，妳也有看到，妳來告訴王爺和王妃，是怎麼回事。」

落茗雪臉色僵硬，心中有些慌，一時不知該怎麼回答，只好把這個難題丟給了她的丫鬟翠兒。

翠兒瞭然地點頭，嬌聲道：「回王妃，是小主記錯了。這琉璃鐲子前幾天就找不到了，今天多多遠遠地看到小主在長廊上，非但不行禮，還繞道而行，看她那個樣子，奴婢就猜八成有問題。果然，她一見到奴婢，就慌得不知所措，連身上的琉璃鐲子掉下來都不知道。」

剛一說完，落茗雪眼中便難掩讚賞。這丫頭，就是比翠玉機靈，幸而今天有她在身邊。

若靈萱早已將她們的神情盡收眼底，唇角勾起一絲冷笑，不緊不慢地道：「翠玉，妳所說的可是句句屬實？如若有半句假話，本宮定不輕饒！」

翠兒起初還真是被若靈萱不容欺騙的強硬態度給嚇住了，不過，待她看到落茗雪得意的臉色時，便像是得到了鼓舞般，十分肯定地回答。「奴婢……奴婢所說句句屬實，如有半句假話，奴婢甘願受罰。」

若靈萱沈下臉，眼中寒芒一閃，聲音一下子冰冷至極。「好。來人！把這個膽大欺主的奴婢拖下去杖責，見紅為止！」

翠兒頓時面色大變，沒有想到她會如此狠，一下子便癱倒坐地，神色惶恐地看向落茗雪。

「慢著！王妃妳這是什麼意思？就算妳是王妃，也不能無緣無故地打我的奴才！」落茗雪不悅地出聲，又看向君昊煬。「王爺，你看看，王妃她又濫用私刑——」

「閉嘴！」若靈萱凜然一喝，肅然地瞇起了雙眸。「現在是本宮在審案，怎麼做由本宮來決定！這個奴才睜眼說瞎話，既然她說了甘願受罰，本宮自然是成全她。」

「那妳有什麼證據，證明翠兒撒謊？」落茗雪也不是吃素的，雖然是有些心虛，可嘴巴依舊是不饒人。

若靈萱揚了揚眉，眼中未見怒火，只是點頭道：「看來落小妃是不到黃河心不死了。也罷，本宮就給妳證據！將妳的琉璃鐲子拿過來。」

落茗雪猶豫了一下，還是將鐲子交到了若靈萱的手中。

若靈萱剛一接到，就鬆開手，鐲子便「鏗」的一聲掉到地上，晶瑩通透的琉璃鐲子就這樣破碎一地！

「妳——」落茗雪差點跳起身，塗著鮮紅蔻丹的食指指向若靈萱，幾乎忍不住要破口大罵。

「落小妃激動什麼？這就是妳要的證據呀！如此易碎的鐲子，若多多慌忙中掉落在地，如今還能完好無損地回到妳手裡嗎？」若靈萱的聲音陡然凜冽，清水明眸閃著一抹狠戾和鄙夷。

落茗雪一聽，怔愣住了。

「翠兒，妳還有何解釋？」若靈萱將目光放在翠兒身上。

落茗雪回神，睜大眼睛。「對啊，翠兒，妳還有何解釋？」

翠兒被那陰毒的眼神盯得發慌，結結巴巴地道：「琉、琉璃鐲子掉下來的時候，有、有錢袋裝著，所以……所以沒摔壞。」

「對、對！翠兒說的沒錯！」落茗雪幫口說道：「有錢袋裝著！」

若靈萱好整以暇地搖頭輕笑，將這蹩腳的謊言當場拆穿。「倘若琉璃鐲子有錢袋裝著，妳們又是如何曉得它在多多身上的？難不成妹妹跟翠兒開了天眼？」

聞言，落茗雪渾身一滯，瞪著大眼說不出話。

君昊煬聽到這裡，已明白是怎麼回事了，眸光投向愈發緊張的落茗雪，目光陰沈至極。

「來人，將翠兒拖下去杖刑！」這時，若靈萱轉頭對一旁候命的獄卒下令。

「是，王妃！」

「不要啊！王妃饒命，不是奴婢要騙王妃，這都是落小主指使的！王妃饒命啊——」翠兒嚇壞了，知道落茗雪已靠不住，就立刻爬到若靈萱的面前哭訴道。

落茗雪咬牙，心驀地一驚，想不到這翠兒如此的不經嚇，當即氣恨起身，一腳踢向她。「妳這個賤婢，竟敢陷害我！」

「奴婢句句屬實！」被她這麼一踢，翠兒惱了，索性全盤托出。「是落小妃故意捉住多多，然後栽髒誣衊她偷東西，威脅她跟咱們合作，企圖陷害王妃通敵之罪，但多多寧死不屈，結果就被落小主施重刑……」

話落，君昊煬兩道濃黑的劍眉緊緊蹙起，冰冷的臉更是冷得像冰。

落茗雪心中大為慌亂，這個死丫頭竟敢出賣她？當即狠狠地瞪了翠兒一眼。「妳這死丫頭！妳說，王妃到底給了妳多少好處，讓妳這樣來誣衊我？」

「王妃沒有給我好處，反倒是小主妳，暗中不知給了別人多少好處，讓他們來散播王妃的不是，心玉就是其中之一！」翠兒是落茗雪的心腹，知道當然頗多，現在她全說了出來，只希望自己能將功補過，不要被罰得太重。

「妳還敢胡言——」

「夠了！」君昊煬倏地大喝一聲，目光陰沈駭人。

落茗雪嚇得立刻閉上嘴，眼淚一掉，改用苦情記，繼續嗚咽地哭道：「王爺，您要相信妾身，妾身，妾身冤枉——」

「落小妃，事到如今還在狡賴，難道多多身上受的傷，都是假的嗎？」見她還死不悔改，若靈萱惱火極了，怒聲打斷她的話。

「多多在哪裡？」君昊煬看向若靈萱，沈聲問道。

倏地，一道柔弱無力的聲音幽幽傳來——

「王爺，落小妃捉走奴婢，就是想陷害小姐……」

草草這時攙扶著一身傷痕的多多，緩緩走進刑房。從那慘白無一絲血色的臉龐，還有衣衫上的斑斑血跡，可以看得出她曾受過的重大折磨。

「多多！」若靈萱心疼地喚了一聲，上前攙扶著她另一邊。

看著一個小小的婢女，受到如此大的摧殘與折磨以後，還能這樣堅定地為主子出頭，君昊煬心中有些微的震撼，同時也非常震怒。

事實勝於雄辯，君昊煬本是鐵青的臉色，又蒙上了一層黑。

「落小妃！妳還有什麼話可說？」第一次，他用如此凌厲的口吻斥責落茗雪。黑眸閃爍著兩團怒火，不敢相信她竟如此狠毒！

「我……我不是……我……」看著憤怒的君昊煬，落茗雪十分恐慌，想辯解，卻無從辯起，淚流得更凶了。

難道今天她真的要走入絕境了？

林詩詩也看得緊張擔憂，但事實擺在眼前，她也無可奈何，只有祈求王爺看在她的分上，不要罰得雪兒太重了。

君昊煬見她那副害怕心虛的樣子，心中更為肯定，憤怒的黑眸裡盡是失望。平時看在她是詩詩表妹的分上，對她偶然的鬧脾氣總是睜一隻眼閉一隻眼，認為無傷大雅，但沒想到，那甜美可愛的外表下，心腸竟是如此的醜陋！

「來人，將落小妃杖責四十，軟禁地牢！」

他一聲冷喝，眾人頓時驚詫極了。王爺居然會為了替一個婢女討公道，重罰自己寵愛的妃子，還將她軟禁地牢?!

若靈萱斜掃了一眼君昊煬，眼底閃過一絲異色，沒想到他真的會公私分明，她還以為，自己得費一番唇舌，才能將落茗雪定罪。

第一次，她在心裡對他重新做了評估和認識。

見大勢已去的落茗雪，立馬跪地哭嚎，哀聲求道：「王爺，不要啊！不要……」那不是人待的地方，她不要去！

林詩詩也不敢置信，王爺居然會罰得這麼重！軟禁地牢，形同重犯，即等同於打入冷宮啊！於是，她慌忙上前懇求。「王爺，雪兒雖然有錯，但念在她是初犯、又懵懂不知的分上，寬宏一點吧？何況她已被王妃所傷，這樣的重罰於她，實是不公。」

若靈萱聽到她的話，眉梢輕挑，冷笑道：「林側妃，妳也熟知王府法規，落小妃這樣的行為，就是對她執行與多多同樣的刑法也不為過，妳卻還要寬宏一點？難道是要她將人折磨死了，才能處以重罰嗎？」

「這……」被這樣一質問，林詩詩語噎當場。

物。

「拖她下去！」君昊煬不為所動，冷聲下令。他最厭惡的就是心腸狠毒的女人了，尤其是仗著寵愛，就在王府裡興風作浪，落茗雪無疑就是犯了他的大忌。

何況，要是不處罰她，王府的威信何在？他不可能為了這種女人，視王府的法規於無物。

落茗雪哭得淚眼婆娑，拚命掙扎，卻仍被獄卒無情地拖了下去，嘴裡還淒慘地哭喊道：「王爺，妾身知錯了，王爺饒了我吧……表姊，救救我啊……救我……」

眼睜睜地看著自己的表妹被帶入那個猶如地獄般的牢房，林詩詩臉色蒼白，望著她遠去的身影。良久，才從這震驚的一幕中回過神來。

「王爺……你真要如此對待雪兒嗎？」似心有不甘地開口。

君昊煬回眸，知道詩詩此刻的感受，但國有國法，家有家規，因此他只能道：「妳無須多言，這是她應得的懲罰，要是本王徇私，日後如何服眾？」

林詩詩咬唇不語，明白多說無益了，而且現在雪兒已經引起王爺的不滿了，她更要謹言慎行才行，免得王爺因為雪兒而對自己產生了隔閡。

看著這一幕，若靈萱心中的怒濤才稍稍平息。總算替多多討回了公道，出了一口惡氣。這下落茗雪成了棄妃，恐怕不能再在王府興風作浪了，這對她來說也很好，少了一個麻煩。

隨後，側頭看向君昊煬，想起他剛才大公無私的樣子，不禁對他刮目相看了起來。

眸子轉了轉，她突然走上前，輕聲道：「王爺，這次謝謝你了。」語氣帶著前所未有的真誠和友好。畢竟他是一家之主，沒有他的首肯，自己想治落茗雪的罪也很難，而且他這樣做也算是替多多出頭了，她當然是真心感激。

君昊煬微訝，沒想到她會向自己道謝，而且還是用如此謙卑的語氣，沒有明譏暗諷，也沒有綿裡藏針。

莫名地，他心情大好，薄唇淺揚出一抹優美的弧度。「先帶多多回去吧，她傷得那麼重，一定要盡快讓御醫好好醫治才行。」說罷，看了若靈萱一眼，這才轉身離去。

林詩詩出奇的平靜，目不斜視，不言不語地跟著君昊煬走。

若靈萱轉身走向多多，柔聲道：「多多，沒事了，我們可以回家了。」

多多眼中含淚，覺得自己現在終於安全了，不禁喜極而泣。「是，小姐……」

「別哭別哭，快回去歇息養傷吧。」

「嗯！」

於是，主僕幾人互相攙扶著，向清漪苑而去……

——未完，待續，請看文創風090《肥妃不好惹》中

絕色煙柳

一半是天使 著

全套三冊

她要穿著美麗的外衣，
智慧機巧地為自己推轉命運之輪……

文創風 079 上

既然天可憐見，讓她重生一回……
她再不是那個任人欺凌的懦弱女子，
纖纖若柳、絕色之姿成了她的掩飾，
堅強的心志才是她扭轉命運的後盾……

文創風 080 中

姬無殤，這個天底下她最該防的男人，
時時刻刻放在心底怕著又躲著男人，
居然開口要跟她交易，
她竟傻得與虎謀皮……

文創風 081 下

願得一心人，白首不相離……
這是她唯一所願，
卻無法奢望她唯一所愛的男人能承諾實現……

輕鬆好笑、令人噴飯之宅門大家／棠茉兒

肥妃不好惹

文創風 089 上

這個王妃實在當得很憋屈，
王爺討厭她、妃妾排擠她、下人不甩她，
不過這些都不打緊，
眼下最急的是——
她得盡快減肥成功才行！

穿回古代、還成了皇長子睿親王的王妃，這些離譜的事她都能勉強接受，
但……她上輩子究竟是造了什麼孽，做什麼這樣嚴懲她啊？
這位叫若靈萱的王妃右邊眼瞼上有個紅色胎記，像被人打了一拳似的，
而且不僅醜，還長得肥……是很肥！人要吃肥成這樣，也實在太過分了些，
有這副肥到走幾步路就喘的身子，她還能成啥事啊？
別說王爺夫君厭惡她、整個王府中沒人將她這王妃放在眼裡，
就連她自個兒攬鏡自照，都很想一把掐死自己算了！
難怪連她底下的幾個小妃妾們都不怕她，還害她掉入湖中，丟了性命，
看來，當務之急得先努力減肥才成，否則她逃命都逃不遠了，能奈對方何？
接著她得要好好露兩手，讓所有人知道，她可不是當初那隻任人欺侮的病貓！

文創風 090 中

古代的妻妾爭鬥
對她而言雖然是沒啥可看性及威脅性，
但一不小心誤入陷阱的話，
可也是會被折磨得掉一層皮呢！
瞧她，不僅是皮，連肉都掉了好幾圈……
嗯？這也算是因禍得福吧？

蛤？林側妃吃了她代人轉交的糕點後，就中毒暈死過去了？
由於糕點是林側妃的親姑姑林貴妃送的，沒道理害自個兒的姪女，
所以她堂堂王妃倒成了唯一的加害者，理由不外是妻妾間的爭寵吃醋，
呿，這簡直是笑話！一來，她若要下毒，會親自出馬讓人有機會指證嗎？
這種搬不上檯面的小兒科手段，根本是在侮辱她若靈萱的智慧嘛！
二來，她壓根兒不愛王爺夫君，喜歡的另有其人，哪來的因妒生恨啊？
他高興愛誰就去愛誰，她求之不得，最好他能答應和離，那就再好不過了，
偏偏這裡不是她說了算，他要關押她候審，她也只能乖乖就範，
慘的是，林貴妃趁王爺外出時，派人來帶她進宮「問話」，對她大動私刑，
嗚～～她該不會莫名其妙命喪宮中吧？她這也太坎坷了點吧？

文創風 091 下

古代生活太乏味，
她不找點事來做可要無聊死啦！
唔，如今呢是肥也減了，
妃妾們的迫害事件也一一解決完，
接下來不如邊開店調劑身心，
邊挑選下一任夫婿好了……

若靈萱萬萬沒想到，自個兒瘦下來、臉上的紅疤又治好後，竟會美成這樣！
這下可好，不僅夫婿君昊煬看她的眼神愈來愈曖昧兼複雜，
就連小叔君昊宇對她的愛意也是愈來愈藏不住，害她一時左右為難，
沒想到老天像是嫌她不夠忙似的，連皇叔君狩霆也來插一腳，對她頻頻示好！
唉唉，她以前又肥又醜時就遭人排擠陷害了，再這麼下去還焉有命在？
嘖，不管了不管了，她決定先把感情放兩邊，賺錢擺中間，
倘若能在古代開間肯德基及麻將館，讓百姓們嚐嚐鮮，有得吃又有得玩，
到時銀子肯定會大把大把地滾進來，唉唷喂，光想她都快開心地飛上天啦！

宅門界新天后／不游泳的小魚傳授宅門、宮門終極奧秘！

望門閨秀

全套七冊

嫡女出口氣　姊妹站起來——

百年大族、詩禮傳家，但宅門裡可不是風平浪靜；
她一個小小姑娘，上鬥祖母、姨娘，下鬥不長眼的僕人，
還要小心不懷好意、摸不清底細的姊妹，更要護住母親平安，
唉，大小姐真的好忙啊……

文創風 082 1

她這嫡長女怎能過得比庶女還不如？
該她的，自然要拿回來；
怎知人太聰明也不對，
竟然因此受人青睞，
兩位世子突然搶著求娶她？！

文創風 083 2

這紈袴公子非她心中良人，
況且她還沒過門，
他府裡小妾已經好幾房，
但她既然是他明媒正娶的妻，
就得聽她的，讓她好好整治侯府——

文創風 084 3

本以為嫁給葉大公子不是個好歸宿，
還沒培養感情，
就得先處理妾室、婆婆，
但他成了丈夫卻乖巧得很，
事事以她為重，簡直是以妻為天……

文創風 087 6

俗話說小別勝新婚，
葉成紹才離開多久，她便思念得緊，
可他在兩淮辛苦，
她也不能在京城窩著，
也是要為兩人將來盤算一下……

文創風 085 4

人說在家從父、出嫁從夫，
但她還沒確定丈夫的真心，
可是不從的；
不過只要他心中只有自己，
那什麼都好說了……

文創風 088 7 完

做個大周的皇太子是挺不錯，
但若這皇太子過得不如意，
也不必太眷戀；
此處不留人，自有留人處，
天下可不只大周才有皇太子可當啊……

文創風 086 5

相公的身分是說不得的秘密，
知情的和不知情的，都緊盯著他倆，
這要怎麼生活啊？
不如遁到別院去逍遙，
順便賺點錢……

花招百出、拍案叫絕
宅門界新天后／
不游泳的小魚

開創庶女宅門新天地——

名門庶女

鬥起來花招百出、讓妳目不轉睛！
拿起來就放不下，看一眼就愛上！

聰明庶女 + 腹黑少爺

精彩好戲 恭賀新喜！

文創風 068 1

既然穿越又重生，就是不屈服於命運！
即使生為庶女，她也要過得比嫡女更好！

文創風 069 2

嫁雞隨雞、嫁狗隨狗，而她孫錦娘嫁給冷華庭，
自是要以他的好為好，
所以，任何想傷害他的人要小心嘍，
悍妻在此，不要命的就放馬過來吧……

文創風 070 3

鬥小人、保相公、揭陰謀是她的看家本領，
況且人家會使計，她也有心機，誰怕誰……

文創風 071 **4**

相公生得俊美無比又腹黑無敵，
她孫錦娘也不差，
宅門速速上手，如今更能使計設陷阱，
一步步靠近幸福將來……

文創風 073 **5**

才剛過一陣子舒心日子，
陰謀詭計又接連而來，
當真是應接不暇，
不過他們小倆口也不能任人欺凌，
如今也要將計就計，反將一軍……

文創風 077 **6**

王府掩藏了十幾年的秘密，
終於一一水落石出，但傷害依舊，
因此她更堅定地要愛，
愛相公、愛家人，
用愛反擊一切陰謀！

文創風 078 **7** 完

終於能見到相公站起來，
玉樹臨風、英姿凜凜，
教她這個做妻子的多驕傲，
等了這麼多年，經歷各種離別，
他們總算能看見
最終的幸福日子……

天才廚藝美少女遇上天下最挑剔刁嘴的美少年

重生的試煉・穿越的新鮮
人情的溫暖・溫柔的情意
精緻烹煮的美食佳餚，佐以專一的愛情調味，
引得你食指大動、會心一笑……

真情流露派寫作大手／

尋找失落的愛情

食全食美 全套八冊

文創風 092 1

她對愛的癡傻竟換來寧氏全族遭到滅門之禍。
既然老天爺讓她重生，她定要好好的活一回！
從此，她不再是那個不解世事、爹疼娘寵的嬌嬌女，
她求爹答應教她廚藝，憑著過目不忘及異常靈敏的味覺，
她肯定能成為世上獨一無二的名廚。
她要避開前世所有的禍端，守護所有的親人。
她要看清楚所有人的真面目，不再受人欺瞞。
但容瑾這男人卻是她看不明白的，遇上他，她就上火……

文創風 093 2

這個寧汐，是長得像個精緻的娃娃似的，模樣討喜，
但她不饒人的小嘴和倔強的性子，他領教得可多了！
哼！她想山高水遠不必再見，他偏不如她的願，
要知道少了她在眼前晃，他生活可就太平淡無聊了……

文創風 094 3

這容瑾自大自傲，說話又毒辣，可實在太俊美了，
他只要淺淺一個微笑，都會令少女心神蕩漾。
不過迷戀他的少女之中可不包括她。
但看著他運用聰明才智地將鼎香樓炒得火紅，
她心生佩服之餘，覺得他的毒辣似乎沒那麼難忍了……

文創風 095 4

容瑾的出身、絕美的容貌、睿智才情……
看得愈多，就愈明白他真有高傲狂妄的資格。
她配不上出身高貴的他，可他老是來撩撥她的心，
連夜探香閨這種事他都做得出來，她根本拿他沒轍……

文創風 096 5

在他心裡，這寧汐什麼都好，就是太招人喜歡的這點不好！
迷了他就算了，還迷了一堆男人，
惹得他老大不痛快，吃不完的飛醋！
看來他下一步要籌劃的就是怎麼樣儘快娶她進門……

文創風 097 6

寧汐知道大皇子想要的是她身上所具有的神奇異能，
她不想嫁入皇室當妾，更不想容瑾為了她衝動惹禍。
如果能平安地度過這次的危難，她願意早點嫁給容瑾……

文創風 098 7

不能怪他性子急，娶妻這事他是一天也不想忍了！
心愛的女人遭人覬覦的感覺真是糟透了。
只要寧汐還沒娶進門，他就名不正、言不順，
無法大方地行使他作為丈夫的權益！

文創風 099 8 完

這次容瑾真的無法低頭了，瞧他把她寵成什麼樣？
他全然地對她坦白，她卻藏著自己的秘密，
還是關於另一個男人的，這下更是氣極了！
婚後最大的爭執於是展開，冷戰就冷戰吧……

文創風 089

肥妃不好惹 上

國家圖書館出版品預行編目資料

肥妃不好惹 / 棠茉兒著. --
初版. -- 臺北市 : 狗屋, 民102.05-
冊 ; 公分. --（文創風）
ISBN 978-986-328-055-2（上冊：平裝）. --

857.7 102006692

著作者	棠茉兒
編輯	黃淑珍
校對	黃薇霓　張曉錨
發行所	狗屋出版社有限公司
地址	台北市104中山區龍江路71巷15號1樓
電話	02-2776-5889～0
發行字號	局版台業字845號
法律顧問	蕭雄淋律師
總經銷	知遠文化事業有限公司
電話	02-2664-8800
初版	102年5月
國際書碼	ISBN-13　978-986-328-055-2
原著書名	《妻妾斗：肥妃不好惹》，由北京紅袖添香科技發展有限公司授權出版

定價250元

狗屋劃撥帳號：19001626

網址：love.doghouse.com.tw　E-mail：love@doghouse.com.tw